JN227269

横尾忠則
Lisa Lyon in Nishiwaki, April 18, 1984（No.9） 106×150cm 2枚組 墨、ガッシュ／紙

龍臥亭幻想 上

島田荘司

SHIMADA SOJI

KAPPA NOVELS

目次

ＣＧイラストレーション／友田星児
本文のイラストレーション／坂本富志雄

森孝《しんこう》伝説

一

関森孝《せきもりたか》伯爵は、旧備中《びっちゅう》藩の殿様、関長克《ながかつ》の血を引く華族であった。明治になって間もなくの時代、森孝の本邸は新見《にいみ》市内に広大なものがあったが、西貝繁《かいしげ》村の森の中、杉里《すぎさと》の山腹に「犬房《いぬぼう》」と称する別宅も擁していた。百姓も住まないようなこういう辺鄙《へんぴ》な土地に、わざわざ分け入って別宅を建てたのには理由があって、この地にわずかながらも温泉が湧いて出たからである。

この地の温泉は江戸の頃から知られていたのだが、湯の量が少なく、しかも冷泉で沸かす要があったから、森孝の先祖の誰も利用は考えていなかった。しかし調べさせてみると、これがリウマチ、とりたてて腰痛や、胃腸をはじめとする内臓の疲れを癒す効果があると知ったので、腰に持病のあった森孝は、湯治のための堂や庵《いおり》を建てさせ、別宅とすることにした。

森孝が目をつけた当時、この湧き湯の土地付近には、裏の山にある狭い墓所と、これを守る寺、そのさらに上に、神社とは名ばかりの小さな祠《ほこら》があるだけの深山幽谷だった。あたりには杉の木だけが群生し、神社には神主もいず、あとは足もとに広がる広大な水田と畑だけだ。百姓たちは、東の貝繁の集落からそこに耕しに通ってきていたから家はなく、時おり獣が畦《あぜ》を走るだけの、まことに荒涼たる山里であった。

　森孝が建てた別宅も、当初は杉林を伐採し、湧き湯のそばに小さな湯殿と、布団を延べて眠れる庵を一軒建てたきりの文字通りの隠れ湯だったが、ここが気にいった森孝がさらに杉を切り倒して別邸の建設を進めるにつれ、いわば新見の殿様がここに移り住んできたわけだから、噂を聞きつけた民は大いに喜び、法仙寺《ほうせんじ》の住職夫婦も堂を造営して、墓所の敷地を広げた。伯爵に米や野菜を買ってもらうことをもくろみ、自身の田のそばに家を建てて住む百姓も出はじめた。

　いかに建設が進んでも、森孝の別宅は、新見の豪壮な本邸の構えには到底およばなかったが、本宅にない風雅な趣向がここにはあった。杉地を拓《ひら》いて造られた敷地は、全体が斜面を成している。この広大な斜面に、森孝が「三日月百段」と名づけ、石垣を積ませて造らせた長い坂があった。これは自然にできていたものだが、右廻りに弧を描いて上がっていくこれに、森孝は石段をつけさせ、登り詰めた先に湯殿を造らせた。

　坂道が取り囲む馬蹄形の土地には、新見一の庭師によって見事な花壇が作られ、坂の中途からこれを眺めたり、見降ろすことができた。湯殿の手前からは、木造りの階段が花壇まで降ろされ、迂遠な坂ではなく、これを使って湯殿と花壇とは往き来ができるようにされた。

　三日月百段の中途左手には、石段に沿って点々と庵が建てられ、並んだ。犬房とは、こういう風流な石坂や庵など建造物群の全体をさす呼称で、森孝の住まいはこの百段坂の下、とっつきに建てられた。森孝は朝な夕なにこの家を出、庭内の石段坂をぶらぶらとあがって湯に浸かりにいった。だから湯殿の裏には薪《まき》小屋が建てられ、燃えるものが蓄えられて、主人がいつ来てもよいように、関家の使用人や女たちが常時薪をくべ、温泉を冷やさないように努めていた。貝繁は雪も降る土地柄だから、燃料は屋根の下に入れる必要がある。

薪は周囲の山からふんだんに採れる。使用人の一人、浜吉《はまきち》という男がもともと樵《きこり》で、この男がもっぱら犬房周辺の杉の木を切ったり、枝を集めてきた。このあたりは昔から人があまり入らず、杉の伐採は行われてこなかったから、若い杉から樹齢千年といわれるものまで、木はさまざまにある。杉の木は高いから、一本切れば当分燃料はもつ。倒した杉は芳雄《よしお》という若い方の使用人が輪切りにし、斧でせっせと割って小屋に積み、貯えた。

森孝の別宅は、表門を貝繁法仙寺や、さらに上にある大岐《おおき》の島《しま》神社に向かって登る山道に面しており、湯殿に向かう三日月百段は、家の裏手から始まっていた。表門から道に出、南にくだれば葦《あし》川《かわ》という小川が流れ、この川べりには桜が並木を造って群生していた。犬房の背後に広がる広大な杉の森、川を越えたあたりに広がる人けのない田園風景とともに、風光は実に明媚な土地柄で、桜の頃はとりたてて風情がよく、雪の頃もまたよい。森孝は凡人ではあったが趣味人で、こういう美を見いだす力はあった。

湯殿は杉や檜《ひのき》、桐などをふんだんに用いて造られた贅沢なもので、これらの木材は、土地から採れるもので大半を賄えた。このために大工や細工職人も津山《つやま》や岡山から連れてこられ、庭師とともに百段坂脇の庵をひとつずつ与えられて逗留し、森孝のために仕事をした。犬房の敷地内には、こうして小さな人の集落ができた。

　しかし西貝繁の杉里に湧き出る温泉は、それ以上の温泉集落を造りだせるほどには湯の量が多くなかったし、冷泉なので沸かす要もある。この山里には人もいたが、みな百姓か炭焼きで貧しく、温泉を引いて溜め、沸かして浸かるなどという発想はない。したがって湯は、長く関伯爵家の独占物だった。

　森孝は無類の犬好きで、別宅に行くのにも数匹の犬を伴った。百段坂沿いの庵のいくつかは犬のためにしつらえられ、犬房の名はこれら犬の庵や、深山にこだますその咆え声から来ている。明治という革命の時期にあって、森孝の兄二人は新勢力から血の粛清にあって命を落としたが、森孝は父や兄二人に較べれば凡庸の器で、ために粛清の対象からはずれ、犬を愛《め》でる命を長らえていた。

　世が世なら、兄二人が亡くなった今、森孝は備中の殿様ともなる筋の者なのだが、明治の御代、薩長が政権を取った今は、譜代である関家は、東京の中央政府から重用されなかった。森孝はそれですることがなく、小心なくせに見栄坊で、しかも周囲の煽動やおだてには乗りやすいたちだったから、時流に乗って金を儲けようと、さまざまな事業に手を出しては失敗した。新時代になり、目端のきく者の天下という時世、儲ける好機はいくらもあったのだが、もともと個人的な趣味に生きるほか能のない人間で、といっても新時代の潮流を読む力などなく、関心も持ってはいない。その上人望がなく、頭の切れる家臣も足下に育ってはいなかったから、成功の目があろうはずはない。ただ金を儲けよと言うばかりで仕事は人まかせ、職種の選択も人まかせで、これでは興した商売が倒産に継ぐ倒産となったのも無理はない。しかし森孝をおだてて事業を興させた者たちは、それなりに小金を貯めた。森孝はといえば、そういうことにも気づいていない。

このようにして彼は、伝来の財を徐々に減らしていき、財産管理をして助言をする者もないから、財に加えて勢力も失っていった。腹心の家来や奉公人、周囲の民たちにあれこれを施す気なら、もう新見の家屋敷を処分するほかはないところまで、いつのまにか来た。

犬以外に森孝が愛でたものがあり、それは女だった。西貝繋は夏涼しい土地柄だったから、森孝は避暑のためにもよくここですごしたが、ここに長逗留するにあたっては、女中頭のお振《ふ》りと二人の女中、使用人の浜吉と芳雄、そして妻のお胤《たね》とその娘の美代子《みよこ》、愛妾お嘉《よし》を必ず伴った。これら家族や家来衆は、この別邸に来ると、百段坂沿いの庵をおのおの一軒ずつ与えられ、住んだ。

しかし以前の関家なら、到底このような陣容ではなかった。新見の豪邸には長局《ながつぼね》があり、これらの各部屋には一人ずつの側室が控えていて、夜ごと森孝のお出《いで》か、お召し出しの声がかかるのを待っていた。森孝は述べたように美を見る眼力だけはあったから、これら側室たちは、土地選《え》りすぐりの美女たちだった。関の邸宅が大袈裟な造りとなった理由は、この長局の存在もある。これが大奥のごとく、盛大に屋敷の坪数を取っていた。

百段坂の中途に多くの庵が並んだのも、森孝がこれら愛妾たちを大挙して湯治に伴ったからである。ここでは犬のほか、彼女らにも一軒一軒の庵をあてがう必要があって、だから庵の数は増えた。

夕刻など、森孝は坂下の住まいをふらっと出ると、湯に向かうような顔をしながらぶらぶらと石段をあがり、気が向いた女の庵に寄った。そしていっとき蕁《しとね》の睦言《むつごと》を楽しんだのちは、たいていこの女を伴って坂をあがりきり、ともに湯に浸かった。そういう間は、最も腕のたつ家来衆数人が中央の花壇脇に控えて四方を監視し、また犬も放たれて、刺客の出現を警戒した。

森孝の若い時分からの暮らしはおおよそこういうふうで、親や兄弟が没してからはますます大っぴらに女漁《おんなあさり》に精を出すようになったが、しかしこのようなよい時代は長くは続かなかった。関家の羽振りがよいうちはよかったが、凋落が甚だしくなると、家来衆を支える財力が底をついた。家臣たちはみな散っていき、大勢の側室たちが三十を過ぎてお蕁を辞退する歳になると、野に下す支度金を節約する意味あいもあって、森孝は犬房の足下に家を建ててやり、水田を与え、見目のよい男を集落から選ってきては妻合《めあ》わせて、双方納得すれば祝言を挙げ、田を耕させた。

気に入っていた側室を手放す際は、夫を見つけた上で犬坊《いぬぼう》の姓を与えて名乗らせ、村集落において一定量の権限を与えて小作農を属させた。そして奇妙なことには、森孝は歯が悪く、日夜歯痛に苦しんでいたのだが、これが抜けたような場合、錦織りの巾着袋に抜けた自分の歯を入れ、気に入りの家に賜わって、家宝にさせた。この地に暮らす間、森孝は奥歯が三本抜けたので、関森孝の歯を家宝にした家は三軒生じたことになる。こうして森孝の別邸犬房の足下には、犬坊を名乗る農家の集落が次第に増えていった。

女中頭をしているお振りは父親の側室だった女

で、薦辞退をしてのちは、女中頭として関家内で采配をふるっていた。森孝は自分とは母親のような歳関係になるこの女が煙たかったので、街の男と妻合うのが嫌ならいっそ実家に戻るようにと再三諭したのだが、お振りはきかず、頭を下げて、両親も他界したし、自分には身寄りもない、この本邸とは申しません、どうぞ犬房あたりに管理のために置いてくださいましと懇願する。生涯を、関家とともに送りたいと言う。お振りは実際によく気のつく女で、料理もうまく、この女のおかげで森孝はうまいものも口にできていたから、まあ犬房の管理くらいならよかろうと考えて、不承不承承知した。ところがこれを森孝は、のちにずいぶん悔やむことになる。

そうこうするうち、関家はいよいよ経済的に行き詰まり、親戚一同が集まって協議したすえに、お家の維持のため、新見の本邸を手放すほかはないと結論した。ということは、森孝は西貝繁の別邸犬房のみを住まいとし、ここに定住するほかはなくなったということである。親類たちは、貝繁の田畑を森孝の生活の糧として付けてくれ、暮らしの便を計ってくれた。それはありがたいことではあったが、こんな田畑からあがる収益は知れている。森孝は今後、そういう作物や微々たる収益をあてにして、日々をつましく送るほかはなくなった。もう側室を補充することなどかなわず、女は本妻お胤と、側室お嘉の二人以外にはなくなった。しかしお嘉への寵愛は深いものがあったから、森孝は存外不平を言わず、この難局に対していた。

森孝が西貝繁の犬房に越してみれば、齢《よわい》六十を越したお振りが、犬房のヌシと化して待っていた。お振りはここでは御後室《ごこうしつ》様と呼ばれ、日夜権

勢をふるっていた。森孝は一応御前様ではあったが、凋落して権勢を失い、一家のお飾りと化して、そういうお振りと日夜犬房で鼻を突き合わせて暮らすことになったのである。邸内には妻のお胤、娘の美代子、愛妾のお嘉、それに浜吉、芳雄という二人の使用人、女中二人に数匹の犬が残ったが、森孝に人望がないものだから、奉公人も女中も、家長の森孝を飛ばして御後室様の顔色ばかりをうかがい、命令を待った。犬までが、お振りの方により勢いよく尻尾を振った。お振りのかん高い命じ声なしでは、一日一刻もことが始まらないというふうで、足下の田畑からあがる収益の管理も、すべてお振りの裁量に託された。

これは親類たちのさし金だったが、実際のところこの判断は妥当というもので、放蕩者で浪費家、おまけに見栄坊の森孝に財布など預けた日には、

関家はひと月ともたなかったであろう。しかし森孝としては、いったいこの家の主は誰なのだと、日夜不平を思ってすごした。使用人たちは、時には自分の呼び声に聞こえないふりをすることさえあった。ひと昔前なら、打ち首ものの狼藉である。自分の目の前を通る際に呼びとめても、浜吉など、御前様なんぞがいったいどんな命令を自分に出しなさるんかい、といったふうの顔をする。まるきりの慇懃無礼《いんぎんぶれい》で、人を馬鹿にしている。しかし森孝は実際仕事をしていないのだから、使用人に下す命令といっても薪を割れというくらいしかない。そういうことは、浜吉も芳雄も自分からよくやっていた。御後室様が段取りしてくれる通りに日々を暮らし、黙ってお飾りを演じているほか、森孝には道がなかった。

慇懃無礼というなら、お振りの態度こそがその典型であった。振りは森孝の前に出ると、まずは丁寧に手をつき、にこやかに挨拶をしてから、日々の様子、自然の営みなど、他愛のないことを長々と話した。顔にはいつも笑みがあったが、その笑みもまた勘繰る気になれば、おのれの無能をへらへらと腹で冷笑しているように思えた。森孝は腹が立ったが、振りの腹の中が充分そうだという確証はないし、振りはよく気がつき、世話係としては完璧だったから、文句が言えずにいた。彼が「おいあれを」と言えば、たいてい間髪を入れず、ついとそれが眼前に出た。振りは森孝の嗜好や生活の定型をよく読んでおり、いつも先廻り、先廻りをしてものを用立てた。要は森孝の生活がそのくらいに単調だったということであるが、こういうことにかけては振りは妻の数倍気がきいており、振りさえいれば、妻の仕事はないに等しかった。

その妻がまた、犬房に来てからは森孝の癪《しゃく》の種になった。胤は良い家の出で、美作《みまさか》の大名につながる血筋だった。幼少からのしつけの教育もよく行き届き、読み書きのみならず、琴や儒学などの教養学問も、人に教えられるほどに修めていた。またこの家では一番の美形という誉れもあって嫁にもらったのだが、頭がよい反面、気ぐらいが高く、男に冷たいところがあった。そして人に言えたことではないが、蓐の欲求が人一倍強い女だった。

若い頃の森孝であったなら、そのようなことはものの数ではなかったが、二十代から女漁に精を出し続けてきた男なので、齢四十を過ぎて犬房に移ってきた頃からは、めっきり能力に衰えを感じた。女の数が一気に減り、刺激のなくなった暮らしと、自身の気落ちや自信喪失が、知らず森孝から性の能力を奪っていた。

そして驚いたことには、つつましやかで控え目と見えた妻が、自分を満足させないと見るや、いきなりあからさまに冷笑、軽蔑の態度を取りはじめたことである。自分を満足させるのは男の勤めであり、それができない以上、もはや男としての尊敬には値しない、と彼女は言外に言うようであった。それで森孝は、関にいた女たちがそれなりに平和であったのは、家長のその能力がこれを支えていたのかと、ようやく知ることになった。経済力に続き、これが衰えてきた今、女たちとの関係にもまた危機が生じていた。

しかし胤は、お振りとはまことにうまく行っていた。時には実の母娘のようにさえ見える時があった。二人して談笑し、ともに美代子をあやし、ともに女中を指揮して食事を作り、掃除をさせていた。時として二人は、森孝への連合軍でもあった。たまに胤が森孝と対立したりすれば、振りは猛然と森孝に頭をさげ、胤をかばい、胤の主張を通してやった。その逆もあった。

胤は、ひまを見ては振りに琴を教えているようで、胤はよく奥の間で一人琴を弾いていたが、琴の調べが聴こえるなと思って奥を覗いたら、それは胤でなく振りだったということもよくあった。振りはあまり豊かな家の出ではなく、当然琴などの習いごとをできた環境ではない。したがって幼少よりの琴への憧れは、相当に根深いものがあったのだろう、また種々の能力は高い女だったから、日々めきめきと腕をあげた。そういう振りの様子を見ていてさえ、毎日何もせず、時を過ごしている森孝は、強い劣等感を抱いた。

森孝は、たまに使用人の芳雄が気になった。妻の胤や振りが、芳雄に目をかけすぎるように感じるのである。芳雄はまだ二十代で、新見の干物屋の六男であった。一家が口べらしで苦労しているふうだったから、十五の時に引き取って家に置いた。育つにつれ芳雄は、上背はあまりないが、女のように奇麗な顔だちになった。しかしその歌舞伎役者のような顔には似ず、子供の頃から力仕事をやらせているものだから、体つきは筋肉質で、たまに俊敏な立ち居振舞いをする。筋がよさそうだったから、一度庭の花壇の脇に呼び出し、竹刀《しない》を与えて剣道の相手をさせた。するとなかなか上手なので、森孝はびっくりした。

森孝は、子供の頃から父や兄にさんざん剣道を仕込まれたが、兄たちにいつも手もなくやられるので、剣は大嫌いになった。兄たちには師範級の素質があり、森孝にはまるでなかった。明治の御代になって、森孝は大小の剣こそ磨いて枕もとに置いて寝ていたが、稽古の相手もいないことだし、もうそんな時代ではないからと、竹刀振りはやめていた。すぐに自分よりも腕をあげそうだったから、森孝は二度と芳雄を相手にはしなかった。

目に入れても痛くないほどに愛でていた愛妾のお嘉がまた、お振りとうまく行っていた。というより、老練なお振りが子供のお嘉をうまく手なずけ、なつかせて自分の配下にしているようにしか、森孝には見えなかった。お嘉がお振りをたまに「御後室様」と呼ぶから森孝は驚き、腹をたてた。「振り」と呼び捨てるようにと、森孝は連日嘉を叱ったが、そういう時は「はい」と一応言うものの、陰に廻れば相変わらず「御後室様」と呼んでいるらしい。時には「おばあさま」とも言うらしい。振りも出世をしたものだと森孝は思ったが、もうそういう皮肉を聞かせてやる相手もない。

お嘉はまだ十九だし、犬房では孤独だから致し方がないともいえた。母親代わりの女が必要だろうし、この女の指図に沿うような生活もしたかろう。しかし森孝はこのお嘉が誰よりも何よりも可愛く、縁側で膝に載せては、おまえはわしの最後の女だ、これまでで最も愛した女だ、おまえだけはどこにもやらん、と日夜ささやくような毎日を送っていたから、お嘉には強いことが言えず、また痒いところに手が届くお振りの采配で森孝は楽もしていたから、こちらに対しても強いことは言えない。本妻胤の方はといえばもう四十が近く、森孝の感覚では女のうちに数えていなかったから、終日口もきかずに終わるような日もある。そういう接し方を、本妻にはしていた。

そんなある日、ふと気づいたら庭に犬の声がしない。森孝は犬好きではあったが、世話は振りか使用人まかせである。お嘉と二人でただ頭を撫でたり、庭内を連れ廻すだけだ。犬舎にしている庵に行ってみたら、姿が消えていた。振りに訊けば、無数にいた犬たちは、すべて犬坊の家々にさげ渡してしまったと言う。驚いて苦情を言ったら、犬に食べさせる食料はもうここにはございません、と振りは言う。もはや刺客も参りませんから犬の要もございません。犬坊の者たちには世話をするように申しつけ、預けただけでございます、あの者たちの家には犬の食料はたんとございます、御前様がお申しつけになれば、犬坊の者たちはいつでも犬を連れて見せに参ります、賜わったわけではございませんと言うから、経済的な苦境を知っている森孝は、これにも結局何も言えなかった。

庭内はたちまち静かになり、寂しくなって、だから森孝の愛でる者は、犬房にはもうお嘉だけになった。

二

三日月百段を、靄《もや》のような九月の霧雨が白く霞ませていた。近くの木々はそれでも緑に見えているが、遠くの山肌は灰色に翳《かげ》り、緩い坂に並ぶ庵の列もまた、雨に濡れて黒い。犬房を取り巻く杉里のぐるりは、一幅の墨絵のように色を失い、音も失って静止していた。こういう雨の午後は特にそうだ。花壇の葉鶏頭も、色を消している。

唐傘《からかさ》をさし、胤がゆるゆると石段をあがってくる。湯殿まで一丁ほどになったところで、手拭いで頬被りした芳雄の姿を先に認めた。笑みでほころびかけた胤の顔だったが、たちまち厳しくなって右の手をあげた。芳雄は、湯殿の手前から花壇の中庭に降りようとして、木製の階段の一段目に足をかけたところだった。

「芳雄！」

と胤はかん高い声を出した。

「停まりなさい！」

命じられたので、芳雄は足を引っ込め、立ち停まって胤の方を見た。胤は少し傘を高くかかげ、これまでもかかげていた着物の裾をさらにあげ、すねをすっかり見せながら、わずかに駈け足になった。

「ああ奥さま」

近くになると、芳雄は言った。

「芳雄、その階段を降りてはなりません」

胤は、少し息をきらせながら厳しく言った。芳雄は驚き、どうしてだろうというように、じっと胤を見ている。

「最近降りましたか？　ここ」

胤は訊いた。

「へえ、おととい」

芳雄は頷《うなず》き応えた。霧雨の中、眉根を寄せ、顔をしかめている。しかしそんなふうにしても、若い芳雄の顔だちはよかった。

「なんともなかったかえ？」

胤は訊いた。

「はあ、なんやら、えろうきしんどりましたが……」

芳雄は言う。

「そうでしょう」

胤は頷く。

「わたくしは昨日、下からあがろうとして、踏み板がはずれて落ちそうになりました。えろうびっくりしました」

「はい」

「この階段は危ないです。腐っています。降りてはなりませんよ。浜吉にもよくそう言っておきなさい」

「へい」

「よいですか？　これは私の命令です、よく守りなさいよ。あなたも、浜吉もです」

「そいじゃ、女中衆にも、御前様にも……」

芳雄は上目遣いに胤を見る。

「御前様には私が言いました。女中衆にも私が言います。あんたは私の言う通り、もう二度とここから降りてはなりません。こんな雨の日は特に危険です。木が湿って、よけいにもろいです。朽ちていますからね。そのうちに大工を頼んで替えさせます。よいですか？　この階段を使ってはなりませんよ」

「へい、解りました。そんならここに棒くいなっと立てて、綱張りましょうか」

　芳雄は言った。

「その必要はありません。私がみなによく言っておきますから」

　胤は言った。

「へえ」

「ではあちらから廻ってお降りなさい」

　芳雄が胤に頭をさげ、過ぎかけると、

「あ芳雄」

　と胤がまた呼びとめた。

「今風呂は、誰かが焚いているかえ？」

「へい、浜吉が」

「そうかい。あんた、傘がないのかい？」

「いえ、ないわけじゃありません」

　芳雄は応えた。

「ちょっとこっちに入りなさい、この傘に」

　言われて、芳雄は驚いて胤を見た。

「へい、しかし奥さま、わし、体が汚れております。湯も使っていませんし」

「いいから入りなさい」

　胤は断固命じ、芳雄はそれでおずおずと傘に入ってきた。芳雄の濡れた顔が、胤のすぐ鼻先にきた。胤は袂《たもと》から洋巾《ハンケチ》を出し、顔にかかっている芳雄の雨水を拭いてやった。

「ああ奥さま、よいですよ、もったいない。どうせまた濡れますんで」

　芳雄は言って、逃れようと顔を引いた。

「じっとしなさい！」

　胤は叱った。

「芳雄、こんな雨の中、そんなふうに傘をささないでふらふら歩いてはなりません、風邪をひきますよ」

「大丈夫でさあね奥さま、わし馴れております。それにこんな霧雨」

「そういうことはありません、私の言う通りになさい！」

胤はさらに厳しい口調で叱った。

「へい、解りました」

芳雄はおとなしくなった。それで胤は、芳雄の顔を丁寧に拭いてやった。

「傘がないのなら、私が何かあげます、あとで私の部屋に来なさい」

「いえ、持っとります。そうじゃ奥さん、わし急ぎますんで」

芳雄はそれでまた霧雨の中に飛び出していき、駈け足で石段を下っていった。振り返り、胤はじっとその姿を目で追っていた。


その翌日、御前様の森孝が、この木の階段から転落して足の骨を折った。かなり高いあたりの踏み板がはずれて落下したら、その一段下も、そのまた下の踏み板も腐っていたものだから、森孝の体は階段を突き抜けて、石垣のすぐ手前の地面に落ちた。高さはほとんど二階建て分もあり、下の地面は堅かったから、森孝はひとたまりもなく、右の足を骨折した。うめき、大声をあげて人を呼んでいるところを浜吉が見つけ、女中衆に報《し》らせてから村の医者を呼びに走った。

まだ電話がない頃のことで、さらにこの時、間の悪いことに東貝繁の医師は、研修で岡山に出ており、留守だった。浜吉が村の者と協力しながら八方手を尽くし、ようやく津山の医者が、百姓の馬車に乗せられて駈けつけた時には、時はすでに何時間も経過して、森孝の右足は緑色に変色し、倍以上の太さに腫《は》れあがって医者も驚くほどであった。

森孝は石垣の手前で歯を食いしばり、脂汗を浮かべて微動もできず、女たちがよってたかって額とか体を、濡れ手拭いで冷やしてやっていた。医者は悲鳴をあげる森孝をみなに押さえつけさせ、患部に副木《そえぎ》をあて、薬を呑ませ、手伝いの百姓に持ってこさせた担架に載せて、母家《おもや》の寝室までそろそろと運ばせた。

森孝は足首の関節の少し上のあたりを骨折、その上に足の甲の骨を五つ六つのかけらに砕いて、相当の重傷だった。現在ならこれでも一、二ヶ月で治るところだろうが、医学の発達していない当時のこと、しかも齢五十を過ぎてからの大怪我なので、下手をすれば壊疽《えそ》が出て切断、そうでなくとも生涯松葉杖か車椅子という危険が充分に考えられた。今後の養生次第と医者は言い、薬を毎週届けさせるから、せいぜいよく呑んでもらうようにと使用人たちに命じた。

それからの森孝は、ほぼ一年近く、母家の自室の布団から一歩も動けない身となった。食事から排泄まで女たちの世話にならざるを得ず、これは胤、お振り、お嘉が交替でことにあたった。寝たきりでは息が詰まるから、時には表の空気を吸い、草木も眺めたい。森孝はもともとがそういう風流人である。そこで浜吉と芳雄は、運び手の付いた板張りの寝台を造った。御前様の外出の要求を奥方づてに聞くと、急いで母家に駈けつけ、男二人で御前様をそろそろと寝台に移してから、運び手を持って三日月百段を運びあげた。

坂の中途に置かれ、そこからうつろな目で花壇を見降ろす関森孝は、半白の髪に寝癖がついてざんばらに乱れ、しかし後頭部だけは終始枕に押しつけられるものだから、絶壁のように平らだった。その上に無理に結った小さな髷《まげ》がちんまりと載り、その前方には、薄くなり、そこばかりは艶のある頭皮が丸くのぞいた。好きな温泉にも当分浸かれず、贅を尽くした湯殿は、もはや宝の持ち腐れだった。

怪我をしてからの森孝は、すべての仕草がよろよろとし、一気に老人になった。話し相手をさせられるのが退屈なものだから、若いお嘉はだんだんについてこなくなった。胤もめったに来ず、女ではお振りが来るくらいのものだったが、二人に会話はなく、ただつき添うだけだ。生きる意味を失い、すこぶる孤独な境遇の森孝だったが、犬房の屋敷内にあっても彼は孤立し、口数も減り、尾羽うち枯らしたという言葉が世にあるが、あの形容がぴたりの様子だった。

医者の話では、森孝はよくても回復後、歩行に支障が出るだろうと言う。だが歩けないということではない。ちょっとぎくしゃくした歩き方になるというだけだ。そう言って医者は慰めたが、使用人たちは衝撃を受け、女中たちは涙ぐんだ。自分らの殿様が、いわば不具の者になるのだ。

そういう話を聞くたび、芳雄も胸が痛んだが、同時に不思議にも思った。花壇への階段を降りようとした自分は、奥方に留められたから助かった。そうでなかったら、今頃は自分がこうなっていた。しかしあれほどに神経質になっていた奥方なのに、御前様には何も言わなかったのだろうか。使用人をあれほどに叱るくらいだから、花壇に降りる階段が腐っていることは、夫には当然言ったはずだ。それなのにどうして御前様は、こんなふうに転落したのだろうと芳雄は思ったのだ。

三

芳雄が湯殿の裏で薪を割っていると、芳雄、と名を呼ぶ女の声がした。手を停めて顔をあげ、首に巻いた手拭いで汗を拭きながら声の主を見ると、胤だった。

「あ、奥さま」

芳雄が言うと、胤はすうっと近づいてきて、そばに立った。そしてこう言う。

「芳雄、ご精が出るね」

「はあ……」

応えておいて芳雄が、そのまま薪割りに戻ろうか、それとも何か言葉が続くのを待とうかと迷っていると、胤がますます近づいてきて芳雄のすぐ鼻先に立ち、ついと右手を伸ばしてきて首筋の後ろ側を撫でた。それからぐいと胸もとに手を入れてきて、芳雄の小さな乳首のあたりをさらりと撫でた。

「奥さま」

芳雄が少し怯《おび》えながら言うと、胤はからからと笑った。続いて胤は芳雄の胸に身を寄せてきて上目遣いになり、ゆるく肩を上下させながら、

「芳雄、おまえ、わたくしが欲しくはないかえ?」

と言った。威厳を保ちながらもその声は高ぶって、どこか不自然な調子だった。

「奥さま、わし……」

驚き、立ち尽くしたままで芳雄が言うと、

「あの筧《かけひ》の水で、両手を洗ってきなさい」

と胤はいきなり、やや高い、少しかすれた声で命じた。芳雄は衝撃を受け、立ち尽くした。

「お、奥さま、わし……、奥さま……」

胤は下を向いている。そして芳雄の着物の腰のあたりに触れ、

「この下のもの、これも取りなさい、そしてあれを洗って、それで……」

そういう声は感窮まり、ついにぶるりと震えた。芳雄は急いで土に膝をついた。続いて両手もつき、頭をさげた。

「奥さま、勘弁してください。この前、もうこれきりにしようと、奥さまご自分でおっしゃったではないですか」

胤はしかし、そっぽを向いたままで立ち尽くしている。

「奥さま、わし、わしは殿さまに殺される」

言って芳雄は、額を土に押しつけた。

「なら早うせい。急いですませましょう」

胤は言う。

「奥さま」

芳雄は額を地面にすりつけ、そしてあげ、また土にすりつけることを繰り返した。あげた瞼《まぶた》には、涙がある。

「わし、殿さまに拾われて、ここで使うてもろうて、命の恩人なんです。奥さま、わし、御前様の恩を裏切りとうない。拾われなんだらわし、今頃どっかで物乞いしとったとこです」

「くどい！　芳雄、くどいです。早うして！」

胤は高い、厳しい声を出した。

「奥さま、わし……」

「それがくどいと言うのです！　何度言わせますか?!　恩というなら、わたくしへの恩はないのですか?」

「そ、そりぁありますます奥さま」

「それではわたくしに与えなさい。喜びを返しなさい。わたくしは、ずっとおまえに目をかけてきました。何よりも大切にしましたよ。さあ早う！　馬の鞭《むち》を持ってきて叩かれたいか！」

　それで芳雄は、目に涙を溜めたままのろのろと立ちあがり、割れ竹からちょろちょろと落ちている水の方に向かった。手を洗い、帯を解き、その下のふんどしも解いた。

　洗い終わると、すぐ背後に来ていた胤は、芳雄の手を引き、ほとんど小走りになって薪小屋に向かった。小屋の引き戸を開け、ぐいと手を引いて芳雄の体を中に引き入れ、もと通り戸を閉めて、あたふたと突っかかってきて彼の背を板壁に押しつけ、顔を乱暴に両手で摑むと、もどかしげに唇を吸った。芳雄は何も言えず、ただ応じた。

　唇を離すと胤は、目を開け、舌を出して、荒い息遣いとともに芳雄の唇から鼻の下、顎、ところかまわずに舐《な》めまくった。そうしながら胤は、次第に切れ切れの声で泣きはじめた。泣きじゃくり、芳雄の着物の前をぐいとはだけ、両側を押し下げて肩をあらわにする。そして胤は、はあはあと喘ぎながら顎から首筋にと舌を降ろしていき、胸板では乳首を舐めた。そして自身はしゃがみ込みながら腹、下腹と舌でくだっていって、最後には芳雄のものを口に含んだ。

　着物の脇を持ってしきりに引っ張るから、芳雄は背中をずるずると滑らせて、床に尻餅をついた。

そうしている間も、胤は片時も芳雄を離さなかった。そのために時に痛みがあり、芳雄は苦痛の声をあげた。

　すると、涙でいっぱいに顔を濡らしていた胤だが、芳雄の顔を見あげ、ふふふと忍び笑いを洩らした。そしてまた舌を使う作業に戻り、呼吸も忘れるほどに熱中して、動物のようにさかんに荒い息をたてる。

「ああいとしい、いとしい、これがいとしい、これはわたくしのもの、わたくし一人のもの……」

　口に含んだまま、声にならない声を、胤は呪文のように洩らす。口の端には白く泡が浮かび、手は時おり痙攣する。見あげる上目遣いの視線は、すっかり狂った女のものだ。

　唇を離し、着物の前を割りながら、胤は芳雄の体に跨ってきた。そうしておいて、また芳雄の唇に吸いついた。それから芳雄を乱暴に床に押し倒し、芳雄の口の中に舌を押し込みながら、芳雄のものを持って、自分のそこにあてがった。

「奥さま、奥さま……」

　言いながら、芳雄はべそをかいていた。なんとか許してもらいたいと願ったが、腰を引くことは許されなかった。芳雄のそのあたりに、胤からあふれた湯が、つるつると落ちかかった。そうしてそのまま、ぐいと胤の中に挿し入れられた。

「ああーっ！」

　と胤は、自分でそうしておきながら、ひと声絶叫した。そして泣きながら、激しく腰を揺さぶった。そして悲鳴のような声になって言う。

「ああ、これが欲しかった、これが！　これのことをいつもいつも考えていました。ああ、それでもうわたくし、頭がおかしくなっていました。もう、しとうてしとうて、ああもうとても我慢などかなわず、ああ、もう駄目じゃ！」

そのままもうひとことも声が出せなくなり、動物のような悲鳴とうめき声をたてながら、いっときの休みもなく、ひたすらに腰を揺さぶり続けた。そして腿《もも》をぷるぷると痙攣させ、胤は果てた。芳雄の方はそれであわてて抜いて、外に果てた。

脱力した女を体の上に載せたまま、芳雄はじっとしていた。女の肌は熱く、すっかり汗ばんていて、時おりぴりぴりと痙攣していた。芳雄はそれを感じながら、遠くの森で鳴く鳥の声を聞いた。

しかしそういう時間が長くなってくると、次第に激しい不安も感じるようになった。しかし身分の高い者を撥《は》ねのけるわけにもいかないから、死んだようになっている女の耳もとに、こう尋ねてみた。

「奥さま、美代子さまは……」

「寺子屋です」

間髪を入れず、胤が応える。

「奥さま、人が来ますけえ……」

芳雄が言うと、胤は芳雄の上で、のろのろと上体を起こした。そしてきしるような声でいっときした。

笑った。そのふてぶてしい様子に、芳雄はぞっとした。

「いったい誰が来ますか？　もう誰も来やしません」

「もう」という言葉に、芳雄はさらに背筋が冷えた。それはつまり、ある疑惑のゆえだった。

「振りは絶対に来やしません。主人は母家の布団から、一歩だって動けぬ身です。もうあなたは、何も恐れることはないのです。もう殿様の時代ではない。おまえは少しも恐れるものはない。御前様はただの老人」

　そして胤は身を起こしながら、濡れた芳雄のものをまた握り、くすくすと笑った。

「動けぬ老人、無力なただの年寄り。足の腫れも引くどころか、日に日にひどくなっている。ああだから、これはわたくしのものです。わたくし一人のもの。いいですか芳雄、おまえはこれを、誰かよその女の中に入れてはいけません、よいか芳雄、よいか？」

　胤は何度も念を押した。

「奥さま、わしが誰に入れるというんですか、そんな女、おりゃしません」

　言うと、胤はじっと芳雄を見た。

「本当か芳雄。それは本当かえ？」

「本当ですとも、奥さま」

　芳雄は強く言った。これはまったくの事実であった。こんな人里を遠く離れたお屋敷に奉公して、いったいどこの女と知り合うというのか。

「本当か？　おまえは本当にわたくしのものか？」

「奥さま」

「ちゃんと答えなさい。おまえは本当にわたくし一人のものか？」

「はいそうですとも、奥さま。当然です」

　言って、芳雄は頷いた。

「そうならこれは、わたくしだけのものか？」

　胤は、それを握りしめて訊いた。

「はいそうです奥さま」

「わたくし一人のものか？」

　胤はさらに訊く。

「はいさようです」

「もし裏切ったら手討ちにしますよ、よいか芳雄」

「は?」

「私を裏切って、誰か別の女の汚い中にこれを入れたら、手討ちにするぞ、よいか? 芳雄。よいか? 返事をせい」

胤は恐い声を作って訊いた。

「はい奥さま、けっこうです。わしは奥さまを裏切りませんから」

「刺青《いれずみ》をします」

胤は言った。

「は? なんです?」

「これに刺青をします。私の持ちものである証として、胤と、私の名を書きます、これに、この横のところに。よいか?」

「奥さま、それは勘弁してください」

芳雄は言った。

「おや芳雄、どうしてじゃ。名を書かれるのを嫌がるということは、これを誰かに見せるということか?」

「め、めっそうもない。そんなことはありません!」

「では刺青してどんな不都合がある。かまわぬであろう」

芳雄はじっと無言で考えていた。そして言う。

「はい奥さま、お好きなようにしてください」

「ではそうしてやろう」

そして胤は少し笑い、それから体をずらしてまた口に含んだ。しばらく舌で弄《もてあそ》んでいたが、このように言う。

「芳雄は若いのう、また元気になった。こういうところがわたくしは大好きじゃ」

芳雄は、泣きたい気持ちでじっとしていた。それは欲望のゆえではない、恐怖のゆえだ。堅くなったのは解るが、強い恐怖で、快感を感じるどころではない。

「おまえは聞きたいか？　御前様がどうしてあのような事故に遭うたか」

そう言って、胤はじっと芳雄を見た。芳雄は何も言わなかった。本能的に、ここで何ごとかを言うと危険に感じた。すると胤の方でこう言う。

「その通りじゃ。お前の考えている通りじゃ。わたくしが階段に傷をつけておいた。もともと腐ってはおったが、それをさらにはずれやすくしておいた」

「奥さま！」

衝撃で、芳雄の体が震えた。何ということをするのか。

「あそこまでの大怪我になるとは思わなんだが。芳雄、聞いたからにはもうおまえも同罪じゃ。手討ちにされるなら一緒、重ねて四つにされようではないか。わたくしはおまえと一緒なら、少しも恐いことはないぞ。おまえは違うか？」

激しい恐怖で、芳雄は気が遠くなるのを感じた。魔物に身を絡め取られたようだった。そうしてこのまま、地獄まで引きずり込まれるのだ。

「どうじゃ芳雄」

厳しい声で、胤は再び訊いてくる。

「は、はい、わしも奥さまと一緒なら、少しも恐いことはありません」

芳雄は、懸命に震えを隠して言った。

「だから教えるのじゃ。のう芳雄、わたしらはひとつじゃ、そうであろう？」

「はい……」

「あれはわたくしがやったこと、理由はこれじゃ。

誰にも邪魔されずにこれをむさぼりたかったから。おまえをむさぼりたい。わたしはおまえに命を賭けています。おまえと一緒なら死ねる。おまえは違うか?」

「わしも同じですとも、奥さま」

言うと胤は、ぎゅっと芳雄の体を抱いてきた。芳雄は声をあげて泣きたかった。しかし我慢した。

「ああわし、お前が好きじゃ。おまえの体、おまえの匂い、おまえのこれが好きじゃ。わたくしはもう狂うた、おまえに狂うた。おまえとともに、地獄に落ちようぞ」

そしてまたもぞもぞと体を上方にずらし、のしかかってきて、芳雄のものを自分にあてがった。押し込み、今度はそのままじっとして、ぶるぶるといっとき快感に体を震わせていた。それからまた抱きついてきて言う。

「ひどい妻と思うかえ? 芳雄」

芳雄が応えずにいると、胤は喘ぎのにじんだ声でこう続ける。

「私はそうは思いません。こんなこと、私はひとつも自分が悪いとは思うていません。御前様がわたくしを悦《よろこ》ばせないからいけないのです。御前様の、殿方の、それは当然の義務じゃ。そう思わんか芳雄」

「はい……」

「御前様は、義務を怠っておるのじゃ。だからわたくしがこうするのは当然。わたくしに罪などはありません」

そして胤は、また体を揺すりたてはじめ、言葉はみるみる喘ぎに埋もれていく。

「御前様は……、あの方が強い女ばかりをお集めになった、そういう女の方が面白いからと言う

て……。だから……、これは自業自得というもの、わたくしは、決してあさましゅうはない……」

そしてもう言葉は消え、喘ぎ声と泣き声だけになった。またしばらく愉《たの》しんでおいて、胤はまだ果てず、しばしの冷静さを回復して言う。

「芳雄、おまえは若い。体もよい、剣をやりなさい。そうして強うなりなさい。わたくしが剣をひと振り都合してきます。御前様のものに、もう使うてないものがある。御前様はもう老人で、しかも不具者じゃ。この邸内に男は御前様一人、浜吉は数に入らぬ。その御前様はもうあのようです。おまえさえ剣をやれば、御前様などお前の敵ではない。あの人はもともとは剣の腕はたたぬ人、おまえが御前様より強うなるのは造作もないこと。

そうして、おまえはわたくしを守りなさい。よいですか？　おまえはわたしを守るのです。これはわたくしの命令じゃ。おまえはわたくしを悦ばせつつ、わたくしを守るのです。それがおまえに与えられた使命じゃ、よいか。どうじゃ、返事をしなさい」

腰を振り、その動きで言葉は切れ切れになり、しかし胤は訊いてくる。芳雄も息を荒くしながら夢中で頷いた。

「言葉で返事をせい芳雄！」

昇りつめつつあったために、命ずる胤の声は震え、悲鳴のように高なった。

「わ、解りました奥さま。わし、そうします」

聞きながら胤は、身を震わせて達した。それで芳雄は、またあわてて引き抜き、射精した。すると胤は頬を打ってきた。続いて胸をぱしぱしと打つ。

「何をする。わたしがよい時に出してはならぬ！」

「はい、しかし……」

「よいですか？　おまえはこれから、すっかりわたしの命令通りにするのですよ。よいか芳雄。返事をせい」

「はい、解りました奥さま」

芳雄は応えた。

「わたくしが要求したら、すぐにこれを出しなさい。これは誰のものか？」

またぐいと握った。

「奥さまのものです」

「よろしい、よい子だこと」

そして胤は、芳雄の唇に唇を押しあててきて、強く吸った。

四

それから一年ばかりの時間が経過したが、森孝の足はいっこうによくならなかった。右足首の腫れはますますひどくなり、もう臑《すね》よりも太い。緑色だった肌の変色は紫色になり、ついには黒くなっていった。歩くことなど思いもよらず、激痛で日夜煩悶していた。

不思議なことは、骨折以来、体調が悪くなったことだ。これは体力の衰えというくらいではすまない。終日ぜいぜいと荒い息をし、眩暈《めまい》を感じ、絶えず熱もある。夜半にはこれが格別高くなり、腹部に激痛まで訴えるようになった。目も遠くなり、細かな字の手紙が読めず、体の節々が痛い。特に左手の肩と肘の関節が痺《しび》れて動きにくくなった。日に何度も意識が遠のき、うわごとも言う。食べたものや、呑んだ薬をすべて吐くこともあった。すっかり病を得たふうだが、その理由も、病の名も、医者には解らなかった。

森孝の足は、ついに臑から下が真っ黒くなり、爪先は腐臭を発しはじめた。壊疽であることはもう誰にも隠しようがなく、医者も匙を投げた。新見や岡山から医者と大工、それに屈強な男たちが呼び集められ、ついに切断という運びになった。

麻酔薬などない時代で、森孝には切断の決定は伝えられず、男たちがいきなり寝室に踏み込んで森孝を押さえつけ、腿を縛って口にタオルを嚙ませ、経験のある大工が膝の下を鋸《のこぎり》でひいて切断した。森孝の絶叫が、杉里の森林に木霊《こだま》した。

切断した傷口を素早く止血し、消毒し、粗末な義足と、化膿止めの薬剤を山ほど置いて、医者たちは帰っていった。しかし森孝は、命はとりとめたものの、その後気力は回復せず、義足をつけるふうもなかった。

そうこうするうち、心労からか最愛のお嘉が病を得、保養のためにいったん里に戻った。しかし嘉はそのままずるずると実家に留まり、なしくずし的に関家と離縁状態になった。嘉の実家が、森孝の威光を見限ったのだ。けれど、森孝としてももうどうすることもできない。嘉は正妻ではないから、事態を打開する方策はない。またたとえ呼び戻しても、寝たきりでは大した相手はしてやれない。

森孝はこうして、右足だけでなく、正妻以外の女をすべて失った。これで彼の気力はさらに減退し、重病人になった。彼はもう枕から頭をあげることもできなくなり、生きる屍《しかばね》同然となった。

主が存在しないも同然なので、邸内での振りの勢力は、ますます増大した。それというのも湯殿の裏で使用人と密会を続ける胤を、振りは心得ていた。そこで何かと庇い、さまざまな手を尽くして御前様の目から隠してやっていた。同じ邸内での胤の不倫がこうまで長く森孝に露見しないでいられたのも、ひとえに振りの采配のおかげであった。

そうする一方で振りは、二人が情を通じやすいよう、余っている布団を薪小屋に運ばせたり、小屋に錠前をつけさせたり、戸を強化してやったりした。これで振りは胤に充分な恩を売り、胤の弱みも握ったから、犬房での振りの思惑は、右から左に通ることになった。振りはこうして、犬房の事実上の最高権力者となった。

四月、土地の残り雪もすっかり溶け去り、貝繁村の遅い桜も開花して、関の母家の裏に一本だけある若い桜も、はかなげな白い花びらをいっぱいにつけていた。温《ぬく》もった夜の底で、どこか気分が浮き立つような春の宵だった。

胤は、この日もまた密かな肉の悦びを得てから、芳雄をともなって逢い引き小屋から出てきた。もはやかつてのような緊張感も胤にはなく、気分も弛緩して、態度が大胆になった。振りさえ味方につけてしまえば、この邸内に恐いものはない。湯殿裏の路地で、胤は笑い転げながら芳雄の首筋に絡みつき、引き寄せて接吻をした。

「お、奥さま」

立ち停まり、芳雄は驚いて言った。この時になっても、芳雄の頭からは罪の意識は消えていない。その様子を見て、胤はけらけら笑った。

「なにその顔は、芳雄」

胤はかん高い声で問う。

「何を怯えておるのじゃ芳雄」

「奥さま、いけませんこんな時間に。早う御前様のところに……」

しかし胤は、すっかり安心しきっていた。

「怯えることはない芳雄。恐かったのはな、御前様に大勢のご家来衆がいた頃のこと。今はもう、わたしらに危害を加える者はどこにもおりゃしません。殿様はたった一人、もう何の力もない。おまけに殿様には右足がない、母家の蔀《しとね》から一歩も動けぬ身。ああ……」

と胤は両手を上げ、いっぱいに伸びをした。

「右足がないといっても義足が……」

と芳雄が言いかけるのを、胤は遮って言う。

「なんと気持ちのよい宵じゃ！　里にはあちこちに桜が咲いて、風は花の香りに充ちて、ほれ、あの通り月も満月。あたり一面のよい匂いに、気分が沸き立つようじゃな。木の芽時は人の心を狂わせるというが、そうなことはない。気分はほんに晴れ晴れとよい心持ちじゃ。今から、ちょっと葦川べりの桜並木でも散策したい気分じゃ。おおそうじゃ芳雄、このまま二人で、下に散策に行こうではないか、夜桜見物じゃ。そうじゃ、それがよい」

芳雄は仰天した。

「奥さま、何を言われますか！　人に見つかったらどうします」

「かまわぬ、もう陽も落ちた、顔など見えやせん」

「奥さま、この辺の者はみな顔見知りです」

「まず体を洗うのじゃ芳雄、それから散策じゃ。わたしらを邪魔する者など、もうどこにもおりはせん。わたしらは世に選ばれし者たちじゃ、若いうち、せいぜい楽しむのじゃ」

そして胤は筧のそばに行き、大胆に着物を脱いだ。肌襦袢も脱ぎ、湯文字も取って、そばの枝にそれらをぱさと重ねてかけた。それから流水に手拭いを湿らせ、汗ばんだ体を拭いていった。芳雄の着物も脱がせ、前を向かせて丁寧に体を拭いてやった。自分に快感を与えてくれたものは、何よりも丹念に拭いた。

「奥さま、わしもう、こういうことには堪えられません」

裸の芳雄が弱音を言った。

「こうないけんこと、ほんまに……、何言うか……、ふしだらです」

「またそれか。いったい何度弱音を吐けばおまえは気がすむ」

胤は、ほとほとあきれたように言う。

「ではおまえ、いったいどうしたいと言うのじゃ？」

声に笑いをにじませ、胤は訊く。

「じゃから、逃げましょうここから、そして……」

「そして？　そしてどうする芳雄、どこに行く？」

胤は、からかうような目で芳雄を見る。

「どこか遠くにです。このあたりの者の目が届かぬ、どっか北の果てにでも」

「それでどうする、どうやって生活する」

「働きます、わしが」

胤はからからと笑った。そしてこう言う。

「おまえの収入など、たかが知れておる」

ぴしゃりと言われ、芳雄は黙った。

「おまえ、浅はかだねえ、わたくしはあきれますよ。知恵がまるで足りない、もっと賢うおなり。

世間を知らないにもほどがあります。そんなことでは、とってもこの世の中を渡っては行けません。もっと勉強をしなさい、勉強を。破れ長屋暮らしで、このわたくしに内職でもさせたいというのかえ？　わたくしはごめんですよ。わたしは貧乏は嫌じゃ」

「めっそうもないです。でも奥さま、わしら、罪を犯しとるんだから、それは……」

「誰が罪を犯しておる？　罪というなら、御前様もみな同罪、そうではありませんか？」

それで芳雄はまた黙る。

「知恵を使いなさい芳雄。恐れるものなど何もない、御前様は歩けん、それに力もない。あの方以外、どこに恐れる者がいます」

教え諭す者の目で、胤はじっと芳雄を見る。

「このまま辛抱していれば、いずれ御前様は死にます。それもじきじゃ、わたしには解ります。さすればわたくしは幸い正妻、この家屋敷は、わたしのものとなるのです。そうなったなら、誰に気がねすることもなく、わたしらはここで暮らせるではないか」

聞いて、芳雄は絶句した。考えてもいなかったことだからだ。妻を寝取り、その上にこの家屋敷までぶん取るなど、芳雄には、まるで発想の埒外だった。

「よう聞きなさいよ芳雄、人間、もっと利口にならなくてはなりません、もっとしたたかに。世に生き残る者、それは常に知恵がある者です。御前様にはこれが足らなんだ」

芳雄は度肝を抜かれた。女が、女房が、絶対に口にしてはならない言葉だったからだ。

「だからああなった。わたしらは御前様のように、ああはならんようにせねばなりません」

芳雄はじっと考える。そしてこのように言う。

「でも奥さま、奥さまと違ってわしはただの使用人、たとえそうなっても、ここでおおっぴらに暮らすなんぞ、到底無理なことです。関さまのご親戚衆が黙っちゃおりませんから」

「わたくしが何とでもします」

胤はきっぱりと言う。

「そうなこと、なりゃしません」

首を横に振りながら、芳雄は言った。

「なりますとも。どうして信じられん？　また、もしもどうしても厄介が起こったというなら、その時はここを売ればよい。御前様が亡くなってからならそれもできます。そうなったらはじめて、わたしらは遠くに逃げることもできるのですよ。よいか芳雄、先だつものがなくてはこの世界、何もできないものです。よいですか、よく憶えておきなさい芳雄、それが処世の知恵というものなんですよ」

「御前様が、すぐ亡くなるわけもない」

芳雄は言う。

「亡くなります、あのご様子なら。わたくしは女房なのですからね、よう解ります。いつも見ておるんです、あれは抜けがらです、もう長うはない。枕から頭もあげられん」

「そうなこと……、それに振りが……、あれに脅されますよ」

「その頃はあれも死んでいます」

「死んでいなかったら」

「いくらか握らせます」

「いくらかですむような女じゃありません」

振りの狡猾さは、芳雄も骨にしみていた。

「その時はその時、わたくしがきちんと考えます」

胤は言い、赤い湯文字をつけ、肌襦袢をふわと羽織って、しごきを腰に廻して縛った。芳雄もふんどしをつけ終わった時、湯殿の陰から、暗い、異様なものがついいと現れた。人型のようにもみえたが、かたちが異様だった。

それは杖のようなものをつき、ゆっくりとこちらに近づいてくる。頭部が異様に大きい。影に先に気づいたのは芳雄だった。

「ああっ！」

と裸の彼は叫び、凍りついた。

「うぉーっ！」

と影はひと声、意味不明の声で吼えた。芳雄は怯え、泣きだしそうな顔になった。

近づき、月あかりにぼうと照らされたもの、それは鎧兜《よろいかぶと》だった。黒々とした具足が、のし、のしと、二人にゆっくり近づいてきた。

兜が頭をあげる。すると、怒りで鬼のように形相を歪めた森孝の顔が、月光に照らされた。

「胤っ！」

鎧兜の森孝は叫んだ。

「芳雄、なんじゃその格好は！」

「申し訳ありません！」

ふんどしひとつの芳雄は、濡れた土にひざまずき、土下座した。

「あ、あんた、歩けるんか！」

胤は、思わず叫んでいた。そして、次の瞬間には笑いだした。

「またどうしたん、あんた、そうな格好して！」

「不義者！　どうもおかしいと思うておった、蓐で気をやる時、芳雄、芳雄と言うからな。ようも舐めてくれたもんよのう胤。わしを歩けんようにしたつもりなんじゃろうが、じゃがな、わしは歩けぬふりをして、こうしてひそかに練習しておったんじゃ。すべておまえに復讐するためじゃ。ただそれのために！」

「あんた、わたしをだましたんね！」

胤が怒りの声をあげた。

「馬鹿者！　そりゃこっちの言うことじゃ！」

裸の芳雄は立ちあがり、くるりと後ろを向くと、だっと逃げだした。

「逃げるな芳雄！」

かん高い声で叫んだのは胤だった。

「御前様は動けん、毒を呑んどる！」

その声で、主人としもべは均等に凍りつき、暗がりで振り向いて胤を見た。

「じゃからおまえは負けはせん！　こうなしもの世話も自分一人でようせんような男、立ち合え！　おまえなら負けはせんわ！　刀はこの中じゃ！」

言いおいて胤は薪小屋に飛び込み、刀を摑んで出てきた。いきなり鞘《さや》を地に捨てる。しかし、目の前に立っていたのは森孝だけだった。芳雄の姿はない。

「芳雄！　戻れ！　どこに行った。わたしが殺されてもよいんか！」

闇に向かって胤は叫ぶ。これを見て、森孝も刀を鞘走らせた。杖と見えたものは大刀だった。

悲鳴とともに打ち込んでいったのは胤だった。待っていてはやられると判断してのことだった。しかし刀は兜に当たり、すこしめり込んで動かなくなった。

泣き叫びながら刀を離し、胤はすぐに花壇の方角に逃げだした。義足を引きずり、一瞬追うべきかと森孝は迷ったが、まず芳雄を追ってその方に駈けだした。兜の刀はすぐに地面に落ちた。

普段なら若い芳雄の足、楽に逃げきれるはずだった。しかし湯殿の裏を抜け、裏山に逃げようとした時、不運にも芳雄は、切り株につまずいて転倒した。裸足《はだし》だったために指を骨折し、続いて転がった先の枯れ枝で体を深く傷つけた。

必死の思いで起きあがった芳雄だが、激痛で足が動かず、意識が遠のいてまた転倒した。そして自分の意志でなく、その場を転がって大声で呻《うめ》いた。それで、足の不自由な森孝にも追いつかれてしまった。

芳雄に近づくと、森孝はわめいた。

「ようもわしを舐めてくれたもんよのう芳雄！主人のことを、おまえはいったいどう心得てお る！」

芳雄はまた土下座し、謝った。

「申し訳ありません、御前様！」

しかし森孝は、うずくまっている芳雄の裸の肩口に、奇声とともに刀を叩きつけた。肩口から斬り落とされた左腕が、湿った土の上に転がった。絶叫とともにもんどり打った芳雄だったが、ごろごろと転がっていったあげく、肩から血を噴き出させながら、なんとか立ちあがる。その瞬間を待っていた森孝は、今度は右の肩口に斬りつけ、右の腕も肩からすっぱりと切断した。

二本の腕が地面に転がり、それで少しは気のおさまった森孝は、はあはあと肩で息をしながら、地面をのたうって苦悶する血にまみれた芳雄の裸体を眺めていた。とどめを刺そうかとも迷ったが、このまま苦しませるのが報いと考え、そのままくると背を向けて、厠に向かって駈け戻った。

胤の姿は、もうそのあたりにはない。湯殿の脇を抜け、石段まで出て見廻すと、白い肌襦袢の裾を乱し、三日月百段を必死の勢いで駈け降りていく胤の姿が目に入った。

「おのれ不義者！」

ひと声叫び、森孝は義足をひきずりながら、妻を追って駈けだした。重い兜を脱ぎ捨て、胴当《どうあて》もむしり取った。怒りの狂気にかられた森孝は、もはや義足の不自由も、全身の痛みも忘れた。鞘を投げ捨て、血で濡れた刀をひっさげて、間隔の空いたゆるい石段も、ぽーんぽーんとひと踏みずつで飛んだ。

返り血を浴びた着物を乱し、両の足をすっかり露出させて駈ける森孝に較べ、裾を乱せぬ下着姿の胤は、なかなか速度が乗らない。それでも懸命に母家のそばまで逃げ延びたが、裏口の小桜の木のそばで、ついに森孝に襟首を捕まった。その時義足が弾けて飛び、どうとばかりに二人は、地面にもんどりうって転がった。

胤は大声で悲鳴をあげる。

「おのれ胤！　手討ちじゃ！」

そして森孝は、形相すさまじく、犬のように怒りの吠え声をあげた。しかし体力の衰えはいかんともしがたく、息があがってすぐには攻撃に移れない。胤の着物の襟首を摑んだまま、いっときぜいぜいと喘ぐ。さらには咳き込みはじめて、赤い血をぱっと土に吐いた。

この瞬間を、胤は見逃さなかった。そばの石を拾い、いきなり森孝の頭に叩きつけた。森孝は悲鳴をあげ、胤を離して地面につっ伏した。続いて胤は跳ね起き、森孝の腹のあたりを思いきり蹴り飛ばす。しかしいかに弱っていても森孝も男で、その足を摑んで離さず、続いて繰り出した胤の拳も、摑んだ。そして血で赤く染まった歯を食いしばり、そのままゆっくりと立っていった。

それから胤を摑んで振り廻し、渾身の力で地べたに投げ飛ばした。しかし片足の悲しさで、森孝もまた地面に転がる。抜き身が脇に飛んでいった。しかし森孝は胤にしがみついてきて背に乗り、はあはあと荒い息をあげながら、肌襦袢の腰に廻ったしごきを乱暴に解いた。

「ようも舐めてくれたのう胤！　この不義者が、手討ちにしてくれる！」

叫びながら森孝は、胤の両腕を背後に廻してねじりあげ、今解いたしごきでこれを縛ろうとした。しかし胤も、おとなしくされるままにはなっていない。懸命に暴れ、蹴り、殴りつけてくる。それで森孝は、何度も何度も拳で胤の頭を殴りつけた。気が遠くなったか、胤が一瞬おとなしくなる。この瞬間を逃さず、森孝は胤の両手首をなんとか背後できつく縛ることに成功した。

「あ、あんた、あんた、待って、聞いて、御前様！」

いましめられると、胤は必死で叫ぶ。

「うちはだまされたんじゃ！　あの芳雄にだまされて、手籠めにされた。うちは何度も嫌じゃと言うた、もう堪忍してと言うて泣いて断った。何度も何度も逃げたんよ。でもあいつが許してはくれなんだ。悪いのは芳雄じゃ！　わたしではない！」

喉を絞り、胤は涙で訴える。

「あんた、冷静になって！　わたしらは夫婦じゃないね、話せば解ること、気を落ちつけて！　あんた、人殺しになりたいん？」

「やかましいわい、わしの足を折ったのは誰じゃ、あれでわしの人生は狂うた、すっかり狂うてしもうたのじゃ！」

「あんた聞いて、それでも芳雄は、何度も何度もわたしを襲うて犯した。奥さまの体が欲しい欲しいと言うて。じゃからわたしは悪うない、芳雄が狂うたのじゃ、あれがわたしに狂うた。身分の高いもんに、卑しいもんが狂うのはようあること、じゃからうちは悪うない！」

「見苦しいぞ胤、観念せい！」

そして後ろ手に縛った胤を、森孝は乱暴に引き起こし、立たせた。

「わたしは悪うない！　あれが、あの卑しい男が全部悪いんじゃ。うちは騙された、うちは悪うない！」

泣き叫び、胤は懸命にすわり込もうとする。それを蹴りつけ、殴り、森孝は引っ張りあげて立たせた。

「立て胤、潔う死ね、武士の妻らしゅう」

そして胤の襟首のあたりを摑み、引きずった。

しかしこの時また発作に襲われ、森孝は身を折る。咳き込み、血を吐く。

「もうあんたは武士ではなかろうが！」

その姿を見ると胤は勢いを取り戻し、叫ぶ。

「なに？　無礼を言うな！」

そして息を整え、森孝は言う。

「毒か……。ふん、ずっと少しずつ、わしに毒を呑ましてくれとったわけか胤。ようもまあ、そこまでしてくれたもんよのう。何が手籠めにされたじゃ。手籠めにされたもんが、主人に毒を盛るんかっ?!」

「違う、違う！　あんた違う。うち、そうなことはしとらん。さっきは嘘を言うた、あれは嘘じゃ、芳雄を奮いたたせよう思うて」

「何?! 奮いたたせるじゃと?」

「違う、違う、堪忍して! うちはやられたんじゃ、ああな卑しいもんに」

「そうなら、なんでおまえの方から湯殿に行った!」

「行かん、行かん! 聞いて、あんた聞いて! うちの話ゅう聞いて。あんた、うちは脅迫されとったんよ。うちを犯しといて、それで御前様に言うぞ、御前様に言うぞと脅して、そいでうちはあんたを愛しとるから、あんたを傷つけとうのうて。あの芳雄はそういう、心底の悪じゃったんよ、憎らしい! うちがどれほどあの男を憎んだことか。世間知らずのうちを、あの悪党が手玉にとったんよ。それでええようにしたんよ! じゃからうちはもう、どうしようもなかった。うちは世間いうもんを知らん! じゃから助けて! うちはあんたに惚れとるんよ、じゃから助けて! あんたが好きなんよ! じゃからあんた、助けてえな!」

「ほんならなんでわしとの時に、芳雄、芳雄て言うた!」

「言うとらん、うちは言うとらん! 聞き違いじゃ」

「聞いた、聞き違いがあるもんか! 吐け、この売女《ばいた》が!」

「言うとらんーっ!」

胤は泣き叫んだ。

「もうええ、歩け!」

そして胤を引きずり、森孝は花壇への階段に足をかけた。胤を引きあげようとしたが、胤は暴れ、決して歩こうとはせず、階段に足はかけない。森孝は片足だった。体も弱っている。これはもう、到底無理な仕事だと悟った。

しごきを抜き取られたから、着物の前がはだけ、胤はすっかり上半身がむき出しになった。豊かさの残る乳房が、夜の中でゆさゆさと揺れた。懸命にすわり込むたび、白い両の足も湯文字を割って現れる。

「この、さかりのついた淫乱女が！　一家の恥さらしが！　おまえのような淫売は、今わしが成敗してくれる！」

血を吐きながら、森孝も喉を絞って叫ぶ。すると胤は、杉里中にこだまするようなかん高い悲鳴をあげた。続いてこう叫ぶ。

「もうそうな時代じゃないがあんた。目を覚ましてえな！」

「何がそうな時代じゃないだ、たわけが。おまえは武士の女房じゃ、不義密通は斬首じゃ、そうなこた、とうに知っておろうが！」

「助けて、命だけは助けて！　うちが悪うございました。御前様に尽くします、これからは心を入れ替えて、御前様のためだけに尽くします。何でもします、なんでもする。うちは誓う、誓います、心から誓います！　じゃから命だけは、命だけは助けて！　殺さんといて！　お願いじゃ、お願いじゃーっ！」

「生きてまた若い男とやりたいか！　この大うつけが！」

森孝も一喝する。

「そうなことはせん！　あんた、そうなこと、うちはもう二度とせん。ああなこと、全然楽しうなかったんよ。うちはあんたとが一番じゃった、ほんまよ、あんたが一番ええ。見とって、うちを見とって、もう悪いことはせん。座敷牢に入れてもええ、叩いてもええ、蹴ってもええ、命だけはとらんといて！」

「もうええ胤、見苦しいぞ！　この恥さらしが！　歩かんのならここで首を刎《は》ねちゃる！　そこへなおれ。すわれ！　正座せい！　そいで体を前へ折れ！」

言って森孝は、胤の腰のあたりを短くなった右足で蹴りとばした。しかし胤は、すわる気などさらさらない。後ろ手にいましめられた体をよじり、懸命に立ちあがろうとする。今や両足だけでなく、白い尻もすっかり夜気に晒し、大声で泣き叫ぶ。

「助けてーっ！　助けてーっ！　芳雄、助けてーっ！　うちを助けてーっ！」

そして立ちあがり、駈けだそうとする。森孝は片足で追いすがり、むんずと髪を摑んでまた地面に投げとばした。

「本性出したな、この牝犬！」

「助けてーっ！　芳雄、助けてーっ！　こうな男、早う殺してーっ！　こうな爺い、おまけに毒呑んどる、体動きゃせん！　早う、早うして。うちが、うちが殺されるじゃないかーっ！」

恐怖に狂った胤は、地面で女の恥部もさらけ出し、両足を醜くもがかせながら大声で悲鳴をあげる、少しでも前方にと逃げる。

「誰か、誰かーっ、助けて、助けてーっ！　芳雄、芳雄ーっ！　気が狂うとる、この旦那、気が狂うとるよーっ。うちが殺される、うちが殺されるんよ、ええんかーっ！　人殺しじゃ、こいつは人殺しじゃ！　芳雄！　芳雄ーっ！」

「芳雄は来ゃせん、さっきわしが斬って捨てた」

森孝は言って、また胤の腰のあたりを思いきり蹴りとばした。すると胤の体は、若い桜の幹にぶつかって、ぱっと桜の花びらをあたりに散らせた。

「振り、振りーっ！」

胤は、今度は振りの名を呼んだ。

「振りも来ん、さっきわしが斬った」

そうして森孝は、胤の後ろ首を摑み、桜の木の下の地面に、胤の額をぐいと押しつけ、うつぶせにした。それでいったんは腰を折った胤だが、おとなしくその姿勢ではいず、もがき、横ざまに倒れ、下半身をむき出しにしながら、懸命に森孝を蹴ってきた。その足が命中し、森孝は飛ばされて尻餅をついた。その瞬間を見て、胤はまた立ちあがろうともがき、声を限りに悲鳴をあげる。

「誰かー、誰かー！　誰か来てーっ！　人殺しーっ、人殺しーっ、うちが殺されるーっ！」

「おのれ売女が！」


ひと声を叫んでおいて森孝は、脇の地面にあった大刀を拾って摑んだ。そして両手のきかぬ胤が、立ちあがろうとして腰を折り、膝を揃え、いっとき自分に見せたその白い尻に、森孝は斬りつけた。

ぎゃーと、胤は悲鳴をあげた。そして横向きに倒れ込み、胤はいっとき苦悶する。白い尻の肉がぱっくりと赤く裂けていた。それに後方から覆いかぶさり、森孝は、胤の後ろ首に、大刀の刃を押しあてた。

「恐い！　恐い！　恐いーっ！」

胤はもがき、泣き叫ぶ。

「死にとうない！　うちは死にとうない！　死にとうないーっ！　あんた、助けてーっ、助けてーっ！」

命乞いにいっさい頓着せず、森孝は刀の背にのしかかり、全体重をかけていった。たちまち噴水のように血が噴き出し、森孝の顔面を打った。断末魔の絶叫。そして胤が静かになると、森孝は刀を引き、両膝立ちで立ち、あらためて上段に振りかぶって、気合もろとも、一刀のもとに頸部を断ち切った。胤の頭部は、それで血を噴きながら、散り敷いた桜の花弁の上を転がり、白いそれを赤く染めた。

力が尽き、森孝もまた刀を捨て、そのまま地面に両手をついた。咳き込みはじめ、続いてとめどなく血を吐く。

そういう姿勢でしばらく喘いでいたが、ずいぶんしてから立ちあがり、歩こうとして、またどうと地面に倒れ込んだ。片足であった上に、残っている足も、もうすっかり動かなくなっていた。そのまま倒れ込み、森孝はしばらく喘ぎ、気を失ったようになっていたが、回復したらまた身を起こした。

刀を拾って刃先を地面につき、なんとか立ちあがると、森孝は刀を杖に、片足で妻の首のところまで行った。胤の首は、もう血を噴いてはいなかった。森孝は胤の髪を持ち、自分の顔の高さにまで掲げた。

顔を見てやろうと思い、鼻の方をこちらに向けたのだが、どうしたことか、顔がよく見えなかった。理由がしばらく解らなかったが、だんだんに解った。森孝の顔面が、したたかに返り血を浴びたせいだった。胤の血が目に入っているのだ。左手で拭い、そうしてから森孝は、胤の顔をじっと見た。

白目をむいていた。黒目の下端が、かろうじて上瞼の下に覗いている。唇は半開きになって、歯の間から、胤はつるつるとよだれを流していた。

それは白く糸を引いて、地面にまで達していた。

見つめていると、森孝の顔に次第に笑みが浮いた。含み笑いを洩らし、最初はそのようだったが、彼の笑いは徐々に哄笑になっていった。

涙を流し、身を折りながら、森高は長く高笑いを続けた。その真っ赤な顔に、桜の花びらが舞ってきて、貼りついた。

第一章　最初の死体

1

「それで、それからどうなったんです?」

と私は急いで訊いた。

「母家に火《ひ》ゅう放ったんよ」

法仙寺の日照《にっしょう》和尚は、ちょっと火鉢に屈み込みながら言う。ほう、と聞いていた一同がどよめいた。

「もうこれまでじゃと思うたんじゃろうなぁ森孝さん、自分の家に火ゅうつけた」

　この和尚は、私の知る先代ではなく、息子さんである。龍臥亭《りゅうがてい》事件の時に手首を見せて供養してもらった先代の住職は、あの事件の翌々年に亡くなっていた。龍臥亭事件から、もう八年もの歳月が経つのだ。

　事件の時、住職はすでにずいぶん高齢だったし、体もかなり悪いようだった。先代が亡くなったので、先代の娘さんの夫であるこの人が寺を継ぐ決心をして、津山でのサラリーマン生活を辞め、職を辞して法仙寺に入ったのである。そう聞いた。だから私は、彼とはこの時が初対面だった。しかしよく喋《しゃべ》る気さくな人物で、私はまったく気がねを感じなかった。

「火をつけた……」

「うん、もう生きとってもなんもええことないしね、女房の裏切りでそう思うたんじゃろうなぁ森孝さん。それで母家は丸焼け。全焼。三日三晩燃えたそうなよ、ここは消防署も遠いけえねぇ。当時はもっとそうじゃったろう」

「俺はどうなったんでしょう」

「これも母家に近い方はずうっと焼いたらしいなぁ、でも一部は残ったいうて。湯殿も残ったいうて。でもこれらは暮らせる家じゃあないけえね。肝心の母家は丸焼けで、跡形ものうなってしもうたそうなわ。焼け跡からね、振りの死体がひとつ出たいうてね、それだけじゃったそうなよ」

「ほう、じゃあやっぱり、お振りさんは殺されたんですね」

私が言った。

「ほうじゃな」

「女中衆はどうしたんですか?」

「みな、ように逃げっしもうとったらしい。様子がおかしいなぁ思うてね、みな早々に逃げだしとったんじゃが」

「でも、娘さんが一人いたでしょう、森孝には」

「こりゃあ女中の一人が連れて逃げたらしいわなぁ。そいで新見の関さんの親戚のところへ預けられてね、それで育てられたいうてね」

「そりゃよかった。じゃあ無事に成人したんですか?」

「したよ、でもなあ、森孝のじゃあのうて、芳雄の種じゃ言われてなぁ、いろいろに言われて、田舎のことじゃけぇねあんた、いろいろに言われて、どっかへおらんようになってしもうたいう話」

「まあこれだけの大事件ならねえ……」

「ほうじゃなあ……」

「八年前のあの龍臥亭事件の前に都井睦雄《といむつお》の事件、その前にもこんな大事件があったんですね、ここには」

明治、昭和、平成と、それぞれの時代に、ひとつずつの大事件があったことになる。

「そうよなぁ、この土地はじゃから、なんやら祟《たた》られとるんよ、明治の昔っから。今こうしてわしらが話しとる場所のすぐ外の裏庭であんた、女の首が刀で刎ねられとるんじゃから」

「なんとまあ、ひどいことをするもんよのう」

神主の二子山一茂《ふたごやまかずしげ》がつぶやくように言った。彼は東京の大学を出た人間で、口調は東京弁だったはずだが、しばらく会わないでいたら、すっかり土地の言葉や雰囲気に染まっていた。

「いやせえでもね、明治のあの頃ぁあんた、まだ江戸時代みたようなもんじゃからのぅ、特にここいらは。新政府ができたいうても、それも薩長の侍じゃからね、斬首の刑罰や切腹の制度はまだ当分残っとったんじゃから。江戸時代にゃ御定書《おさだめがき》百箇条いうもんで、不義密通は斬首と決まっとったんじゃからね。もと殿様の森孝がそういうように思うても、まあ無理はないわなぁ」

「でも森孝さんもたくさんお妾さん、持っていたんでしょう？　そうなら奥さんだけが罪というのはちょっと……」

加納通子《かのうみちこ》さんが言った。

「まあそうように、女性軍は言うてでしょうがなあ。ユキちゃんはどう思うてな？」

訊かれても、ユキちゃんはにこにこしてちょっと首をかしげ、何も言わなかった。もうこの子もずいぶんと大きくなっている。しかしこのような問題の判断には、まだ少し早いであろう。

「ユキちゃん今小学六年？」

「中二」

と彼女が言ったから驚いた。もうそんなになったのだ。

「育子《いくこ》さん、あんたぁどう思うてな？」

するとと犬坊《いぬぼう》育子は、笑ってこう応えた。

「私はよう解りません。でも、殺したらいけん思う。なんぼう悪いことをした人でも」

すると住職はゆっくり頷く。

「まあ当時の慣習じゃけえね、わしもおかしいたぁ思うけえど」

彼は言った。法律家を目ざしている里美《さとみ》の判断も、私は是非聞いてみたい気がしたのだが、彼女はまだここには到着していなかった。仕事のやりくりがつかず、少し遅れるという話だった。

「でもぉ、森孝さんの足、折らせたんでしょ？

その人」

ユキちゃんが言った。

「ああそうじゃな！　そうじゃそうじゃ、そりゃそうじゃ、こりぁ罪だわなぁ」

二子山がいたく納得して言った。

「そう、まあ、亭主の足ぅ折ったんはいけんわなぁ。こりゃあ自分がたっぷり浮気ぅしちゃろう思うてのことじゃから……」

住職が、火鉢に屈み込みながら言う。

「それだけじゃあなかろうて。毒ぅ盛ったんじゃから」

二子山は言う。

「そうじゃなぁ、毒はいけん、毒いうのはもっといけん。これはほんまもんの殺人じゃけ」

「せぇにあんた、足は壊疽んなってからに、切断でしょうが」

「ほうじゃ」

「ひどいもんじゃなー」

　ここでは神道の神主と、仏教徒の住職とがあいあいと会話をしていた。中東では血で血を洗う宗教殺戮《さつりく》の時代だったが、極東の山中はこういう状態であった。日本人のこういういい加減さを、私は大いに愛したいと思った。実際はたで見ていて、二人には少しの違和感もない。

「それで、御前様の森孝はそれからどうなったんですか。死体は出たんですか？」

　私が訊いた。すると和尚は顔をあげ、私に向かって目をむく。

「それがあんた、出んのんじゃが」

　私は驚き、言葉が詰まった。

「出ない？　どういうことです？　じゃ、彼は自決したんじゃないんですか？」

「まあ普通ここまでやったらねぇ、自殺するわなぁ」

　和尚はのんびりした口調で言う。そして、まめに剃《そ》っていないらしい、五分刈りに伸びたいがぐり頭をずると撫でた。この坊主頭もまた、最近アメリカの若者の間ではやっているから、私の目には違和感がない。

「そう、信長《のぶなが》なんてね、本能寺《ほんのうじ》の炎の中で自決してますよね」

　私は言った。

「それが違うたんですがの。全然出んのじゃ。未だに出ん。じゃから山ん中に入ってね、鬼になったとか、仙人になったとかというて、いろいろ、そういう言い伝えができたんじゃが」

「それ本当ですか、山の中に入ったって」

「ないことじゃなかろう思うけどね。このあたりの山ん中、あちこち、洞穴がけっこうありますけぇなぁ」

二子山が言う。

「まあ真偽のほどは知らんけえど、けっこう信じとるもんはおるようなよ」

和尚も言った。

「でも、そんな山の中まで行けますか、血を吐いていて、しかも片足で、義足は壊れたんでしょう」

私が訊いた。

「そうですなぁ、裂けたいうて……」

「でしょう。ならこれは、妻殺しの現場から一歩も動けないくらいでしょうに」

言って、私は首をひねった。

「うん、そうじゃなぁ。どうしてまた消えたんじゃろうか」

住職も首をひねる。

「まだ伝わっていない話があるんじゃないですか？」

私が訊く。

「そうじゃろうか」

住職は顔をあげ、私の顔を見て言う。

「でもわしは、これ以上なんも聞いちゃあおらんが……」

「森孝さんのその話は、そこで終わりですか？」

「そうです。いや、じゃから山ん中に入ったとか、天狗になったいうのはありますよ」

「まあそりゃあ、後世の人が作ったんじゃろうけえど」

二子山が言う。

「後世の人が作ったいうんなら、森孝さんの話でもそうじゃろう」

「芳雄はどうしたんです？」

私が訊いた。

「あんた、これも出ん。死体が」

和尚が目をむき、また語気を強めて言った。

「本当ですか？」

私はまた驚いた。

「ああ、出ん。これも未だに出ん。いったいどうしたんじゃろうか」

「しかし、そんなことがあり得るでしょうか。こっちはもっと動けないでしょう」

「ほうじゃな」

「どうやって消えるんです？」

「うん、じゃから天狗が隠したとかなぁ」

「天狗が？」

「うん、ここは、そういう不思議な事件はけっこう多い土地柄なんよ」

「人が消える？」

「そうです。霊場じゃというて」

「うん、結界いうんかなぁ、こっちの神主さんの方がよう知っとってじゃろうけど。上の大岐の島さんが、この山のぐるりを毎年拝んで歩いてじゃから、この中ではそういう霊力いうんかな、そういう不思議な力が働くんじゃと。じゃから、時々神秘的なできごとが起こるんよ」

「そうなんですか？　二子山さん」

「うん、まあこれは昔からある考え方です。今の言葉で言うとサイキックですわな」

二子山は言う。

「サイキック？」

「そうです。たとえば徳川幕府の天海《てんかい》いう僧正は、徳川を守るために、いろんなことしとるんです。まあ簡単に言やぁ、祈禱所を南北の直線上に並べるとか、そういうようなこと、しとるんです」

「そうするとどうなるんです?」

「天海の創った東照宮《とうしょうぐう》いう宗教は、これは一種の呪術で、昔はこれが兵器じゃったんです。たとえば天海いう人は、調伏《ちょうぶく》いうて、人を呪い殺すようなこともしとった言います。そういうような力で、江戸城を守るような仕掛けを埋めたんです」

二子山は説明する。

「はあ」

「じゃから、天海がこう拝んで呪うたら、この線の上におる者がさあっと空の方へ飛んでいってしまう」

和尚が言う。

「本当ですか?」

「さあ、わしゃ知らん。でもここはなぁ……」

「この土地は呪われとりますよ。じゃから、そういう神さんの守護の力は必要な、思いますよ、私らも」

育子が言う。

「ここ、昔からいろんなことあって、いろんなもんが出ますけぇ」

「事件、多いですものね」

通子も言う。

「なんか、死体が動いたりなぁ、いろいろ」

和尚が言う。

「本当ですか?」

私が訊いた。

「ほんまよぉな、あんた。そいで消えたんじゃろ、森孝さんと芳雄の死体も」

「腕は?」

「腕はあった、二つとも。落ちとった、地面に」

「腕遺して飛んでいったと？　そうならその大岐の島の神社さんがやったということになりますか？」

「うーん……、まぁでも、今でも変なことあるけえなぁ、あそこ」

「どんなことです？」

「じゃから、人が消えるんよ。でもまあそりゃ、ちょっと今は言えんわなぁ、詳しいことは」

「はあ、祟られていると……。しかしそうなら森孝さんはともかく、こっちの芳雄さんはとっても生きてはいられんでしょうね、両腕切断じゃ」

　私が言った。

「おらんでしょうなぁ。じゃから法仙寺のもんは、腕だけょう埋めて、墓を作ってやったげな」

　和尚は言う。

「誰ぞが隠してやったんじゃろう、そりゃ」

　それまで黙って聞いていた坂出《さかいで》小次郎《こじろう》が言った。

「隠したいうて、なんで？」

「まあそりゃ、いろいろ考えられるじゃろうけど。死体が出りゃあれこれ取り沙汰されるじゃろうし、まだ警察もしっかりおらなんだような時代じゃからね。昔は武士が全員警察官じゃから。それがみなおらんようになったんじゃからね。芳雄なんぞの死体出たら、怨みややっかみから、人に傷められんとも限らんし」

「そうじゃなあ、殿様の奥方と通じたんじゃからなぁ……」

「あるいは新政府寄りのもんなら、森孝の死体を傷めるかもしれんし。隠してやるに越したことないじゃろう。二人のこと、思うちゃりゃあ」

「でも、どこへ隠すん？」

　二子山が訊く。

「そりゃあまぁ、埋めたんじゃろうてぇなあ」

そう坂出に言われ、住職も神主も、納得してて
んでに頷いていた。

久しぶりの再会だが、坂出の様子は、以前とほとんど変わってはいなかった。小柄だが相変わらず精悍な印象の老人で、背筋をきちんと伸ばしてすわっていた。みな少しずつ老けてはいる。坂出も例外ではなく、薄い髪は完全な白髪になってはいたが、しかも彼はすでに八十代に達していたはずだが、依然かくしゃくとして、口調もしっかりしていた。

「でも、誰が埋めてやるいうんかのぅ、振りはもう死んどる。女中らか？」

言って和尚は、育子や通子を見た。二人はまず顔を見合わせ、それから申し合わせたように、ゆっくりと首を横に振った。

「それは、できないと思います」

通子が言った。

「そんな大事件発生で、村人総出の大騒ぎの時に、女が現場に戻って死体を運んだり、穴を掘ったりはできないと思います」

「うん、ま、そりゃ、そうじゃわなぁ」

和尚は言った。

「でも、そりゃ男もおんなじですで」

二子山が言う。

「うーん、ほいじゃあ……」

「事件後に、すぐ駐在さんとか、村のみんなが駈けつけたんでしょうか」

私が訊いた。

「さあ、あの頃駐在なんぞがおったんかどうかな……、でも村のみんなはすぐに駈けつけたらしいよ、火が出たら。夜が明けるずっと前になぁ、な

んせ大火事じゃから、ぱちぱち音もするしな。えらい大勢が集まったようなよ。この辺のもんが全員集まったいうて、もう黒山じゃげな。そうわしゃ聞いとるよ」

「夜が明けるずっと前……」

私は考え込んでしまった。

「そうよ」

住職は言う。

「その時点で、もう森孝の死体はなかったと」

「はい、森孝のんも芳雄のんも。あったのは振りの死体と、胤の死体だけで。じゃから二人ともどこぞにいんだんじゃろういうて」

「いぬいうて、どこへ？」

坂出が訊く。

「さあなぁ、新見の本宅じゃろうか」

「でももう人手に渡っとるでしょうが」

二子山が言う。

「それに片足で。血も吐いて。とても行けるもんじゃないわな」

「まあなぁ、でも出た言うよ、森孝の幽霊が、この家に。窓んとこに立ったいうて」

和尚が言う。

「まあそりゃ、幽霊になりゃあ行けるわな」

坂出が言う。

「じゃがそうにしても、死体は遺るが。私はそうな、天狗じゃの幽霊じゃのは信じんよ。消えたんなら、そりゃ人間が隠したんよ」

「どうやってな？」

神主と住職が、声を揃えて訊く。

「ふうん、まあともかく、それじゃあとても死体を二つも埋めているような時間はないですね」

私が言った。

「そらないわなぁ」

和尚は言う。

「浜吉は、その後はどうしたんじゃろうか」

坂出が言った。

「もう一人男がおったろう、樵の。浜吉いうた思うが」

「浜吉です。でもそれが、この浜吉いう男も、その後は足取りがはっきりせんのんですが。まあ年寄りで、愚か者じゃったいうことじゃから、その後岡山か広島か、どこぞの大きい街にでも流れていって死んだんじゃろうと、そういう話になっとります。小さい街なら、なんぞの消息が聞こえますけぇね。そりゃ何言うてもあれだけの大きな事件です、このあたりのもん誰もが知るようになった事件ですけぇね。聞こえてこんいうのは大きい街」

「でももし二人ともが死んだんなら、そりゃこの浜吉じゃろう、埋めて隠してやったんは」

坂出は言う。

「はあ、そうじゃなぁ……」

「ほかにおらんもん。あとは女だけじゃろう？家の中の勝手を一番知っとるんは、常に使用人じゃから。主人よりよう知っとる思うよ、わしは。埋めるにゃ道具が要るでしょう、シャベルなんぞの。そういうもんのありかとかな、ここらのどこの土が柔らかいかとか」

「まあ浜吉は、芳雄のお仲間でもありますからなぁ」

二子山が言った。

「この人間が、二人を世間の目から隠してやろう、思うて……」

「あのう……」

そこへ、犬坊の育子が口をはさんだ。

「何？」

和尚が言った。育子は、控え目に言う。

「埋めて遺体を隠してやるんなら、そりゃこの浜吉しかおらんじゃろうて、私もそう思わんこともないです。ただ私は死んだ両親に聞いたんですが、裏の小屋か、浜吉が使うとった庵か、それは忘れましたけぇど、シャベルや、いろんな浜吉の使うとった道具が、汚れずにそのままそこに置いてあったいう話なんですが」

みな、それで黙った。

「それで、山ん中にいんだんじゃというような、そういうような話になったんです。そう私は聞いとります」

「うーん……」

それで和尚や二子山、そして坂出も、腕を組んで唸《うな》ることになった。坂出が言う。

「まあ確かに、穴を掘るいうてもね、やってみると解るけえども、けっこうこれは大変なもんなんよ、人間いうのは大きいからね、これを世間の目から隠すいうたら、かなりの深さに掘らんといけん。隠す方は、これから事態がどうなるんか解らんからね、新見や岡山の方から警察が出てきて、徹底して調べるかもしれん。そうなら恐いわな、よっぽど解らんようにせんとね。でも地面いうのは堅いんよ、雨露でようしまっとる。なかなかスコップの歯は立たんのよ。そうなら時間がかかるしなぁ。えらいかかるで、下手すりゃ半日仕事。

花壇なら柔らかいが、これはちょっと見たらすぐに解る、なんぞ掘って埋めたんが。周りの山ん中、木々の間いうたら、これは草が繁っとるしな、その気になってよう見たら、案外すぐに解るもんなんよ。人を埋めた跡いうのは。まして今度のは二人じゃから」

「そう、時間がないでしょうね、みんながすぐに集まったということなら。それに埋めるのなら、腕も一緒に埋めてやりそうですよねぇ」

私が言うと、みなてんでに頷いている。

「それに、私の親の話では、今こっちの坂出さんが言われたような、そうなことを考えるような男じゃあなかったというような、そういう話でした、浜吉いうのんは」

「つまりあれ？　ちょっと知恵が遅れとるというような、そうな？」

「はい、そうです」

「ふうん」

言って、みな頷く。

「この時は、山狩りなんぞはせなんだんかいなぁ」

坂出が訊いた。

「したいうて聞きました。私は」

育子が応えた。

「ああ、やっぱりやった？」

「村のもんが総出で、このあたりの山ん中、何日もかけて、えろう調べたいうて、そう聞いとります」

「でもなんも見つからなんだん？」

「はい」

坂出がじっと考えていたが言う。

「でも、そらおかしいわなぁ、逆にそうなると」

「何が？」

和尚は訊く。

「山狩りやっても見つからんて……、見つからんのは、なんにもじゃろ？　焚火のあととか血の跡、二人のものらしい足跡、そういうもんもじゃろう？」

「はい」

「村のもんには、猟師や樵もおったんじゃろう？」

「おったて、うちは聞いとります」

「はあ」

「なんが、おかしいん？」

二子山が訊く。

「いや、猟師や樵や、いつも山ん中を歩いて仕事しとるもんいうのは、そりぁいろんなことをよう知っとるもんなんです。山ん中いうのは、なんもないように見えて、ちゃあんと道があるんです。食えるもんのありかとか、獣や人がそれぞれどういう場所を通るか、足跡から動物の種類、人間なら靴の跡、その体重のかかり方、焚火の中に残っとるもの、そういうことから、それがどうな職業のもんか、どのくらいの年格好か、男か女か、こういうことが、連中にはたいてい解るもんなんです」

「はあ、そうですか」

「どのくらいの速さで歩いたかも。じゃから戦争中でも、山ん中を行軍する時は、必ず土地の猟師を雇います。山にゃ、連中じゃないと解らんようなことが山ほどあるんでね。こういう情報量の差がおうおうにして勝敗を分ける。そういう連中が仲間におって、それで深手を負うた者の消息が解らんというのは、ちょっと考えられん。森孝はともかくです、芳雄は両腕を切断ですけぇな。こういうもんの行方が解らんとは、ちょっと信じられんわな。一番解りやすいケースです、とっても遠くには行けん。歩けんし、出血多量でもう死にかかっとるんじゃから」

「ふうん、せえなら、これはどういうことなんじゃろうか」

和尚は訊く。

「どっかに隠れる穴でもあって、そこにすぽっと入って、それで死んだんじゃろう」

坂出が言った。

「穴て、この家に？　龍臥亭に？　まあ当時は龍臥亭たぁ言わなんだろうが、この家に？」

「そうじゃな、それしか考えられんわなぁ、そういうことなら。こりゃあ芳雄のことじゃけど、芳雄はもうほとんど歩けんはず。歩けても、十メートルかそこらでしょう。浜吉が助けてやりゃ、こりゃ別じゃけどな、これをやっとらんということなら、一人で動ける距離はせいぜいそのくらいのもんです。森孝はまさか助けんでしょうからなぁ。斬られた現場から十メートルくらいの位置に、そういう穴があったと、そう思うしかないわな。ある？　育さん、そうなもんが、この家に」

「ないです」

彼女は即座に言った。

「ちょっと待ってくださいよ」

考え考え、私が言った。

「死体二つが消えた謎と、そういうことになりますよね、これは」

「そうよ」

住職が言った。

「隠す方法ということなら、まだあるでしょう。たとえば誰か村人の一人だけがまだ誰も来ていない時に駈けつけて、この人が死体をすぐ自宅に運んで隠したと。まずは納屋にでも入れて、夜になったらどこかに穴を掘って埋めた。そうすれば近所の人には解らないんじゃないですか?」

「うーん、そりゃあむずかしいんじゃないかなぁ」

住職が言った。

「ここらの百姓の生活いうんは、そりゃオープンなもんなんよ。昔はもっとよ。みんな助け合うても、畑や田んぼを耕しとるけぇね。他人の家じゃいうても、勝手にどんどん入りよるし、じゃから夜這いみたよなことも起こったんじゃけぇど」

見ると、みなてんでに頷いている。

「それに互いに監視されとるようなもんで、浮気もでけんよね」

二子山が言う。

「それで夜這い。みんな互いの生活、細部までよう知っとるけぇね」

「春いうのんは、百姓は仕事が多いけぇ、誰かがそういう変わったことしたら、わしは百姓同士、必ず解る思うわなぁ」

住職は言う。

「ふうん、そうですか」

まあ村社会とは、そういうものなのかもしれない。

「それに、そうなことする理由がなんかあるかいなぁ、しもじものもんに」

「当時、犬房の殿様は雲の上の人ですからねぇ、しもじもにゃ。殿様になんかしちゃろうて、思うかなぁ百姓が」

二子山も、首をかしげながら言う。

「なるほど。では法仙寺の人ならどうでしょうか」

私は言った。

「死体を隠すんが?」

住職は驚いたように言った。私は黙って頷いた。

「寺のもんは、もっとそうなことする理由がないでしょう。どうせ仏は来るんですけぇ、自分とこに、待っとれば。坊主いうもんは、仏とは親戚づき合いじゃから、死体のことおおっぴらに口にしても、誰に見せても、一番自然な人間ですがな。隠す理由はないでしょう」

「そうですが、たとえば死人の名誉のために、何ごとか隠してやる必要があって……」

「いや、それはせん思うな、わしは。よっぽどの何ごとかがあっても。まあ今でこそ寺いうのはお飾りみたよになったけぇど、当時はそりゃあ大事な場所じゃったんです。村のもんの、最後の頼みの綱じゃから。信用が第一なんですわ。下手なことしてみなの信用失うようなことになったら、とってもやっていけん。そうようなことを秤《はかり》にかけたら、わしは隠しごとはせん思うな、村の人らに」

「ふうん、そうですね」

「昔の寺は、まあそりゃあこっちの神主さんとこもそうじゃけぇど、村のいろんな行事の中心じゃったんです。じゃから境内には、いろんな人がひっきりなしに出入りをしとった。堂はみんなの寄り合い場のようになっておってね、常に誰かが来て溜っておったんです。テレビもラジオもない頃のことじゃから。じゃからまあ言うてみりゃあ、住職もまた、みなの監視の目に晒されとったわけです。ここそ隠しごとのような真似は、なかなかはでけなんだと思うなぁわしは。まして春じゃから。春は行事いうもんが多いんです」

「あの、それにですね、石岡《いしおか》先生」

「はあ」

育子が私に言いだした。

「もしも隠すんなら、私はお胤さんを隠してやるんじゃあないか、思うんです。お胤さんの遺体は、そりゃあひどい格好で、ほとんど裸同然じゃったといいます。それでお百姓の女房が気の毒がって、急いで着物の裾なんかを直してやった、言いますからねぇ。裸で首を刎ねられるいうんは、当時の感覚では、身分のある女としては一番の恥じゃと思うんです」

「ふうん」

私は頷いた。

「ともかく、えらい不思議な話ですね。そういう不思議もまた、昔にはあったんですね、ここには、この家には」

私が言った。

「ほうよ、ここにはいっぱいあるんよ不思議なこと」

和尚が言った。

「それで、関の主が死んで、ここは誰のものになったんです?」

私が訊いた。

「しばらくは、新見の関の親戚筋が管理しとったようなけど、誰も来ん、薄気味悪がってなぁ。それでだんだんに荒れ放題になって、ますます誰も寄りつかんようになった。じゃから、怨霊の棲み家じゃわなー」

「そうなるでしょうね」

「実際ここ、幽霊の話もようけあったそうな。もう、なんぼでもあった。それで、大正の時代になってからかなぁ、村の犬坊のもんで、一番金を作っとったもんが、ここを買うことにしたらしい。なにしろもと殿様の持ちものじゃからね、ここらのもんにとっては、そりゃありがたいもんじゃで、少々霊が出ても問題じゃあないがな」

「それが先代の？」

「いや、先々代、吉蔵《きちぞう》さんじゃろう？」

坂出が、育子の方に向いて尋ねた。育子は、黙って頷いている。

「これは確か、都井睦雄の標的にもなっていた人でしたね」

私が訊いた。

「うん、吉蔵さんは、金貸しやっとったからね。あちこちで怨まれてはおった。女の人も好きじゃったらしいし。でも金があったからね、この人がここを買うた。そして、ここでもまた金貸しをやっとった。それでぼちぼち三日月百段も修繕して、庵も再建しとったが、この吉蔵さんいう人は、特に趣味のある人じゃあなかったから。この家がきれいになるんは、その次の、秀市《ひでいち》さんの代になってからじゃね」

「ああ、秀市さんは、これは趣味人じゃったからね」

坂出も言った。

「戦前にゃ、ここはもうずいぶんきれいになっとった」

「堅物の趣味人じゃね、吉蔵さんとは対照的。そうでしょう？　育さん」

和尚が訊き、育子は苦笑するように黙って笑っていた。

「育子さんのお父さんですね？」

私が訊く。

「そうそう、それが秀市さん。琴の職人を雇うて、ここで琴を造らせたりしてね。それでここは杉の里だけじゃあのうて、琴の里とも言うて、だんだんにこの地方で有名になった。ここが杉じゃのうて、桐の里ならもっとよかったんじゃろうけど。それで戦後になって、あれは昭和何年頃かなぁ、世の中がもうだいぶん落ち着いたいうことと、ここが琴の里でけっこう名が知れたもんじゃから、いっそ旅館にしようか、いう話になって……」

「二十七年です、工事が始まったのは」

育子が言った。

「えっ、私が生まれた年。歳がばれるけど」

通子が言った。

「三日月百段はもうやめて、いっそ廊下で庵をつないでしまおうということになって、それで上に廊下を載せて渡して」

「ほいじゃ、廊下の下にまだ石段は?」

「あります。それで、建物全体を龍に見立てて、龍臥亭としたんです」

「これは秀市さんの命名?」

「そうです」

「ええ名じゃなぁ。湯殿の前の石段は?」

「これも、その時の工事でつけたんです。木の階段はもう恐いからと……」

「そりゃ、あれだけの事件のもとじゃから。湯殿は?」

「湯殿ももちろん新しい木で造り直しました。けど、設計は基本的に森孝さんの当時のものです」

「それで二十八年にここをオープンして……、畳んだんは、あれはいつじゃったかなぁ」

「平成の、二年くらいじゃなかったかな」

坂出が言う。

「はい。父が平成の五年に亡くなったんですが、床に就くようになって、寝とる父の枕もとであんまりばたばたするんもあれなんで、それで二年に閉めました」

育子が言った。

「もともと、琴好きの人を相手に父が趣味でやっておるようなところがありましたから」

「それで今日にいたっておると、そういうことですわ」

と住職は、私に向かって説明した。

2

その時、櫂《かい》さんという人が暖簾《のれん》の間から顔を出し、奥で電話が鳴っていると言うので、育子さんがついと立って奥に消えていった。沈黙ができると、われわれの耳にも電話のベルがかすかに聞こえた。電話の主に見当がついたが、特に話すことでもないので、私は黙っていた。


「ああ、櫂さん、櫂さん！」

日照和尚が声をかけ、手招きをした。それでひっこみかけていた櫂さんが、また顔を出し、和尚がさらに呼ぶので、暖簾を越えてこちら側に入ってきた。

「こっちこっち。櫂さん、こっちが東京の小説家の先生で、石岡さんいうての人。ほいで先生、こっちの人が櫂さん。斎藤《さいとう》櫂さん」

それで櫂さんは、私の前に膝を折ってすわり、丁寧に頭を下げてお辞儀をしてくれた。私もお辞儀を返した。小柄で、小肥りの人だった。

「あ、どうもはじめまして、石岡です」

「ようおいでてくださいました、遠いところ」

「櫂さんと、おっしゃるんですか？」

「はいそうです」

「どんな字を……」

「舟を漕ぐ櫂です」

櫂さんは言った。

「ああその櫂！　へえ、いい名前ですね。櫂かぁ」

ちょっと詩を感じた。櫂さんは、五十代のなかばくらいであろうか。黒い縁の眼鏡をかけて、半白のややウェイヴのかかった髪を、ワカメちゃんみたいに、眉のあたりまで垂らして揃えていた。年齢はいっているが、丸顔で、なんとなく可愛いような印象の人だった。笑顔も邪気がなく、人柄も素直であくがない。

「せえで櫂さん、あんたら、今なんか作ってくりょうてん？」

和尚は訊いた。

「なんかて、食べるもん？　今炊き込みご飯、作りょうるよ。あと、冷凍の鯖《さば》があるけぇね。漬物もぎょうさんあるし」

「は、ほうね。わしの女房、今姉貴んとこ行っとるからね、広島の。わし今やもめじゃけ、食べ物あるなら嬉しいわなぁ」

「あるよ、後で出すけぇね、楽しみにしとってね」

それから和尚は私の方に向いて言う。

「この人ね、今ここ、手伝いしにきとるん。この人んとこもね、今はもう一人暮らしじゃから」

「ああそうなんですか」

「ご主人死んじゃったんよね」

和尚は勝手に解説する。櫂さんは苦笑して、

「一人じゃあ、何もすることもないしでねぇ、ここ手伝いにね、来さしてもろうとります」

と言った。

「ここの厨房《ちゅうぼう》、広いですよね」

私が言った。

「ほんまに。なんか学校へでも行ったようなですよ、面白いけぇね」

「料理学校か？　ほんまじゃ、ならそれ、やりゃええのになぁ。このうち、この前お松《まつ》婆ちゃんが死んじゃったからなぁ、人手足らんでしょ、じゃから……。あ痛たた！　ああわし、右の足の先がもういけん、ように血が通わんようになっしもうたんよ。もうずうっと、痺れっしもうてなぁ、こうに腫れてしもうた、ちょっと見したぎょうか、あんたらに」

火鉢にかがみ、これにちょっとすがるような姿勢になって足を組み替え、日照和尚は顔をしかめてから、袈裟の下からわずかに足首を出して見せた。白足袋を穿いていたが、足首のあたりがすっかり腫れて太くなっている。足袋のホックも塡《は》まっていなかった。

「血管障害。ああもういけん。わしも森孝さんのようになっしもうた！」

「里美が、今から伯備《はくび》線に乗るそうなですよ、今倉敷《くらしき》じゃいうて」

暖簾から顔を出し、育子さんがちょっと大声で言った。電話はやっぱり里美だったのだ。私の予想した通りだった。

「ああそうね」

と二子山一茂が言った。

「ああそう、そりゃ久しぶりじゃ」

と坂出も言っていた。

「里美ちゃん、きれいになったじゃろうなぁ」

和尚が言う。

「本当に」

通子も言った。

「なんかもう、派手になっとりますよぉ、都会行ったけぇね」

育子さんが言った。

「あ、育子さん」

私が声をかけた。

「はい」

「あのう、上山評人《かみやまひょうじん》先生はまだお元気ですか？」

「上山先生？」

「近代史を研究されている、郷土史家の、この葦川の上の方にお住いの」

「ああ、あの上山先生、はい、まだおってです、お元気なようですよ」

「ああそうですか」

彼には、前の事件の時に大変お世話になった。

この機会に、また是非お会いしていきたいと思う。

私がそもそもこの龍臥亭に八年ぶりにやってきたのは、ここでまた事件当時の人たちが集まると里美に聞いたからだった。里美も久しぶりに帰りたいと言うし、彼女が熱心に誘うので、私もだんだんにその気になった。当時のみんなもとても私に会いたがっていると言う。もちろんお世辞だとは思うが、あの朴訥《ぼくとつ》な人たちにまた会い、あの土地の訛《なま》りを聞いてみたい思いも強くなった。

　みんなの予定が空いているのは新春の一月だという。この頃なら、みな仕事が休めるし、貝繁は雪の頃もいいというのでやってきたら、確かに雪景色は素晴らしかったが、例年以上に積雪の多い年になった。火鉢のある居間は暖房がきいていたが、曇ったガラス窓からは、絶えず、しんしんと舞う雪片が見えている。

　集まったメンバーは、事件当時の人では神主の二子山一茂さん、岡山の坂出小次郎さん、加納通子さん、その娘さんのユキ子ちゃん、それから龍臥亭の犬坊育子さん、くらいなものであった。多くの人が亡くなった大事件である。間もなくこれに里美が加わる。

龍臥亭にいた料理人は、もう一人もいなくなっていた。お手伝いに来ていた娘たちの姿もない。松婆ちゃんは亡くなっていた。さらに行秀《ゆきひで》という一人息子も、今は広島に出て公務員をしているそうだ。大きな家にいるのは未亡人となった育子さんが一人だから、ずいぶんと寂しくなったろうと思うのだが、かわりに近くの家で一人暮らしの櫂さんが、しょっちゅう手伝いに来ているようだ。泊まることもするらしいから、育子さんは、今は櫂さんとの二人暮らしのようなものだ。加えて近所の人たちもしょっちゅう来て、ここに溜ってお喋りするらしい。

育子さんのご主人、つまり里美のお父さんの一《かず》男《お》さんは事件がらみで亡くなったのだが、増夫《ますお》さんといったか、一茂さんのお父さんは、あれから二年ほどして癌で亡くなったらしい。だから彼は今、近くの街にある釈内教《しゃくないきょう》という神社を引き継ぎ、一人で神主をやっている。もう結婚して、子供もいるそうだ。大変な子煩悩だそうだが、今日は妻子は連れてきていない。

お正月、神主さんはそれなりに忙しいのではと思うのだが、奥さんが優秀な巫子《みこ》さんなので、たいがいの行事は奥さん一人で勤まってしまうのだそうだ。また奥さんは料理の名人で、フランス料理の学校まで出ているという。だから最近、奥さんの手料理で太ってしまったと彼は言った。

実際、外観が一番変わっていたのが彼であった。体はまるまるとして、鼻筋までが太く丸くなっている。以前も鼻の穴が大きい人だなと思って見ていたが、久しぶりに会うと、それがまるで獅子舞いの鼻のように成長していた。髪も少し後退して、ちょっと脂ぎった、おじさん型の風貌になっていたから、初対面では誰だか解らなかった。それが東京弁をきれいさっぱりうち捨て、このあたりの訛りで堂々と話すものだから、ますます解らない。八年前に会った増夫さんというお父さんが、こちらは鶴のように痩せた人だったので、息子のこの変貌ぶりは不思議だった。父親にまったく似ていない。

ユキちゃんも背が高くなって、こちらも最初誰だが解らなかったが、これは成長期だから当然として、通子さん、育子さんはまったく変わっていず、二人ともまだ充分に美人だった。ユキちゃんも、だんだんに可愛くなってきている。

初対面だったのはこの日照という法仙寺の住職さんだが、この人は人懐こい人物なので、会って二時間もしたら、一番親しい人のような気になった。先代の住職は口数が多い方の人ではなかったから、まったくキャラクターが違う。また彼は、以前岡山と津山の製薬会社に勤務していたことがあって、朴訥な話し方ながら医学や薬学の知識が豊富で、しかも博学で教養があったから、なかなか魅力のある人物だった。田舎では宗教家が最もインテリだというが、まったくその通りだ。その意味では神主の二子山もそうなのだが、彼はまだ若いから、一般教養の点では仏教側にやや軍配があがる印象だった。

とはいえ、神道、仏教、それぞれを背に負ったような彼らだが、宗教も年齢差も、育ってきた環境差も軽々と超越して、まるで旧知の親友のようにあいあいと振る舞っていた。聞いているうち、その理由はたぶん両社の分業体制にある、と感じるようになった。葬式は寺の専門で、これには神社は干渉しない。もっとも神式の葬式というものもあるにはあって、氏子の強い要望があればやるようだが。一方結婚式は必ず神式で、これには寺はいっさい干渉しない。赤児誕生の儀式も神式だ。しかも釈内教は出雲《いずも》大社の系統で、縁結びの神様だから若い女性たちに大変人気がある。だからつぶれずにやっていられるのだと二子山は言う。しかし盆の法養、あるいは墓参、これらは完全に寺の独占領域だ。

　両宗教ともに、四季を通じてさまざまな神事があるのだが、これらの行事は決して両者がぶつからないよう、非常に合理的なスケジュールが組まれているそうだ。だから彼らは共存できている。イスラム教とユダヤ教も、早くこんなふうにできたらよいのにと思う。

　久しぶりの龍臥亭集会は、こんなふうに楽しく、同窓会のようであった。そして私はここで、またしても奇怪な事件に遭遇することになったから、八年ぶりの貝繁訪問は、再び生涯忘れがたいものになった。私の見たあの不可解な現象、あれこそはユダヤ教の宗教現象とも見え、到底現実とは思われない。雪の季節、吹雪の見せた幻としか、思われないのである。

「ほいじゃあわし、あとで貝繁駅まで里美ちゃん、迎えにいってあげょう。四駆で来とるけ」

　二子山が気軽に言う。

「あ、ほうね、お願いします」

　育子の声が奥からする。

「雪、だいぶ積もっとるけね、こりゃあ大変じゃ。

バスもよう走っとらんよ、たぶん」

「運転、大丈夫な?」

育子さんが訊く。

「まぁだまだ大丈夫じゃ、このくらいなら」

二子山は言う。

これを見ても解るが、若い二子山は運転が得意で、雪道も苦にしない。大学ではラリー同好会に入っていたそうだ。パリ-ダカール・ラリーにも出たかったたと以前に語っていた。結局資金の問題で果たさなかったようだが。

一方、日照は一応免許は持っているらしいのだが、自転車の運転しかしない。雪の季節はだからお手上げで、檀家の方で寺にきてもらう。ご住職自ら出かけるといったら、せいぜいすぐ下のこの龍臥亭どまりである。だからどうしてもという遠出の時は、神主に助けてもらうこともあるらしい。


両宗教、このようにまことによく助け合っている。

「さっき、死体が動くというようなことを話されましたね。それから上の、大岐の島神社で人が消えた事件があったという話でしたが」

私が訊くと、和尚はうーんと、ちょっと唸った。

「まあ、大岐の島さんのこたぁ、わしじゃあのうて、誰ぞよその人に聞いて欲しいんじゃけえど、わしはあんまりよそさんのこた、悪う言いとうないけぇね」

「ほいじゃ、私はちょっと奥で手伝うとるけぇね」

櫂さんはそう言って立ち、暖簾をくぐって奥の厨房に消えた。

「ほいでもそれ、もう誰もが知っとることじゃろう」

坂出が言ってきた。

「なんも隠さんでもええが」

「どんな事件です？」

　私が訊いた。

「うん、簡単に言や、これもまた人が消えた事件」

　和尚は言う。

「人が？　また人が死んで？」

　加納通子さんが訊いた。

「いや、死んでじゃあない、生きたまま。いや、でもそりゃまぁ、よう解らんけえど。未だに出てこんのじゃけぇね」

「誰が？」

　と加納さん。

「巫子さん。菊川《きくかわ》さんとこの」

「菊川さん？」

　これは私。

「そこの神職。そこの大瀬《おおせ》さんいう若い可愛い巫子さんが、十月の十五日じゃったか、秋の祭りの日に消えたんよね」

「消えたって、失踪したんですか？」

　私が訊いた。

「いや、そうに簡単なもんじゃのうて、ほんまに消えたんよ、煙のように、ぱっと」

　住職が言い、それでわれわれはちょっと沈黙になった。

「煙のようにって、どうして煙のようなんです？　たとえば男の人とどこかに逃げたのかもしれないでしょう？」

　と加納さんが言った。

「いや、男はおるもん、里に。この男当人が消えたー、彼女が消えたー、言ようるんよ。さっきまでおったんが、ぱっと消えたいうて。ついさっきまで逢うとったんよ」

「どこで?」

「本殿」

「本殿で、逢い引きしとった」

坂出が言う。

「なんと、罰当たりなやっちゃなー」

神主の二子山が言った。

「でもそうなら、彼と別れたあとに、山を降りて、どこかに逃げたんでしょう? 違うんですか?」

加納さんが問う。私も頷いた。同感だったからだ。

「いや、それが違うんじゃが」

和尚は言う。

「どう違うんですか?」

「あり得んのんよ。というのがその日はあそこの秋の大祭で、ええと……、何言うんかいなぁ、おたくらんとこのあれ、釈内教さん」

「新嘗祭」

「ニイナメサイ? ニイナメサイいうて何や?」

坂出が問う。

「五穀豊穣のお祭りですがな、皇室行事にもあるでしょう。あれとおんなじ」

「ああ、五穀豊穣感謝、ああそうかそうか」

「伊勢神宮だけが神嘗祭《かんなめさい》言うてます。ほかのは全部新嘗祭」

「その新嘗祭があってな、大岐の島神社の山の周囲、ぐるっとこう氏子さんらが取り巻いとったんですがな」

「取り巻いた?」

「そう。大岐の島さんは、山の頂上にありますけぇね。その周囲はぐるりこう、下りの斜面になっとります。もともとは杉がいっぱい生えとった山のてっぺんじゃったんです」

二子山が言った。

「山のてっぺんに、大昔から大岐の島神社いうもんがあって、最近この社《やしろ》の周囲の杉の林を伐採してね、平らにならして駐車場にしたんですわ。そうしてこの駐車場にあがるまでに、ぐるぐるこう、螺旋状に車の道をつけたんです」

和尚が説明する。

「この前の、龍臥亭の前の道を上にあがっていったらね、大岐の島山いうのがあって、道はその山の周囲をこう、ぐるんぐるんいうてね、渦を巻くようにしてあがっていくんです」

「蚊取線香みたように」

「そう、蚊取線香……、いや蚊取線香いうこたないじゃろ、ありゃ平たいもんじゃ。ここのはとんがっとる。山の道じゃけ」

「まあそりぇええがの、そいでその道が？」

坂出が言う。

「そうして最後にはてっぺんの神社と、その周りに造った駐車場に着くと」

「どうして大岐の島山と？」

私が訊いた。

「それはこの山を、玄界灘《げんかいなだ》の沖《おき》ノ島《しま》に見立てとるんです。この沖ノ島いうんは、玄界灘の中心ですから、昔から神域なんですわ。あれは昔から朝鮮半島へ行く中途の島で、海のちょうど真ん中へんにあるんです。じゃから航海の守り神で、遣唐使の昔から、みんなが信仰してきとります。海の神さんが降臨してくる島で、この島は全部が宗像《むなかた》大社の境内です。絶壁の島じゃけえどね。それでこの島からは木一本草一本持ち出しちゃあいけん決まりでね、島で聞いた話は、陸では一言も漏らしてはいけん掟、全部神様のもんじゃけ。それで今でも女人は入れんのです」

　二子山が説明し、

「はあ」

と加納さんが不服そうな声を出した。

「それで大岐の島山いうんは、このあたりの土地全部を玄界灘に見立てておって、この山が沖ノ島に見立てられとるんです」

「ああなるほどなぁ」

　私は言った。

「そういうことで、幕末の昔から、この山のてっぺんには神社が建てられとったんです。この神社、じゃがこの辺来る人もおらんで、神社、よう維持せなんだんです。それが明治になって、ここに関の殿さんが引っ越してきんさって、そいで足もとにちょっとお百姓の集落が開けて、ほいじゃから宗像大社さんが神職を派遣するようになって、そいで今の大岐の島神社になった」

　二子山は言う。

「じゃけえど、大岐の島神社いうのは俗称で、山は大岐の島山じゃけど、神社は沖津《おきつ》の宮《みや》いうんです、正式には。そいから自動車の時代になってね、神社が麓の氏子のために、大岐の島山のてっぺんの杉の木をこう円形に伐採して、業者入れてならして、セメント打ってね、駐車場こさえた、いうわけです」

「じゃからこの神社と駐車場のぐるりは、まだまだ大きな杉の木がいっぱい残っとるんよ。背の高ーいのが、ぐるうっとこうな」

　住職が引き取って言う。

「杉の木に見降ろされとるようなよ、あの神社。杉の大木に囲まれとるもの」

「あのぐるりの杉は神木じゃもの、あっこにとっては。じゃから切っちゃあいけんのよ」

二子山は言った。

「それで、新嘗祭というのは？」

私が訊いた。

「ああそうじゃった、新嘗祭じゃった」

日照和尚が思い出して言う。

「この祭りの時はな、この神社へあがる道に、ずらっと車が止まるんよ。じゃから去年の秋のあの日も、止まっておったんよぎっしり、車が。そいで中にはみな人がおった。氏子さんらが。みな祭りに詣でた人じゃったんよ」

「祭りに詣でた人が車の中に？」

私が言った。

「そうです」

「どうしてです？　神社の駐車場はどうしたんですか？　入っちゃいけないんですか？」

加納さんが言う。

「駐車場はこの時は空けるです。神事に使うから」

二子山が言う。

「神事？」

「まあそりゃ後で言いますがな」

住職が言う。

「でも、車の中にいないといけないんですか？」

加納さんが訊くと、二子山が説明する。

「新嘗祭は、お百姓さんにとっちゃ豊穣を感謝するお祭りですが、商人にとっては商売繁盛で、これは車いう道具も含めての商売です。じゃから、神事が始まる午後の五時までの一時間は、神主が神殿で祝詞《のりと》を言うて拝むんですが、氏子はその足もとぐるりに止めた車の中におらんといけんのです」

「四時から五時までの一時間ですか？」

「そうです。車と一緒に祝詞を聞くんです」

「聞こえるんですか？」

「聞こえんです。でもまあ、太鼓の音くらいは聞こえますわなぁ」

「え、祝詞って、太鼓叩きながら……」

加納さんが言う。

「いや、しばらく祝詞を言うちゃあどーんどーんと。そいでまたちょっと祝詞を言うて、またどーんどーん」

「あ、そうですか、つまり……」

するとと住職が頷く。

「そうです。じゃから山のぐるりには人がおるんです、大勢、びっしり。だからこの人らに見られずに大岐の島山を降りるこた、できんのです」

「絶対に？」

「こらもう絶対です」

「なーるほど、でも螺旋状なんでしょう？　道は。そうなら、この道と道の間を、やっぱり螺旋状にずうっとくだっていったら」

私が言うと、和尚は首を横に振る。

「いや、それも駄目なんですわ。螺旋だけじゃあのうて、上に引き戻す時のために、道がこうぐるうっと輪につながった場所があるんです。てっぺんからすぐ下んとこ。ほんまもう、この、目の下です。そこにもずらあっと車がおったんです、数珠つなぎにつながって」

二子山が後を引き取って言う。

「それに五時になったら全員が自分の車を降りて、道は通らずに、熊笹の中に踏み込んで、そいで直接神山を登ると、それで上の駐車場に出る、そういう約束ごとになっとるんです、ここの新嘗祭は。じゃから、この時に必ず解ります。たとえどっかに隠れとっても、絶対」

「ふうん、それで、いつ消えたんです？　その巫子さんは」

「じゃから、四時ちょっと前までは、その彼氏と逢うとります、神社で逢い引きしとったんじゃから。それで五時に氏子の全員が神社に登ってきてみたら、こん時にもうおらなんだわけです」

「そうなら、神社の建物の中に隠れていたんじゃないんですか？」

　私が訊いた。

「いや、それがないんですわ。氏子の中に警察官もおったからね、神職さんに、おらんよになったと聞いて、すぐに調べたんですわ」

「でも神殿には、聖域いうもんがあるでしょう、人に見せないような」

　加納さんが言う。

「いや、そういうもんもみな見せたそうです、神主の菊川さんが。神殿も、どうな箱の中も、米びつの中まで、畳の下もはぐって見せたげな」

「地下室は？」

「そうなものはありません、あそこは。床下も、物置も、便所も、みな見たそうです、警察官が」

「屋根裏はどうです？」

「見せた」

「屋根の上は？」

「見た」

「ほう！」

「神社だけに、これがほんまの神隠し」

　住職が、ちょっと不謹慎なようなことを言った。

「これも穴掘って埋めている時間は……」

「ないない。だいたいそうな場所がないが。敷地はみなセメント。あとは熊笹。それから物置のスコップはみなきれいじゃったと。土がついとっても、みな乾いとった」

住職が言う。

「ふうん、氏子の人たちはその後は？」

「氏子さんらは、それから駐車場のぐるりに立って、菊川さんの神事奉納を見たです」

「神事奉納とは何をするんですか？」

私が訊いた。

「社の周囲をぐるうっと、ゆうっくり弓を持って廻ってからに、社の手前に立てたぎょうさんな的に向かって、矢を射るんですわ、背中から矢を一本一本抜いてからに。そういうことをあの人は、秋の大祭の時はしょうちゃったです」

二子山が言う。

「ほう」

「烏帽子《えぼし》をかぶってね、白装束で、この頭の左右に角《つの》をつけて」

住職が言う。

「角？」

「うん、鬼のようになぁ、ぴかぴかの鉄の角をつけて」

「それはどういう……」

私は二子山に訊いた。

「わしんとこはせんけぇね、よう解りません。系統が違うけぇ。でもタタラ信仰の系統の名残りじゃあないんかなぁ」

「タタラ信仰？」

「摩多羅神《まだらじん》とか、八幡神《はちまんじん》ともいいます。鍛冶《かじ》に通じる、日本に独特の、鉄への信心ですなぁ。いっときこういうもんが、日本にはあったんです。ありゃあ室町の頃かな」

二子山は言う。

「うんあった」

住職が引き取って言った。

「これは仏経典には出てこん神さんでね、でも日《にっ》光《こう》の輪王寺《りんのうじ》なんかはね、この神さん祭っとるはずです」

「まああそこらぁ東照宮でしょう。仏教とも神道とも違う」

「うん徳川教。摩多羅は、鉄いうよりも、金属全般かもしれんわなぁ」

「それに鬼いうもんを引っ掛けとるんかも。日本人は恐いものを信仰するけぇね、荒ぶる神さん」

「ふうん」

「要するに、軍事を象徴しとるんじゃあないかな。室町以降のことじゃけど」

「ああ軍事宗教。それが新嘗祭という儀式なんですね？」

私が質《ただ》した。

「あの人んとこの場合は、いうこと。神社ごとに違います。これは神社ごとにみな違えとるんです」

二子山は言う。

「その日もやったんですか？」

「やった」

これは住職である。

「巫子さんいないのに」

「おらんのにやった」

「その彼氏の人はどうだったんですか？」

加納さんが訊いた。

「どうて？」

「姿は見られているんですか？　彼は四時に帰っ

たんですよね？」

「見られとるよ、帰っていくとこ。もちろんみんなに見られとる。氏子のみんなに」

住職は言う。

「何しよったんね？」

二子山が訊く。

「何て、社で？」

「そう」

「そらま、男と女のことじゃけぇね」

「家ですりゃええじゃないね」

「両方とも家ないがね、親の家じゃけ」

「ああそうか、ふうん」

「そいでこの彼氏が、黒住《くろずみ》いうんじゃけど、祝詞終わる頃に自分の家から新しい穀物持ってきて、その時に真理子《まりこ》がおらんて」

「真理子さんていうんですね？」

「そう。大瀬真理子」

「みんな穀物を持ってくるんですか？」

「そうです、新嘗祭の時はその年に収穫した新しい穀物持ってきて、これらをみな宗像さんにお礼奉納するんです」

「米とか、野菜とかですか？」

「そうそう。あと御飯にしても持ってくるよ、山の幸のおかずも。それをみんなで食べるん」

「その日にですか？」

「そう、神事の後で」

「ふうん、不思議な話ですね。その巫子さんの仕事はないんですか？　その弓射る儀式の時に」

私が訊いた。

「あるある。矢持ってついて歩くんよ。でも今年はおらんので、おかしいなあと見とるみんなが。それで後で訊いたらおらんようになったと」

「その黒住って人は何と言っているんです？　何か変わった様子なんかはなかったって？　彼女は」

「全然何もなかったそうです。いつも通り、いんや、いつも以上に明るかったと」

住職が言う。

「別れる時は？」

「バイバイ言うて、笑うて手を振っとったと。おらんようになりそうな気配、まるでなかったと」

「それでなんで消えるんかのぅ」

二子山が言う。

「菊川の神主さんはいつ知ったん？　娘が消えたいうこと」

坂出が訊いた。

「じゃから、祝詞を読むんが終わったららしい。五時前じゃね。そいでそろそろ神事じゃぞう、用意せいて言うて探したら、ありゃ、おらんと」

「祝詞を読む時は、巫子は要らんの？」

「要らんみたいじゃね。そもそも女は入れん場所でしょ？　祝詞読む神殿」

「あそこは水聖堂《すいせいどう》と言うとりました」

「神主さん、奥さんは？」

加納さんが訊く。

「おりまへん」

「まあ、太鼓は自分で叩くしねぇ」

二子山は言う。

「天候はどうな日じゃった？」

坂出が訊く。

「雨」

「雨かぁ」

「去年の十月十五日の秋の日の、雨がしとしと降りよる日じゃったです。霧雨じゃったけえど、降ったりやんだりしとった。そうな中、この前の道をちょっとあがったところから、もうずら－っと車が道端に止まっとったです」

「そいじゃあ車から、よう外は見えんのじゃない？」

「いやあ、そりゃあないです。霧雨じゃし、降ったりやんだりじゃったから。窓も開けておれたじゃろう、車の人ら」

「暗うなかった？」

「明るかったです。十月の午後四時すぎいうたら」

「でも濡れとるわなぁ」

「そりゃ濡れとります。あちこちはびしょびしょ。道も水溜りがあったりしてなぁ、上の方、未舗装じゃから」

「でも四時から五時までの間、神社から人が出てきとらんいうのは本当？」

「もう本当。黒住一人だけ」

「でもそりゃ、娘ん子が出てきとらんいうだけで、出入りの業者とか、氏子とか、そういう男が出入りはしとらんの？　ならそれに変装していうことも……」

坂出が言い、住職は首を横に振る。

「ない。それがいっさいない。これははっきりしとる。菊川だけじゃあない、氏子の全員がはっきり言うとる。男も女も、一人も出てきとらんと」

「そら出んですわ。そうな祝詞の奉納のような時は、神主は誰とも会うことはせんのです。神と逢うとるんじゃから。じゃからたとえ人が来ても会わんじゃろうけど、そもそも約束入れんわな、神事終わるまで絶対来るなと、みなに言うときます」

二子山が説明する。

「ふうん、そうならこら、どういうことじゃ」

坂出が言う。

「あれからもう三ヶ月近う経つが、まだ出んのんじゃろう?」

「出ん」

和尚が言う。

「その神職はどう言うとるん?」

坂出が訊く。

「なんやスソンダンのハルモニじゃから、消えることもあるて。あの子はほんまもんの巫子じゃからと言うて。あんた解る?」

住職は二子山に訊く。

「スソンダン……? ああ、ああ、そりゃああれじゃ。わしも聞いたことがある。朝鮮の、いや韓国の西海岸に竹幕洞《チュクマクドン》いうとこがあって、ここに水聖堂いう神さんの社があるん。これが沖ノ島の守り神と共通するいうて。ここの神さんは女なんよ。沖津の宮の神殿の水聖堂は、ここからとっとるん。ここの女神がスソンダンのハルモニいうてね、この人は水聖堂にゃすうっと出たり入ったりできるんよ。壁や、屋根通り抜けてね」

「そうな馬鹿なこと」

坂出は言った。

「そいじゃから、消えても不思議はないんか?」

住職は問う。

「でもさっきの話では、そこの神主さんは霊力で人を空に持ちあげられるという、そういう話だったでしょう? そのための布石を、普段から打っていたと」

私が言うと、日照が言った。

「いやそりゃ、天海の話じゃが」

「でも太鼓は聞こえていたんですか？　四時から五時までの間」

「聞こえとった、定期的にどーんどーんと」

和尚が応える。

「ふうん。不思議な話だなぁ」

私が言った。

「まあ確かに、煙のようじゃなぁ」

二子山も言う。

3

玄関の方角ががやがやしはじめた。駅まで迎えにいった二子山が、里美を連れて戻ってきたのだろう。育子さんが出ていって歓迎の声をかけ、母娘で少し会話をしているふうだ。これに櫂さんも行って加わっている。


やがてやや大型の旅行バッグをさげ、毛皮のコートを着た里美が居間に現れた。そうしたら、そこにいた全員が感嘆の声をあげた。

「ありゃあありゃあ、あんた、里美ちゃん?!」

日照和尚が驚いて、真っ先に言った。

「お久しぶりですー、和尚さん」

笑いながら、里美は言った。

「まあ、どこの女優さんか、思うた。あんた、きれいになったねー」

「ほんま、誰か解らんで」

坂出も言った。

「あんた、あれから背も伸びたん？」

住職は訊く。

「えー、伸びませんよー」

里美は高い声で言う。

「でも、高うなったようなで。なぁ？」

日照さんは周囲に同意を求めた。みなてんでに頷いている。里美の登場で、居間は一気に花が咲いたようになった。

「ほんま、さっきわしも駅ぃ着いて、どこにおってんか思うて、しばらく解らなんだよ。でもテレビに出とってん人のような、タレントさんみたいなえろう別嬪《べっぴん》さんがおってじゃけ、まさかあれじゃあないじゃろなぁ思うとったら……」

「それじゃった？」

「ほうじゃ」

「髪がまあ茶色じゃなー、外人さんのようじゃ」

「え、これちょっと染めて……、ユキ子ちゃん、元気ぃ？」

「うん、元気」

ユキ子ちゃんが言った。

「久しぶり。会いたかったよー」

「私もー。外寒くなかった？」

「うん、だって車だったもん、平気。神職さんに乗っけてきてもらっちゃった」

言いながら里美はもがくような仕草でコートを脱ぐ。するとタイトミニのスカートと、よく伸びた足が現れた。

「お土産あるよ、ユキちゃん」

「え、ほんと？」

「うん、たいしたもんじゃないけど、横浜の。通子さん、お久しぶりです」

里美は膝を折り、通子のそばにすわる。

「元気そうね、よかった」

通子さんが言って、座布団をひとつとって寄越した。

「はい、あ、ありがとございます。元気です。先生も、ちょっとお久しぶりー」

里美は私の方を向いて言った。

「うん、久しぶり。お疲れさま。ここ、君も久しぶりでしょ?」

「うん、えーと、一年半ぶりかなー」

「あん時に、ちらと会《お》うたね」

坂出が言う。

「倉敷で」

「はい。これからまたちょくちょくお会いすることになるかも……」

「うん、何で?」

里美が応えようとした時、住職が声をかけてきた。

「まあ里美ちゃん、ゆっくりしていってぇな、骨休めにね」

「住職さん、それがそうもいかなくて。今途中で大変なもの、見たんです」

里美が言った。

「大変なもの、何?」

「行き倒れ。男の人みたい。雪の中。今さっき見かけて」

「行き倒れ?」

二子山がすわりながら応える。

「うん、貝繁の東んとこから峠に向けてあがるとこ、あっこに、誰かが雪に埋まって倒れとった。行きは気がつかなんだけど、帰りに解ったんじゃ」

「帰り? 道端か?」

「うん」

「誰?」

住職が訊く。

「わしゃよう知らんけど、前にこの村で見たような顔の人じゃった。山で暮らしとるような、物乞いしょうての人」

「そいでどうしたん？　助かりそうな？」

「いやもうとうに死んどるがな。冷《つ》ぅめとうなっとるけ。わし、触ってみた。もう半分以上雪に埋まっとるもん。もうだいぶ前じゃ、死んだんは」

「せえであんた、そのままか？」

「しょうがないが、男手ないもん。じゃから早《は》よ戻ろう日照さん、一緒に」

「ふうん、ナバやんかのー、あれ家がないけ、わし、大丈夫かのぅ、思うとったんじゃ」

住職は暗い顔で言う。

「ホームレスの人ですか？」

私が訊いた。

「そうそう。じゃから今から一緒に行かん？　行って取ってきて、わしの車へ乗せて、あんたとこの寺まで運ぼう。わしも一緒に拝むけ」

「取ってきていうて、マツタケじゃあないんじゃけね。車に入る？　ホトケさん」

「入る、たぶん入る、わしの、ちょっと大型じゃけ」

「は、ほうか、ほいならそうしょうか。でも、あんたも拝むん？」

日照が驚いたように言う。

「えー、神道、仏教連合軍ですねー」

里美が言った。

「ごりやくありそー」

「でも、そうなことしてもええんじゃろうか。どっちかにせんと」

住職が言う。

「かまわんかまわん。ホトケさんのためになりゃそれでええ」

坂出が言った。

「どうせ無縁仏じゃけね」

二子山も言う。

「文句言う身内もおらんで。行こ行こ、日照さん」

「ほうじゃな、よし」

日照和尚は、それでよっこらしょと立ちあがった。二子山はすでに立って待っている。和尚は足を引きずるようにして少し歩き、それから私を振り返って言う。

「あんたも来てな？　東京のセンセ」

「え、ぼくですか？　いいんですか？」

「ええんですかてあんた、こりゃ別に誰が来てもろうてもええんよ」

日照は言う。

「ああそうか、殺人事件じゃないですからね」

「ほうじゃ、誰ぞにテゴぉしてもらわにゃあ」

「テゴ？」

「手伝ってもらいたいってこと」

里美が言った。

「ああ」

「男手が要るけ、歳の順から言うたらあんたじゃ。ホトケさんは重たい。雪ん中は大変じゃけな」

「私も行きましょうか？」

里美が言う。

「いや、あんたぁ長旅で疲れとるじゃろう、ゆっくりしとって。育さん、育さん！」

住職は奥に向かって大声を出す。

「はい、なんですかいな」

育子さんが、暖簾の間に顔を出す。

「ちょっと伊勢《いせ》やんのとこ、電話しといてえな。今からホトケさんを連れて寺へ戻るけぇいうて」

「はいはい」

「そいからわしのコートとマフラー、戻してぇな」

「はいはい」

「釈内教さん」

「はいよ」

二子山が応える。

「スコップなんぞは要らんかいな、あんた持っとる?」

「要らん要らん、そうなもな要らん」

神職は言った。

「ホトケさん、固まっとって?」

「そりゃ固まっとるでしょう、凍っとるもの」

「そうじゃのうて、棺の中に入りそうな? 姿勢は?」

「あ、そりゃ無理じゃな、気をつけの姿勢はしとらんけ」

「ふうん、解った。そんなら棺は要らんな」

そして私たちは、二子山のヴァン型の四駆におさまった。私が助手席に、日照和尚はコートとマフラーを抱えて後部座席に入った。彼のさらに後ろにある椅子はすでに倒されている。確かにかなり広い、これなら死体も乗りそうである。

室内もエンジンも、すでに充分暖まっていたから、二子山はエンジンをかけるとすぐに走りだした。同時にワイパーのスウィッチも入れる。ばさと窓の雪が拭い払われ、視界が一気によくなった。激しくはないが、雪はちらちらと舞っている。

門を出て、慎重に坂をくだり、葦川のほとりに出た。左折して橋を渡る。流れの左右は凍りつき、白く光っていた。氷の上にも雪は載っている。桜の並木は、色のない影絵になって並び、枝の上には細く雪が載っている。さらに左折し、車はその下に入り、ゆっくりと進んでいく。道は真っ白で、下の土が見える場所はない。左右には、低い雪の壁ができている。雪が深いのだ。

足もとに積もった雪のおかげで、車は少しばかり揺れる。しかし対向車はなく、危険な様子はない。右手に広がる水田は、今はひたすらの雪原だ。広々とした真白い平野。雪が厚いので、水田の凹凸はまったく消えている。何よりも見事なものは、遠景に連なる山々だった。精密で見事な水墨画のようで、私はつい見つめてしまう。

雪に覆われた白い山肌は斑《まだら》だ。白いカンバスの上に、無数の立ち木が黒い線画になって重なる。その重なりが繁くなれば黒く、淡くなれば白く見える。だから全体では斑だ。その上に黄ばんだ夕陽がわずかに射し、けれど不思議なことに、雪はまだ舞い続けている。その美しさは、何にたとえようもない。

「日照さん」

走りながら、二子山が後ろに向かって呼びかける。

「何？」

と住職。

「わし、斎服《さいふく》着ゆうか？　後ろに積んどるけぇ」

「斎服？　えええ、そうな、大袈裟になるが」

和尚は言った。

「わしが袈裟着てあんたが斎服じゃあ、何が始まったか思うわ」

「斎服て何です？」

私が訊いた。

「神職が神事の時に着る、白い袍《ほう》ですが。白絹の」

「ホウ……」

「そうです。わしら葬式の時もこれ、着ますけね」

「坊主と神主が並んで、みな何事か思うわ」

「まああんた、ホトケさんの供養じゃけ、ええがの。人が何ぅ言おうとも」

「えええええ、着替えるの大変じゃろ。それよりなんかシート積んどる？　ホトケさんにかけるもの」

「あるよ」

車は時々大きく揺れる。

「あんた、川へ落ちんようにしてぇよ。今は寒いで、川ん中は」

住職が言った。

「わしも落ちとうないわ、心配せんでええ」

二子山は言い、ハンドルを慎重に切る。車は右に折れ、山道にと向かう。これで横から川は去った。

私はなんだか不思議な気がした。お坊さんと神主さんにはさまれてのドライヴというのは生まれてはじめての経験だし、道端にある死体を収納にいくというのもこの世のこととは思えない。まあ田舎では、こういうことも普通なのであろうか。人手もないで仕方がないのであろう。

二人には、全然緊張している様子がない。しかもこの二人、どことなく名コンビというふうで、今死体に向かっているという気分がしない。

「こりゃ急いだ方がええな」

住職が言う。

「もうそろそろ陽が落ちるで」

「ほうじゃな」

神主が急いで応える。

「暗うなったらあんた、ホトケさんがどこにおるんか解らん」

車は心持ち速度をあげる。

「しかし里美ちゃん、きれいになったなぁ」

住職が言った。

「うん、ほうじゃなぁ」

神職も応じる。

「やっぱり東京の水が合うんかのー。どう思うてな、先生」

私はずっと雪景色に見とれていたから、自分に水が向けられていることに気づかなかった。

「先生」

「え？　ぼくですか？」

「あんたです。東京いうのは、女の人の化粧方法も違うんじゃろうか」

「里美ちゃんですか？」

「ほうじゃ」

「さあ、ぼくは知りません。それに東京じゃなくて、横浜です」

「似たようなもんじゃろう。しっかし、あれならタレントさんばりじゃ。テレビに出とる女の人みたようじゃ」

「全然負けとらんなー」

「あれで弁護士さん、なってん？」

「らしいなぁ」

「裁判所にも、ああな美人がおるもんなん？　東京じゃあ」

「さあ、ぼくは知りません」

「もうそろそろじゃでー」

二子山が言う。

「釈内教さん、あんた、顔見たんか？　ホトケさんの」

「まあちらっとなぁ」

「どうな格好しとった？」

「ポーズ？　こうな大の字」

二子山が、ハンドルから手を離して両手をあげる仕草をした。

「あ、危ないがあんた、気ぃつけてえな。この車に入るんかいなぁ」

「あんたのすわっとるそのシート、倒しゃあなんとかなるじゃろう。そう大きい人じゃあなかったけぇ」

「わしゃどこへすわるん、そしたら」

和尚が目をむいて言った。

「ホトケさんの横へ寝ぇ言うんか」

「そのシートは半分ずつ倒れるけぇ、半分倒しゃええ」

「ふうん、ほうか。まあナバやんなら、そう大きゅうはないわなぁ。まあ寺まで運べりゃそれでええんじゃから、あとは伊勢やんがなんとかしてくれるけぇ」

「伊勢やんて誰です？　さっき電話を頼んでらっしゃいましたね」

私が訊いた。

「死体の世話してくれよる人、いつも。薬局経営しとる人なんじゃけえどね。店はもう息子や孫に譲ってね、今は隠居。でも昔軍隊で、死体研究するような仕事をしとったからね、じゃから今でも死体の処理手伝ってくれよるんよ。死体に詳しいけ。ホトケさん洗うたり拭いたり、防腐処理とかね、女の人なら化粧したげたりとか。今みたいにホトケさんが凍っとるとか、棺桶に入らんようなな格好しとるような場合にもね、姿勢を直してくれるんよ」

「軍？　軍て、日本軍ですか？」

　驚いて、私が訊いた。

「そうよ、じゃから爺ちゃん」

「死体の研究……、死体の何、研究するんですか？」

「さあなぁ、詳しいこたわしも聞いとらんけぇど、ちぎれた手や足ぅくっつけるような研究、いうたかなぁ……。爆弾で手や足がちぎれる兵隊がおるでしょう、戦争じゃから。そういう人に、ちぎれた手や足をまたくっつけてやったり、時には他人のものをくっつけたり……」

「他人のもの⁈」

　二子山と私が声を揃えて言った。

「そうなもの、くっつくん？　他人のもんが」

「つかんじゃろうなぁ普通。じゃけえ研究しょうたん。つくように」

「そうな馬鹿な！」

「そりゃあつかんでしょう」

　私も言った。そして、ふと気づいて言い直した。

「ああ、棺桶に入れる時の話ですか？　死体になってからの」

「いいやぁ、そうじゃのうて、生きとる時」

「人の手で鉄砲撃つん？」

「まあじゃから研究じゃが、そうできたらええな、いう……」

　日照が言った。

「でもせえじゃああんた、そりゃ死体のことじゃあないがね」

　二子山は言う。

「まあそうじゃねぇ。ともかく軍の秘密研究所じゃったからな。じゃからあんまり人には言えんのよ、軍の最高機密じゃから」

「もう六十年近く経ちますが、終戦から。それでもまだ言えないいんですか？」

「昔のことじゃが」

二子山も言う。

「うーんまあ、それでもあんまり言いとうないいんじゃない？　研究所は浜松《はままつ》の方にあって、毒ガス弾の投下専用の飛行機の飛行場もあって、殺人光線の研究もしとったいうて。そいで、これは秘密じゃけぇどな、日本も原爆の研究しとったいうて」

「原爆？」

二子山が訊く。

「日本も作っとったん？」

「作っちゃあおらんけど、研究」

「ふうん、そりゃいけんわなぁ。アメリカを悪う言えんようになる」

「じゃけ、言いとうないんよね」

「ああそれ、聞いたことありますね。仁科《にしな》博士も顧問で関わっていたと聞いたことがあります。物理学者の」

私が言った。

「うん、そこでね、伊勢やんは死体の研究もしとったんじゃて」

「へえ」

「じゃから、えらい大々的な研究所じゃったらしいで。でも国の最高機密じゃからね、当時は地図からも消されたんじゃて、研究所」

「ほう」

「あのへんじゃ、着いたで」

車はゆるやかな登り道にかかっていた。ふと見ると、雪が強くなっている。また本格的に降りはじめたらしい。

二子山はそろそろと車を右の路肩に寄せていき、停車させようとした。しかし、考えを変えてまた走りだす。

「どしたん?」

住職が訊く。

「いや、ホトケさんに尻向けた方がええかなぁと。後ろに積むんじゃけね。そいで、そんなら方向転換しょう思うて」

そして二子山は、速度を落とし、左にハンドルを切り、またバックし、前進して、苦労して方向転換をした。車が大きいので、雪の中、大変である。そして坂を下りながら、左に寄せていってさっきの路肩に停めた。

「やれ着いた。出ましょうか」

言って、彼はドアを開ける。それで私たちもしたがった。表は、景色を一面白く霞ませて、大量の雪が舞っていた。もう淡い陽射しも消え、薄暗い。ひゅうと風の音がした。二子山はダウンジャケットの前のジッパーを填め、ずずっと上に引きあげている。雪は、完全に本降りになっていた。

「ありゃあありゃあ、こりゃ寒いがな」

住職は大声で言って、首にマフラーを巻いている。頭髪のない頭も寒いのか、頭頂部にも巻いて隠した。そうしておいて、袈裟の上にコートを羽織る。彼の吐く息は、雪片のすきまで、盛大に白い。

身が縮むほどに寒かった。口を開くのもおっくうで、風のせいで、まるでナイフで切りつけられるように耳が痛い。肩や胸に、みるみる雪が載っていく。私もコートの前をよく合わせ、襟を立てた。

そうする手の指が、たちまち感覚を失う。二子山は登山靴のような、ごつい立派な靴を履いていて、これでずしずしと雪を踏んでいくから、私は彼の靴跡を踏むようにしてついて行った。雪に埋まるから靴が冷え、足指の先の感覚も失われていく。久々に味わう雪の冷気は、凶暴なまでの力を持っていた。

「ここじゃ」

二子山が停まって、足もとを指さしている。しかしそこには雪があるばかりで、何も見えなかった。二子山は、手袋を塡めながらしゃがむ。そして、雪を払うようにして、足もとを掘っていった。そうしたら、黒い靴が現れた。

「はあ、ほんにホトケじゃ。あんた、よう場所が解るな」

和尚が言う。

「あそこに石を置いといたんじゃ」

言いながら二子山は場所を移動し、頭のあたりの雪を掘る。すると、半白の汚れた髪が現れた。二子山は、続いて上半身を掘りだす。汚れた白いジャンパーを着ていた。

「日照さん、顔を見てな?」

と言って、肩と腕のあたりをぐっと持ちあげる。体はすっかり固まり、石像のようになっているから、両手の肘を曲げ、左右にやや開いた姿勢のまま、行き倒れ者の体は、板のように左側が持ちあがった。

「ああこりゃ、やっぱりナバやんじゃ、ナバやん、ほうじゃほうじゃ、ナバやんじゃ。気の毒にのぅ、こうなところで、どこへ行こう思うとったんか。南無阿弥陀仏、南無阿弥陀仏」

と両手を合わせて彼は、念仏を唱えはじめた。死体を降ろし、頭を垂れ、二子山もまたつぶやきはじめる。

「いましみことのひとよのことを、とこよはるかに、あまかけりゆく、はるのかりつらつらに……」

里美も言っていたが、考えてみればこれは非常に贅沢な光景である。異種の神職者二人に拝まれ、この死者はさぞ成仏できるであろうと私は考えた。

「ほいじゃぁ先生、ちょっと後部座席の片側を倒してくれてな。今からホトケさん乗せるけえね」

儀式を早目に終えた二子山が言った。それで私は急いで車まで戻り、後部のドアを開けて中に入り、後部座席の椅子をひとつ、前方に倒した。

雪の上に飛び降りたら、神職者二人が、死体を持って、運んできているところだった。私も急いで戻り、少し気味が悪かったが、腹のあたりを持って支えた。体は氷以上に冷えて感じられ、異様なまでの冷たさだった。そして硬かった。右手にはヴィニールの手提げ袋を持っていて、中にはまた白いヴィニールの固まりが入っている。その手は皹《あかぎれ》で赤紫色に変色し、腫れあがっている。

「これが全財産じゃったなぁ、ナバやんの」

住職がしみじみ言った。そして死体を、足からゆっくりと車に入れていった。しかしわずかなところで、後部のドアが閉まらない。

「先生、ちょっと助手席の椅子、めいっぱい前にスライドしてくれてな」

二子山が言い、それで私は助手席に入り、足とのレヴァーを持ちあげておいて、椅子を止まるまで前に出した。

「ああ、ええええ、これでええ。先生、もうええ、なんとか入った」

二子山が言い、そして彼はカンバス地のシートをばさと死体の上にかけた。しかし、それでも傷んだ手は覗いている。そうして、後部ドアをそろそろと閉めた。小柄な死体だからよかったが、大男であれば、後部ドアを開けたまま走らなくてはならなかった。

「やーれやれ」

と言いながら、住職が死体の足の脇のシートに入って、すわりながら体の大量の雪を払った。私もまた狭い助手席に入り込み、丁寧に雪を払った。狭いので、膝がグローブボックスにぶつかる。

「こりゃあ頭ぁ剃らんといけんな、こうな頭じゃあ、ホトケさんに失礼じゃ」

とマフラーを取り、雪を払いながら、日照和尚が言った。

「おいおい、こりゃあ前が見えんで」

ATのシフトをDに入れながら、二子山が言う。見ると、かなり暗くなった世界に、雪が次第に激しさを増していく。風も出た。雪片が舞い飛んでいる。二子山は、ワイパーをハイにして、そろそろとスタートした。

「今夜は積もるでぇ、こりゃあ」

前を見て、和尚が言う。それから横を向き、こんなことを言っていた。

「ええ時に拾うてもろうたなぁナバやん。下手すりゃあんたぁ、春までよう出んとこじゃ」

4

神主の運転する四駆のヴァンは、また川の横を走り、橋を渡り、龍臥亭への坂道をあがっていく。そのあたりでヘッドライトをともした。もうあたりは暗い。夜になれば、このあたりは漆黒の闇になる。

「運転、上手ですね」

私は言った。

「雪道なのにね」

「まあスタッドレス履いとりますけぇね」

彼は言う。

「でも、ずいぶんと大きな車ですね、こういうの必要なんですか？」

「いっつも氏子の人、ぎょうさん乗せますけえね、観光案内までするんですわ、たまにゃ」

車は龍臥亭の前をすぎる。龍臥亭の一階には暖かげな灯がともるのが、門柱の間からちらと見えた。二子山は、法仙寺の山門の前で車を停める。

「あんた、こうなとこへ停めてどうするん？」

和尚が言った。

「え、ここじゃあないんね」

二子山が訊く。

「ここじゃああんた、石段しかないが。こうな雪ん中、ホトケさん持って石段あがるんかい、ぎょうさん積もっとるでー雪が。暗いし」

私は窓の曇りを手で拭い、舞い飛ぶ雪を通して、山門の奥の石段を見た。確かに厚い雪に被われ、遠目にはまるで急坂のようになってしまっている。

「ほんまじゃ、こりゃスロープじゃ、スキーしとうなるなぁ」

二子山が言う。

「ほうじゃろ。ジャンプ台じゃ」

「ここ以外にあるんね、お宅に入るとこ」

二子山が訊いた。

「あるよ、そうじゃあないとあんた、ホトケさん運べんが。ずうっと山の方へあがってね、こっちぃこっちぃぐるうっと廻るんよ。ちょっと遠廻りじゃけえどね、車ならすぐじゃろう。歩いたら小一時間ほどもかかるけえど」

「ああそうね、わしはここ、焼き場から骨壺が来るだけか思うた」

「そうなこたないわ」

「わしのようなもんに教えてもええんかいなぁ」

「まあ、他宗教の人にゃ教えん道じゃけえどな、あんたならええわ」

「この車でも行ける？」

「あんた、霊柩車も入るんで。まあ今なら対向車もないけ。この雪で、ちょっときついかもしれんが、あんたの腕なら大丈夫じゃろう」

「どこへ出るん？　その道」

「墓所のとこ。本殿の裏。この上へまっとあがってぇな、今道ぅ言うけ」

それで二子山はまた車を発進させる。大型の四駆は、あえぎながら坂をあがりはじめた。龍臥亭をすぎると、勾配がややきつくなるのだ。

「急いだ方がええな、この雪じゃ、じきに山の道は走れんようになるで」

二子山は言う。

「ほんまじゃなー」

「まだあがるん？」

「まだまだ」

車は延々と坂をあがっていく。

「おいおいこりゃあきついで。帰れるんかいのぅ」

タイヤがたまにスリップするのが私にも感じられる。

「帰れんかもしれんなぁ」

和尚がのんびりした口調で応える。

「お宅へ泊めてもらうようになるよ。食料はあるんかいなぁ」

「ない。わしがみな食うてしもうたけ。女房はおらんしな」

ワイパーが左右する視界の先は、もうすっかり暗がりになった。雪は激しく舞い、左右の眺めは消えて、延々と続く処女雪だけが、ヘッドライトに照らされ、見えている。

「まだな？　あんた、もうそろそろ大岐の島さんに着くで。わし、挨拶に行こうかのー」

二子山が言うと、住職は言った。

「ああなもんに挨拶せんでもええ」

「ああ？」

「あ、そこじゃ、そりょを左へ曲がって」

言われて、二子山はハンドルを左にきる。すると、下は熊笹らしい、こんもりと雪が載った柔らかい凹凸の間、杉の木立ちの中を抜けていく小道になった。

「ありゃああんた、こりゃあいけんで」

あわてたように、二子山が言う。

「いけん？　走れんか」

「いや、今はなんとか行ける。でももう確実に帰れんようになるでこりゃ。あと一時間もすりゃ、この降りじゃ、間違いのぅここは雪で埋まっしまう。少々寒うても、階段をあげた方がようはないかな」

「寒いだけじゃあない、あそこは危ないんじゃ。あんた、明日までにどうしても帰らなゃいけんの？　釈内教さんへ」

「まあそういうようなこた、ないけぇどもねぇ」

「女房が怖いか？」

「飛び膝蹴りが来るけぇな」

「ああ、飛び膝蹴りな、そりゃ恐そうじゃな」

「いや、ほんまに空手やっとったんじゃ、うちのやつ」

「ようまあそうに恐ろしいもんをもろうたよのう」

「でも料理は上手なんでしょう、フランス料理までレパートリーとは」

私が訊いた。

「これも食べなんだらあんた、また真空飛び膝蹴りじゃ」

「命がけじゃな」

「まあ春秋の大祭の時なんぞに、氏子の人に出すにゃあええけえど」

「神主の教会へ来てフランス料理かいな」

「まあ出雲さんの方の筋で、わし、六本木《ろっぽんぎ》分祀の修行のおりに、ちょっと迷惑かけとるけぇ……、まあそうなこたええわ。それよりどうしょうかのう」

「もうええじゃろ、ここまで来たんじゃ、行こ行こ！」

和尚が無責任なことを言った。

「食料ないんじゃろ、お宅にゃ。そうなら餓死じゃが」

「雪ん中で遭難じゃ、それをまぬがれても女房の飛び蹴りか、やれんのう。龍臥亭まで降りりゃええがの、釈内教さん。そこまでなら降りられる。なんぼう雪で埋まっとってもじゃ」

それから二子山は沈黙になり、しばらく鬱蒼とした杉の木立ちの間を走る。

「これはすごいものですね」

左右の森に感嘆して、私は言った。

「杉というのは、こんなに高いものですか」

「高いよ、このへんは昔からほとんど伐採されとらんからね」

　日照が言う。

「間伐もされとらん、それでもこうに大きゅうなっとる」

「間伐とはなんです？」

「まあ間引きよね。木がつんどるところは、適当に間の木を切ってやらんと、太陽の光が中まで入らんからね、そしたら杉がうまいこと育たんのんよ」

「ふうん、でも育ってますね、ここらのは」

「うん、間伐いうんは、早う育てて切り出して、売って儲けるための話じゃから。だいたい樹齢三十年くらいでもうどんどん切り倒しよるけね、林業作業士は」

「そうですか。このへんのは何年くらいの木なんですか？」

「まあいろいろじゃけぇど、このへんの杉は十年くらいのもありゃあ、百年以上のもあるよ」

「ほう、そんなに古いのも。それにしてもこりゃすごいものですね、杉はこんな木だったのか。まるで円柱ですね、まっすぐで、枝が全然ない。しかも恐ろしく背が高い」

「ほうじゃ、電信柱の背が高いやつですがな」

「枝や葉っぱは、遥か高いところにしかない」

「そう、このへんのもなぁ二十メートルくらい上の方でないとな、葉っぱがないんよね。下の小枝、だいたい払うしね」

「そこまではただの丸い柱だなぁ、これじゃ絶対に登れませんね、足がかりが全然ないもの」

「登れまへん、杉いうのは登れん木なんです。猿もよう登らん」

「猿が？　このへん、猿もいるんですか？」

「おるよ、いっぱいおる。今頃はどうしょうるんかのぅあれら、寒いじゃろうに」

　そうして車は、山腹の雪の山道を延々とたどり、左下に寺の明かりと、これにぼんやりと浮かぶ墓石群が見えてきた。視界を埋める降雪の中、どちらもなかば雪に埋もれたようになって見えている。寺院の屋根には厚く雪が載り、黄色い窓明かりは、雪の下にかろうじて覗いている。

「ああ見えた、あれだ。明かりがともっていますよ」

　私は言った。以前来た時にも見ているから、懐かしかったのだ。

「うん」

「誰かいるんですか？」

「じゃから、伊勢やんが来とるんじゃろう」

「勝手に入れるんですか？」

「入れるよ」

　車は坂を下り、墓所の端に入っていく。そしてぎゅうぎゅうと腹をこすりながら停まった。

「あかんわ、もう動かんようになった。この車、これで当分走れんわ」

　二子山が、悲しげに言う。

「いよいよ飛び膝蹴りじゃのう釈内教さん」

　人のことだから楽しむようにそう言って、住職はまた頭にマフラーを巻き、コートを着て、完全防備をしている。そしてドアを開け、暗い雪の中に降りた。私たちも続いた。

「どのみちこれは、龍臥亭からも帰れないところでしたよ」

　言って、私が慰めた。

「ほうじゃなぁ、こりゃあすごい降りじゃ、吹雪くんかのぅ今夜」

二子山は言う。そしてエンジンを止め、しばらく窓から空を仰いでいる。

「ちょっと先生、来てまたテゴをしてえな、ホトケさん、本堂の地下の方へ運ぶから」

住職は言う。そして後部のドアを開けている。

今度は、私と二子山とが中心になって、死体を引き出し、運んでいった。雪が深くなっていて、膝まで埋まる。カンバスシートはかけたままだったが、車内の暖気にあてたせいか、今度はわずかに臭気を感じた。

和尚は雪の中、死体は持たず、先にたって本堂の裏口に廻っていく。右手に彼の住まいが見えたが、そっちには目もくれない。裏の引き戸を開け、われわれを待っている。われわれが死体を持って中に入ると、引き戸を押して閉め、マフラーを解きながら、反対側の障子戸を引いた。

すると、薄暗い畳敷きの大広間が開けた。畳の上には火鉢がいくつもあり、石油ストーヴも点々と置かれてある。ひとつの火鉢に寄りかかるようにして、ぽつねんと白髪の老人がすわっていた。マフラーを首に巻いている。がらんとしたそこも、ずいぶん冷えているからだろう。

「ああ伊勢やん、ストーヴつけといてくれてならえかったのに。ホトケさんが来たよ、これから地下へ運ぶけぇね」

そう声をかけても、相手からの返答はなかった。しかし和尚は気にする様子もなく、石敷きの空間を先にたって早足で行く。足はやや引きずっている。やがて手摺りが見え、地下へ下る階段はそこにあるらしかった。住職は、階段はゆっくりと下る。そして、降りきったところでいったん姿が消え、手近の部屋の明かりを入れたらしい。部屋からのものらしい明かりが、階段までをさっと照らした。

死体を持ってそろそろと階段を下り、私と二子山が明かりのついている部屋に入ると、黄ばんだ裸電球がぽつんと天井から下がる、陰気な空間があった。かなりの広さで、床の隅の壁ぎわには、白木の棺がひとつ置かれている。その手前には、手術台くらいの大きさの木製の台がある。

「この上へ」

と日照が指示するので、私たちはこの台の上に死体を置いた。この頃にはもうかなり解凍も進んでいたと思われるが、やはり死体のとった姿勢は変化しなかった。このままではとうてい死体は棺におさまりそうではない。

コートを脱いだ和尚が、これとマフラーをまず壁のフックにかけ、床にしゃがみ込んだ。何をしているのかと見ると、石油ストーヴに点火をしているのだった。自動点火らしく、マッチは使っていない。

それがすむと立ちあがり、彼はまたひとしきり念仏を唱えはじめた。その後ろで神職の二子山も、何事か決まった文句を口にしはじめる。そのさらに後方に私は立ち、することもないので部屋のぐるりを見廻してみた。

壁は黒ずんで灰色をしているが、もとは白壁らしかった。あちこちに染みがある。部屋の床は真っ黒で、これはどうやらセメント製だ。もう時代もので、手もとを照らすためのライトがふたつ、床に置かれている。

床の端、壁寄りには白いタイル敷きのスペースがあって、ここの壁に、二メートルほどのホースが挿し込まれた水道の蛇口があった。一瞬、ここに浴槽が置かれていたのかと私は考えたが、たちまちそうではないと気づいた。これが納棺前の死体を洗う場所であることは、誰の目にも一目瞭然だった。

畳の上とか、病院のベッドでの平和な死に方をした者なら、こんな場所の必要はない。遺族が体を拭けばそれでよいが、こういう設備が必要な死体も、時には出るということだ。今回のようなケースに限らない。いや、今回のものはまだよい方かもしれない。地中に埋められて遺棄される刑事犯罪の被害者もいるだろうし、山中に放置され、泥にまみれた行き倒れ死体もある。溜め池の底で、黒いヘドロに埋まった水死体も出るだろう。

照明の暗さといい、かすかに感じる死臭といい、またこれに混じってさっきから感じている薬品の匂いも、ぞっとするほどに陰気な部屋だった。われわれの動きが停まり、静かになると、表で吹く風の音がかすかに聞こえた。これが、部屋の陰気さをさらに強調した。

私はさっきから手を洗いたくてたまらなかったのだが、タイルのスペースにある水道で洗う気にはなれなかった。たった今自分の手が、死体を運んできたとはちょっと信じられなかった。

「おお、伊勢さん」

和尚がわれわれの背後に向かって声をかけたので、私もその方を見た。戸口のところに音もなく、まるで亡霊のように痩せた小柄な老人が現れていた。総白髪をやや乱し、紺色のダウンジャケットを着た老人だった。われわれには目もくれず、にこりともせず、よろよろと死体に寄っていって、ずるずるとカンバスシートをはぐった。私は反射的に目をそらしたが、彼はいっさいの躊躇《ちゅうちょ》を見せなかった。

「ナバやんじゃ。行き倒れの凍死じゃ。こうな格好しとるが、棺に入るかのぅ」

住職が言うと、伊勢は言葉は発せず、こくりこくりと頷く。なんと陰気な人物であろうと私は思った。

「この固まった姿勢、直してやってえな。それから、この人はずっとこうな生活しとって、顔が真っ黒じゃ。洗うてやらんとなぁ。服はこっちのタンスの中に、檀家の人に寄付してもろうた背広やワイシャツが何着かあるけね、もし合うのがあったら、ナバやんに着せてやって、な」

それで私は、壁ぎわに置かれた物体が、木製の、畳の和室に置くようなタンスであることを知った。上は開きに、下は抽出しになっている。その隣には、なんともそれと不釣り合いなことに、金属製のロッカーが置かれていた。縦方向に長いドアが、いくつも並んで付いている。その脇には、金属製とプラスティック製のバケツが三つある。その横には、黒い大型のゴミ箱がひとつある。

「ナバやん、生きとる時ゃ、背広なんぞ一回も着たことがないじゃろう」

和尚は言った。

「わしこのシート、戻してもろうて……」

言いながら二子山が、シートをずるずるとたぐり寄せて、丁寧にたたんでいた。そしてこれを丸めて抱えた。住職の方は壁からコートとマフラーを取り、出口に向かってくるので、私はほっとしてすぐにしたがった。長居はしたくない部屋だった。振り返ると、伊勢老人がマフラーを首からゆるゆると解いているのが見えた。

「陰気な爺さんじゃろ?」

廊下に出てドアを閉めると、廊下の裸電球のスウィッチを入れてから、和尚が私の耳もとに口を近づけ、ささやいた。私は黙って頷いた。さっき見かけて以来、伊勢老人はただのひと言も言葉を発していない。

一歩階段をあがりかけ、ふと思い出したように二子山が言う。

「ほうじゃ日照さん、前見せてもろうた博物館はまだあるんな」

「博物館？」

和尚は言った。

「ああ、あの物置のことか。見たい？」

「先生見とうない？　ちょっと先生に見せてあげちゃりゃええ」

二子山は、私のために言ってくれたのだった。

「ほうか、ほうじゃな。ほいなら先生、こっちじゃが」

和尚はさっきの死体部屋の隣にあるドアを開いた。そして手を挿し入れ、ここにも明かりをつける。

入ると、特有の臭気がした。しかしこれは悪いものではない。骨董品屋の店内とか、博物館の内部で嗅ぐ匂いだ。

見廻すと、紋章が付いた大きな古い箱、これは箱自体が由緒のあるもののようだが、新し目の白木の箱も、壁ぎわに無数に積まれている。壁には水墨画、漢文の書かれた毛筆の額も掛かっている。なかなか見事な収集だった。

「この木箱は、中に書画骨董が入っとるです。掛け軸とかね、あと古文書もあるんよね。それから絵の額も」

住職は言う。

「でも、出しているのもありますね」

私が言った。

「うん、時々出して、上の本堂の壁とかね、家の応接間に掛けたりするん。それで前掛けとったぶんは、こっちへ持ってかえって、ここにしまうんよ。でもここの壁に掛けとるもんもある」

私は横長の水墨画を指さして言った。

「これ、雪景色なんですね」

それがとてもよい感じに見えた。

「これはね、天橋立《あまのはしだて》の雪景色。法然上人《ほうねんしようにん》さんが描いたゆう言い伝えがある」

「本当ですか?」

「いやぁ、どうかな、嘘じゃろう」

宝物の大半は書画骨董のようだったが、槍や刀もある。猟銃らしい銃もある。

「刀剣類もありますね、鉄砲も。見事なコレクションですね」

「いんやいんや、集めたんじゃあないんよ、自然に集まったん」

住職は言った。

「え? そうなんですか?」

「そうなん。こりゃあね、一家が絶えたような時にね、家宝を寺に寄贈してくれてんよ。みなさん檀家の人じゃから」

「ああそうか」

「うん、当人が生前に、いうこともあるけど、近所の人らがそうしてくれたりね」

「なるほど。これら、骨董価値があるものなんですか?」

「中にゃね、そういうもんもあるよ」

「これは写真ですね」

額に入った、派手に変色した写真が床に置かれていた。

「うん、これ、孫文《そんぶん》の革命戦争の時の写真じゃいうて」

「じゃこの場所、中国ですか？」

「ほうじゃ。これは陣地内部の写真。貴重なもんじゃそうなよ。ここにちょっと写っとっての人、この人が孫文の革命を資金援助した日本人じゃて。日活いう映画会社があるじゃろ？　その創始者じゃいうて。名前は今、ちょっと忘れてしもうた。あんた解る？　釈内教さん」

「梅屋庄吉《うめやしょうきち》じゃろう」

「ああそうじゃ、梅屋じゃ、梅屋庄吉さん」

その時、甲冑《かっちゅう》が目に入った。奥を見ると何故か金網があり、その向こう側に、その鎧兜はあった。黒い櫃《ひつ》にすわったような格好で、それは置かれてある。私の目は、一瞬でこの甲冑に引きつけられた。

奥は暗いので、それまで気づかなかった。衝撃を感じた。それは白く埃《ほこり》をかぶり、言いようのない不気味さ、それともある種の場違いさを感じさせた。

「あそこ、金網がありますね。その奥に鎧兜がある」

私が言うと、日照はちょっと暗い顔をした。

「うん、これが問題の甲冑」

その言い方に異様を感じて、私は住職の顔を見た。

「問題の？　何です？　あれ、何か問題があるものなんですか？」

「これがあれじゃが、森孝さんの甲冑」

二子山が横で言った。

「えっ、これが?!」

驚き、私は息を呑んだ。

「さっきの話に出てきた？」

「そうなんよ、これがそう」

住職も言う。

「あの、芳雄の両腕を切り落として、お胤さんの首を刎ねた時に関森孝が着ていたという？」

そう私が訊くと、住職は大きく頷いた。

「そうよ、これ。当時龍臥亭の庭に点々と落ちとったんよ。それを火事の時に集まった村のもんが拾うてね、供養してもらおう思うて、この寺へ持ってきたん。先々代が、拝んでからな、最初は埋めようかどうしょうかいうてね、言うとったんじゃけえどね、まあまあいうことで、ここに置いとるんよね」

「ここにあったんですか　実物が！」

私はちょっと感動して言った。

「そう、あったんよ」

「信じられんなぁ、よくありましたね」

「まあ、ほかに置くとこもないけぇね」

住職は言う。

「これは当時のまま？」

訊くと住職は大きく頷く。

「もうまったくあのまま。じゃから芳雄の血も、お胤さんの血もぎょうさん付いとるはず。二人の血を、ぎょうさん吸うとるんよ」

「拭いてもいないんですか？」

和尚は首を横に振る。

「拭いとらん」

何というものがここにあるのか、とそう思い、私は立ち尽くした。

見つめるうち、恐いような気分がしてきた。この甲冑に、二人の人間の血が直接かかったのだ。

お話ではない、百年前の、これは現実なのだ。そしてこの具足は、二人の人間の、断末魔の悲鳴を聞いたのだ。

　地方ならではのことだろうか。東京ではこんなことは考えられない。許されもしないだろう。金網に寄っていってしばらく見つめたが、金網に寄るのさえ気味が悪かった。悪霊に乗り移られそうな気がした。

　兜の下には、褐色の面当が覗いている。目を近づけると、面にはびっしりと髭《ひげ》が植えられている。実に細かい細工だ。口は笑ったようなかたちに作られていて、ぽっかりと穴が開いている。その中には虚《うつ》ろな暗がりだ。その上には鼻がある。さらに上の目のあたりもまた、不気味なほら穴だった。そしてよく見ると、この面当は、縦方向に亀裂が入っている。

「顔の面、割れてますね」

　私が言うと、住職はまた頷く。

「そう、あれはね、あの事件の時、森孝さんはこれは付けとらなんだんじゃ、いうて。龍臥亭の、まあ当時はまだそう言わなんだけえど、あの母家の焼け跡からこれが出たんよ。何かの陰か、下になっとったいうてね、焼けなんだ。でもこうに、縦に割れとったいうて。あれは今はちょっと、糊《のり》で貼りつけとるん」

「ははあ、これはすごいものですね。百年前の事件の、これは目撃者ですか、というよりも当事者。よくもこんなものが遺っていましたね」

「まあ今なら、警察が持っていってどうかするじゃろうね。遺さんじゃろうなあ。あれはまだ、警察もろくにないような時代のことじゃけぇね」

「ふうん、しかしそれにしても……」

私はすっかり衝撃を受け、言葉が出なかった。

「あっ、片足だ」

私は思わずそう言った。

「そう、森孝さん、右足がないけね。臑当、片方しかない」

「ふうん……」

私は溜め息をついた。私はショックを受けていたのだ。しかし見つめ続けるうち、疑念も湧いた。

「この鎧、すわっているあの箱は？」

「ああ、ありゃ違う。櫃は違うてね、よそから持ってきたん。じゃから家紋も違うとるんです。この鎧が入っとった箱はね、火事で焼けてしもうた」

「でもこの鎧、臑当の片方除いて、ひと揃いみんなあるようですが」

「あるよ。右の臑当以外、全部揃うて遺っとる。面もあるしね、ほかには欠けたもんはないんよ」

「でも、お胤さんを殺す時、兜と胴だけをはずしたんじゃないんですか？　だったらそれだけが遺ったのかと……」

「うん、胤さんの首を刎ねる時はね。でもあのあと森孝さん、家に火ぅつけて廻ったりしとるじゃろう？　じゃから具足、邪魔になったんじゃないんかな、そうなことするにゃ。庭に全部落ちとったいうて、このひと揃い全部。じゃから村の者が全部拾うて集めてね、この寺に供養に持ってきたん」

私は頷き、納得した。確かにそうかもしれない。そういうことはあり得るであろう。攻撃してくる者がいなくなれば、こんな防具はただ重いだけだ。まして森孝は、いろいろな意味で弱っていた。こんなものを付けていては、実際もう動けなかった可能性もある。

「金網に入っているんですね」

「うん、そう」

「どうしてです？」

「今はね、こういうふうに金網の戸の鍵、こうパタンとかぶせて、真ん中のつまみ、ぐるっと回すだけ。簡単にしとるけど、前はね、ここにカバン型の錠前も降ろしとったんよ。みんなにいろんなこと、言われるけぇね」

「いろんなこと？　どんなことです？」

「じゃから伝説。言い伝え。まあそりゃあこの鎧兜、呪われとるもんね、世間はいろいろ言うてじゃろう。吹雪の夜にゃ歩きだして、悪いもんを懲《こ》らしめにいくとかね。そういう話がいっぱい出たんよね。よいよやれんけね、それでこうして、この網ん中に閉じ込めたんよね」

「動くんですか？」

「見たもんもおるいうてね、まことしやかな話になっとってね、大騒ぎになったこともあるんよね」

「この鎧兜が歩きだすんですか？　中が空っぽのままで？」

「いや、わしは見たこたないよ」

「動きだすのは死体ですか？　鎧ですか？」

「鎧」

「でも空のままでは、繋ぎ目とかあるんで、ばらばらになるでしょう」

　私が言った。

「空のままじゃないんよ。じゃからね、死体が中に入って動くん。森孝さんが乗り移れるような片足の死体が来てね、そのもんの死体がもしこの鎧の中に入ったらね、森孝さんの霊が乗り移って、歩いていくんじゃと」

「死んだ人が？」

「そう、死んだ人」

「そりゃあ怪談だ」

私は言った。

「怪談よ、もちろん怪談」

「どこへ行くんですか？」

「森孝さん、芳雄とお胤さんを怨んどるじゃろう？　じゃから女の問題を起こしたような悪い男。女を弄んで、泣かして、死なせたような男とかね、好色な浮気女、そうようなもんのとこへ行くんじゃて」

「行って、どうするんです？」

「そりゃ殺すん」

「実際にそういう事件が？」

「聞いたこたあるよ、鎧が場所動いとって、中を見たら死体が入っとったと」

「本当ですか？」

「いいやあ、わしが子供の頃に聞いた話。嘘じゃろう」

「はあ」

「でも死体が消えたて、置いてあった場所から、そいで鎧が動いとったいうて。で、具足脱がしてみたら死体が入っとったいうて。そうなこと聞いた」

「この鎧を着て？」

「そう、この鎧着て。この鎧は、そりゃあ怨みを呑んどるけぇね、死体を生き返らす霊力があるんじゃいうて。一時的にじゃけえど。死体をこの鎧の中に入れたらね、その死体が生き返って動くんよ」

「まさか！」

私は言った。

「そんな馬鹿な！」

「言い伝えよね。まぁ、ほんまの話じゃあなかろうけぇど」

「ここから動いて出ていったんですか？」

「いや、そうじゃあないん。わしらの子供の頃はね、『森孝《しんこう》さん』いうこまい社があったんよね、表に。さっきこの人が車を止めたあたりに」

「社？」

「そう。あの頃は神仏習合ゆう時代の名残りなんかなぁ、寺の裏へある建物じゃに、お宮さんみたような格好の、赤いもんじゃった。まあその色は、わしがもの心ついた時にゃあもう剝げとったけぇど。森孝さんの鎧兜、その中に入っとっちゃったんよ。やっぱり金網があって、中は暗うて、そん中に鎧兜がすわっとって、子供の頃はそりゃあ恐ろしかったもんよね」

「そんなところに？」

「そうよ」

「そんな誰でも入れるようなところ」

「そうそう」

「じゃ、そこから歩いて？」

「うんそう。じゃからそこは『森孝さん』いうてね、みんなに呼ばれとって、なんやら独立した宗教みたような感じ。亭主の女遊びなんぞで泣かされとる女房族が、ようここへ来て、手を合わせて拝んどったよ」

「ほう……」

「でもあんまりそういうようなこと言われるけね、社壊して、これ中に移したん」

聞いていて私は、なにやら嫌な気分がしてきた。このついさっき、隣の部屋に死体がやってきた。この死体は、女を弄んだ人物のものでも、浮気女のものでもないが、それでも不安に襲われた。死体と鎧が、壁一枚を隔てた隣同士の部屋になったのだ。鎧兜を室内に移したがために、かえって接近した。

「あんた、そういう言い伝えに興味があるん？」

　日照が私に訊いた。

「ありますね」

　私は応えた。

「ほいならここいらへんに、村の言い伝えを聞き書いたもんがあったんよ、ちょっと待っとってね」

　そうして日照はまた出口あたりに戻り、床のあちこちをひっくり返していたが、少し大型の手帳くらいの和綴じの本を、埃を払いながら持ってきた。

「これ、貝繁の駅前商店街のみやげ物屋で売ろうかいうことでね、役場の誰ぞが作ったん。東京の方の書き手に依頼をしてなぁ。これに森孝さんの伝説のことが書いてあるけ、読んでみんさったらええ」

「ああ、ありがとうございます。いいんですか？お借りして」

「ああええよ、あげます。たいしたもんじゃないけね」

「森孝《しんこう》魔王《まおう》……」

「うん、そう言うんよね。でもこの話、時代がちょっと変じゃけど。年貢米のある江戸の頃の話になっとる。森孝さんの事件より後なら時代は明治じゃからね、もう地租改正があって、百姓の納税はお金になっとったはず。でもまあ言い伝えの、お話じゃからね」

「そうですか」

「ああそうじゃ、森孝さんの顔、あんた見たい？」

思いついたように日照は言う。

「えっ、あるんですか？　そりゃ見たいですね」

私は驚いて言った。

「ここいらへんにね、写真もあったはずなんよ……」

日照は言って、積んだ木の箱のひとつの蓋《ふた》を開けていた。そして、

「ああ、あった、これじゃ」

と言って布でくるんだ額らしいものを引っぱり出した。そうして、ゆっくりと布を開いていった。

「これ」

と言って見せてくれたものは、古色蒼然たる白黒写真だった。ガラスのかかった額に入っていたが、すっかり茶色に変色している。さらに雨水でも染みたのか、褐色の曲線が写真の上部を横断していて、その上部は茶を通り越し、ほとんど黄色くなっていた。

「こりゃまだ晩年にかかる前らしいよ。まだ若い頃で、ここの犬房を造ったばっかりの頃らしい」

「ああそうですか、ほう……」

受け取って、私は見入った。一見して、妙なことを言うようだが、薩摩《さつま》の大久保利通《おおくぼとしみち》の若い頃に、こんなような写真があったなと思った。落ち窪んだ目。その視線は鋭いという感じはなく、むしろ穏やかで、気がよさそうな感じだ。鼻は高い。頬の肉は削《そ》げている。唇は厚い方か。額は広く、ちょっと面長だ。

「そんなに、恐そうな感じの人ではないですね」

私は言った。

「そう、この頃はね」

そして日照は、またもと通り写真の額を布でくるんだ。

「ああ腹が減った！」

その時二子山が、散文的なことを言った。

「みんな、ちょっと龍臥亭に戻らんな？　何か食べさしてもらおうや。炊き込み御飯があるんじゃろう？　そういう話じゃった。今ならまだ戻れるじゃろうけ。早うせんと表、歩くこともでけんようになるよ」

それもそうだと思い、私たちは日照が写真を箱にしまうのを待ってから、部屋を出た。

「伊勢さんは？　誘わなくても？」

階段をあがりながら、私は訊いた。住職は首を横に振る。

「あれは仕事に入ったら何も食べんの。それに、寝る布団はあるけぇね、あの人が使いよる専用のが、ここに」

「ああそうですか」

私は言った。

「携帯の番号も知っとるしね、何も問題ないよ」

住職は言う。それで私は、今彼はあの部屋で、いったいどんな仕事をしているのだろうと想像した。

5

本堂の一階まであがると、表で吹雪く風の音が聞こえるようになった。風が強くなっている。今夜はどうやら吹雪くらしい。この土地が、これほどの雪国とは知らなかった。

私はなんだか、言いようのない気分の暗さにとらえられてしまった。ついさっきまではごく楽しい気分だったのに、気がひきたたなくなった。

理由はよく解らないが、たぶん死体を見たせいだろう。ナバやんと呼ばれる人物の、やりきれない人生を考えたせいかもしれない。人の死体は気分を虚無的にする。それともあの気味の悪い鎧兜を見たせいか。この様子は、鬱病の始まりに似ていた。

裏口に近づくと、住職は壁に立てかけていたスコップをふたつ取って、こっちに手渡してきた。

「あんたら、今から龍臥亭に行ってのなら、行く道々、これでちょっと雪を掻き掻き行ってくれん？」

「はあ？」

二子山が頓狂な声を出した。

「あんたは来んのん？」

「いや行く。行くけぇども、ちょっと頭ぁ剃ってから行くけぇね。でももう吹雪いとる。あんたら行く時に、このスコップで前の雪を掻き掻き行ってくれてなら、わしが後行く時に楽じゃけ。往き来の道ができる。あんたらもこれがないと歩けんよ。もうようけ積もっとる。ほんじゃ、頼むわ」

二子山はちょっと憮然の面持ちで、スコップを受け取っていた。私も受け取ったが、先はプラスティックらしく、予想よりも軽かった。

「日照さん」

奥に戻りかけている住職に、私は声をかけた。

「何？」

「ナバやんという人、苗字はなんと言うんです？正式の姓名は」

「知らんなぁ」

和尚は言った。

「昔からそう呼ばれとるけ。わしがここに来る前からみながそう呼びょうたよ」

「ずっとこの村に?」

「そうよ」

「何をしていた人ですか?」

「何も。よその家行ってたんぼ手伝うたり、薪割り手伝うたりしてね、山の中に小さい家建てて住んどったりしたこともあったが、これも誰ぞの土地じゃったからね、追い払われてね」

「ああそうですか」

私は言った。こんなに広々として見える土地でも、財力がなければ住む場所はないのだ。

覚悟を決め、私たちは表に出た。和尚が言った通り、雪はもうずいぶん積もっていた。不用意に歩きだせば膝上まで埋まる。確かにスコップがないと歩けなかった。

風も強くなっている。雪は大降りで、おまけに吹雪いている。大量の雪片が、黒い空に、縦横無尽に乱れ飛んでいる。黒い背景が見えないほど、その量は多い。私たちは、スコップで雪を掻きながら前進していった。

しかし真面目にやっていたのは最初の頃だけで、すぐに手抜きになった。手がたちまちかじかんで動かなくなったからだ。なんとか歩けたら、もうそれでいいという気分になる。早く暖かい場所に入りたくて、後から来るはずの日照和尚が歩きやすいかどうかなど、考えている余裕がなくなった。強烈な冷えで、足指の感覚もたちまちなくなる。

雪はすこぶる大降りで、こういうのをたぶんドカ雪というのだろう。場所によっては腿まで深さがある。雪が風に吹き寄せられる場所があるのだ。

私はナバやんという人のことを考えていた。会ったことも、話したことも一度もないが、知っている人のような心地がした。そうしたら、今度は伊勢という老人の顔が頭に浮かんだ。あの老人の寡黙さには、やはり何ごとか意味があるのだろう。この土地には変わった、特徴深い人物が多い。それとも都会にもいるのだが、喧騒で、存在がこちらに知れないというだけなのだろうか。

石段にかかると、まったく段が見えず、一枚板のようで危険だった。しかし雪が厚く、まだ軟らかいから、足を滑らせても怪我はしないようにも思われた。

「ここはもうええでしょう、適当に、こうようにして……」

二子山が大声で叫ぶ。風の音がもの凄かったからだ。法仙寺の敷地を出ると、ますます風が吠え狂いはじめた。二子山が大声を出しても、ほとんど聞きとれない。彼はスコップの先で、段の上の雪をひっ掻くようにして横に寄せる。

「真ん中だけちょっとあけりゃあそれでええ!」

そして数段ほどそれをやると、これも面倒になってきたようだった。

「もうええええ石岡先生、こりぁやらんでええよ。わしゃ腹が減った! 早う龍臥亭へ行ってなんか食おう!」

「いや、日照さん足が良くないでしょう! ちょっとは雪、やっておいてあげないと、階段は危険ですよ!」

私も大声で叫んだ。

「ほうかのぅ!」

「だって彼にはスコップがないんですから!」

「あの人、そうに足が悪いん?」

「よくは知らないけれど、相当悪いみたいですよ!」

私は想像を言った。それで私が先になり、石段の真ん中あたりの雪を左右に寄せながら、ゆっくりくだっていった。

「先生、寒いでしょう。あんたぁ、マフラーがない！」

「寒いです！」

しかし縦方向に一筋、階段の上は中央に雪の薄い場所を作っておいた。

一番下に着き、坂道にかかると、ここもまた、なかなかの降雪だった。道の端は雪が深い。かといって、中央あたりを掻いて道を作るわけにもいかない気がした。この調子で朝まで降れば、雪は背丈ほどにも積もるように思われ、雪のない場所で育ち、東京で暮らす者には、そういう想像は恐怖だった。生活のすべてが、雪に押し潰されそうな不安を覚える。雪は砂とは違う。重いだけではない。何もかもを凍らせ、息の根を止める凶暴な冷気を持つ。これはほとんど殺意だ。

「こりゃああんた、きりがないで。なんぼう掻いても、すぐ積もるが！」

道の雪を掻きながら、二子山が叫ぶ。

「そうですね！」

私も応える。

「掻いても掻いてもおんなじじゃ。日照さん、早う来てもらわんとな！」

「すぐ来るでしょう、頭剃るだけだから！」

私は言った。

「しっかしこうな大雪は久しぶりじゃ、北海道でもこうは積もらんで」

「こんなのははじめてですか？」

「わしゃあはじめてじゃ！」

雪を掻きながら、しかし私たちはなんとか龍臥亭の門までたどり着いた。法仙寺と龍臥亭は隣組なのだが、大変な距離に感じた。手に豆ができる寸前だった。しかし労働のおかげで、体はそれほど寒くはなかった。

「やれやれ、ようよう着いた」

敷地に入ると、あとは適当にやっておいて、二子山は玄関先に入った。玄関にはちょっとした張り出し屋根があるからよかったが、なければ、ドアが開かなくなるのではと思うほどの大雪だ。

明かりの下に入ると、二子山の体が、頭や顔も含め、全身真っ白であることが解った。私たちは顔や体の雪を払い、スコップを壁にたてかけてから、ドアを開けて中に入った。

「たーだいまー」

と二子山が陰気な声をかけると、奥で続いていた楽しげな笑い声がぴたとやんだ。私は暖かい、そして動かない空気の幸福を感じた。そしてナバやんという人の不幸を思った。

足音がして、ユキ子ちゃんが真っ先に玄関先に駈けだしてきた。

「おかえりなさーい！」

と彼女が言った。

「これもらったんだよー、おみやげ」

と言って、ユキちゃんは左の手首をわれわれに見せてくれた。そこには、ブレスレットというのか、バングルというのか、ガラス玉が並んだ、きらきらと光る細いリングが塡まっていた。

「へえ、いいねえ、ああ寒……」

二子山は言って、靴を脱いでいる。

「これね、時計なんだよ」

ユキちゃんはさらに言う。

「時計？　これが？　へえ、いいねぇ、小さいね、でも読めるんかな、時間」

　続いて里美が出てきた。

「お帰りなさい、きゃー、どうしたの？」

「何が？」

　私が言った。

「どうかした？」

　二子山も言う。

「雪だるまみたい、二人とも！」

「ああ、わし太っとります」

「そういう意味じゃないよー」

「ありゃあありゃあ！　あんたら早う入って、二人とも。今温かいお茶でも淹《い》れるけ。熱燗もあるよ、坂出さんら、もう飲みょうて」

　続いて育子さんも出てきて言った。

「ああありがたいわなー。ほんならお茶はええよ」

　彼はあっさり言った。彼はいける口なのだ。しかし私は、お茶が飲みたい気がした。温かい緑茶か、紅茶が飲みたかった。

「あれ、里美ちゃんも飲んだ？　お酒」

　私は言った。

「え？　解ります？」

「ちょっと顔赤いもん」

「あ、まずい」

「日照さんは？」

　育子さんが訊いてきた。

「今来る。頭を剃りよるよ」

　二子山が言う。

「あ、ほうね。そいで行き倒れは誰じゃったん？」

「やっぱりナバやんいう人じゃて」

「はあほうね、ナバやん、気の毒に。うちも薪割り、テゴしてもろうたことがあるんよ」

「ああそうなんですか」

私が言った。

「もう運んできた。法仙寺の地下」

二子山が言う。

「ほうね、お疲れさん。入って温もって」

「あーほんま、死んだか思うたで」

そう言いながら二子山はあがり、廊下を進んで居間に入った。しかしそこには人の姿はなく、みんな奥の広間のようだった。

「おお、釈内教さん、帰ったか、死体は?」

案の定広間には人の集まりがあって、坂出が言った。その時私は、人の列の端に、見知らぬ若者の姿があるのを認めた。髪を茶髪にして、なかなか顔だちのよい、現代ふうの若者だった。

「もう運んだわ、寺に」

「誰じゃった?」

「ナバやんいう人」

「ああそうか、やっぱりナバやんか」

「知っとってね」

「うん、見たこたあるよ。まあ一杯どうな」

坂出が言い、それで二子山は、坂出の隣の座布団にすわった。そこが空いていたからだ。

「ああ、ありがたいなー、体、冷えたけね」

「お疲れさんじゃったねー。もうちょっと若けりゃ、わしもテゴをするんじゃけぇどね」

みなの前にはひとつずつの膳がある。旅館時代の名残りなのであろう、黒い漆の見事な膳だった。亡くなった里美の父親が、家の柱とかこの膳も、自慢していたのを見たことがある。

突き出しもすでに載っている。二子山は膳から杯《さかずき》を取り、顔の前に掲げた。坂出に注いでもらい、一気にあおった。

「ああ温もるわー！　極楽極楽！」

二子山は言った。

「もう一杯。吹雪いとるじゃろ？　表」

「もう、ものすごいわ。こりゃ久々の大雪じゃ。もう足のこのへんまであるで、雪」

二子山は、自分の腿のあたりを手で示した。

「そりゃ帰れんな、あんた」

「この家も、明日の朝にゃ雪に埋まっしまうで。後で電話しょ、かあちゃんに」

二子山は言う。

「雪じゃけ、蹴らんといてくれ、いうてか」

「なんで知っとるん」

「ほれ、これあんたのみやげじゃ」

坂出が、布袋《ほてい》さんの置き物を二子山に差し出した。

「もう開けてしもうた。横浜のみやげじゃて」

「え、わしに？　里美ちゃんから？」

「はいそー」

里美が大声で言う。私は、里美の横が空けてあったからすわっていた。そうしたら、先の若者の横になったから、ちょっと会釈をしたら、彼も返してくれたので、何か話しかけようとしたら、里美が日本酒をついでくれた。

「あ、ありがとう」

私は礼を言い、彼とは話さずじまいになった。熱い酒を飲み干すと、喉、食道、胃と、酒が徐々に下がっていくのがよく解る。体は芯まで冷えている。

「いやー、嬉しいなー、しかしこの布袋さん、太っとってじゃなー」

二子山が言う。

「あんたの腹もじきそうになるで、このぶんじゃったら」

坂出が言う。

「節制せんと」

「え、そいでわしにこれ?」

二子山が腹をさすりながら言った。

「わしは大理石の玉ふたつもろうたよ。ボケ防止に。これ」

坂出が見せている。

「こうようにこうようにして、一方の手のひら上だけでぐうるぐうる回すんよね毎日、そうしたら脳がボケんのんじゃて」

「あんたはボケんじゃろう。ボケが来とるのはわし」

二子山が言う。

「最近、自分が前言うたことよう忘れるもん」

「あんた、そりゃ前からじゃろう」

「そういうこたない!」

二子山が、けっこう真剣な顔になって反論した。

「坂出さんのがボケ防止、ほんならわしのこりゃ、肥満防止じゃな」

「そういうことじゃ」

「いっつも目の前に置いとくか」

「それがええ」

「私はランコムのボディローション、いただきました」

通子さんが言った。

「ボディスプレーも」

「で、先生はこれ」

里美が私に包みをくれた。

「えっ、ぼくにも。そんな、いいのに。持って帰るの、大変だったでしょう、そんなにいっぱいのおみやげ」

「平気。私の腕筋肉」

「開いていい？」

「いいですよ。でも、たいしたものじゃないですよー」

自分のものもボケ防止かと覚悟をしながら包装を解くと、紙の箱があり、蓋を取るとカエルの置物が入っていた。

「カエル？」

「うん」

「ふーん、これどういう意味？」

「さあ」

「なんかすごい大盤振舞いじゃない？　帰るたびにこれだと大変じゃない」

私は言った。

「帰るたんびじゃないんよ先生。まあ飲んで」

熱燗のとっくりを持ち、坂出が里美越しに私についてくれた。

「帰るたびじゃないって？」

私が里美に訊いた。

「私はこれもろたんよ、買い物袋」

育子さんが広間に入ってきて言った。突き出しの小皿が載った盆を持っていた。

「ふたつも。里美、報告があるんでしょう？　先生に」

小皿を配りながら、育子さんが言った。買い物袋は肩からさがっている。気に入ったのだろう。

「わしらはもう聞いた。これ、祝杯なんよ」

坂出が言う。私はちょっと心臓に圧迫を感じた。まさか、結婚でもするのでは、と疑ったのだ。

「じゃ、もう一回発表しますね」

里美が、横の私に向いて口を開く。私の心臓は、喉もとまでせりあがった。

「こっちにも聞こえるように言うてぇよ」

二子山が、早くも酔ったふうの大声をかけてくる。吹雪く音が広間までも聞こえていたからだ。

「うん、はーい。先生、二子山さん、私ね、司法試験に合格したの」

「えーっ！」

つい大声になった。

「ほんま?!」

二子山も大声を出した。

「ありゃあありゃあ、そうね！」

「はい」

里美は言った。私は五秒くらい絶句していたが、言った。

「おめでとう！　すごいね！」

「ありがとうございます」


「いよいよ弁護士先生さんかいね！」

二子山が叫ぶ。

「この村から弁護士先生が出た！　はじめてじゃが、なあお母さん！」

「そうでしたかいね」

「おりゃあせん、おりゃあせん、ほかにゃあ、まあいっぱい、里美ちゃん」

二子山がとっくりを持って迫る。

「え、ありがとございます」

里美も杯を持つ。

「偉うなるなぁあんたも。こりゃあ、先生ばっかりになるが、ここは」

「本当になったんだ……」

私は信じられない思いでいっぱいだった。いつかはこうなると思いもしたが、何故なのか、そういう日は永遠に来ないような気もしていた。

「えー、私も信じらんない」

「そうなこと言わんと頑張ってぇよ。ほうじゃ、駅前に銅像建てょう！」

二子山が気の早いことを言った。

「おお、そりゃあええ！」

坂出も賛成する。

「やめてー、恥ずかしい！」

「先生も寄付してぇよ、建設資金」

「解りました」

里美の銅像というと、山下公園の赤い靴像のようになってしまうのであろうか。そもそも若い娘の銅像というものを、考えてみると私は見た記憶がない。いや多いのだが、それはみなその女性自体を賛えるのではなく、象徴という解釈である。たとえば壺の花というのと一緒だ。

「もうすぐ先生じゃ、地元の名士。囲む会作ろうか、後援会。坂出さん会長」

「あんた、代議士じゃないんで」

「弁護士ぅ囲む会があってもええがの。でも日照さんの方がええかの」

「ほうじゃ、あの人の方が押し出しいうもんがある」

「ほんならあんたは副会長じゃな、坂出さん」

「あんたは何をするん」

「え、わしも？」

「一人だけ楽ぅしちゃろう思うちゃいけんよ」

「やめてください。まだまだ、これからなんです。これから研修、法律事務所も、検察庁も、裁判所もあるんです。これからが大変なんですから」

「長いことかかるん？」

「そう、かかるー」

里美は顔をゆがめた。

「今からどのくらい？」

私が訊く。

「弁護士の研修が四ヶ月、地検で検事の研修が四ヶ月、裁判所で裁判官の研修が八ヶ月……」

「八ヶ月?!」

「はい。計一年四ヶ月」

「一年四ヶ月、また長丁場じゃなぁ」

坂出が言う。

「はい、だからまだまだこれからなんです」

「そもそも弁護士さんになってん？　検事さんでも、裁判官でもええんでしょ？」

二子山もかなりの知識があるようだ。

「試案中。でもたぶん弁護士になる。そのつもりでずっとやってきたんだもん」

「それにしてもすごいじゃない。どうしてもっと早く言ってくれなかったの？　昨年末から解ってたんでしょう？　合格」

私が言った。

「うん。でも事務所のこととか、ちょっといろいろあって……」

「さっき、ここに着いてすぐに言ったらいいのに！」

とはいっても、なんだかすごく喜びがこみあげた。他人のことなのに、自分のことより嬉しかった。里美はついにやり遂げたのだ。立派なものだ。

「はい、もちろんそうしようと思ってたんだけど、でも生き倒れの人とか見ちゃって、なんかそれどころじゃなくなっちゃって」

「合格の報告に戻ってくる途中で死体見るなんてね」

「そう、ちょっとないですよねー。刑事事件やれってことかなぁって思っちゃった」

「すごいなぁ、やれる？」

「解りません。私犯人とか、そういう人、会うの恐いですし」

「大丈夫、君ならやれるよ」

私は言った。決して適当なお世辞ではなく、この時何故かそんな確信が来たのだ。

「えー、そうですか？」

「うん、やれるよ。君なら大丈夫。でもすごいよね、とうとうやったね」

なんだか感慨があった。ここではじめて会った時、里美はほんの子供だった。それが今、弁護士への司法試験に合格したのだ。

「私やれるかなぁ、ユキちゃん」

「うん、大丈夫」

ユキちゃんも保証した。

「でもすごいなあ、びっくりだよ」

私はまた言った。何度でも言いたい気がしたのだ。

「小幡《おばた》さんなんて、もう先おととしとっくに合格だもん、私なんてもう駄目なんだって、真剣に思っちゃった」

「小幡さん、ふうん。あれから彼女とは？」

「だって彼女関西で、もう会うことないですから」

「ふうん」

「私、何度もあきらめかけたんですよ。でもやっと……」

「いやあ、君ならできると思ってたよ」

私は言った。

「はい、あきらめないでよかった」

「だから祝杯なんよ」

坂出が言った。

「また乾杯しょうみなで」

「坊さんおらんけどな」

「来たらまたすりゃええ。何度でもすりゃええ、こういうことは。里美ちゃん」

「はい。坂出さんにはきっとお世話になる、思いますから」

「え、なんで」

私が訊いた。

「法律事務所なんかの研修、たぶん倉敷か岡山になると思うんです」

「ああ、それで」

「とにかくめでたい、また乾杯しょ！」

坂出が言い、杯を持つ。それで今度は私が、とっくりを持ってついだ。

6

それから日照和尚がやってきた。頭を青々と剃っていて、なんだか別人のように見えた。やはり袈裟を着た人物がこのように頭を青々とさせているのは、見ていて気持ちのよいものだ。

彼もまた、体が冷えているから駈けつけの一杯をやり、里美の司法試験合格を聞いて驚いていた。

「ありゃあ、ほいじゃあ先生じゃが」

彼も言った。

「こりゃあ、仲良うしとかんといけん、先のために」

などと言いながら酒をつぎ、みんなが里美にお酌をしたがった。里美も楽しそうで、ずいぶん酒も進んでいた。この夜は、彼女にとっては間違いなく人生最良の夜だったろう。

　司法試験合格と聞き、里美の中学、高校時代を知る者なら特に驚く。この時代の里美は、決して知的な印象の少女ではなかった。しかし今の彼女は変わった。少なくとも変わりつつある。口調は相変わらずだし、とりたてて知的な話題を口にしたりはしないが、以前よりはもの静かになり、おとならしくなって、知的な雰囲気が漂うようになった。痩せっぽちだった少女時代と較べ、体つきもしっかりしたし、むろん美人にもなった。確かにこのままテレビに出ても、どんなタレントにも負けないであろう。

　それからは少しずつみなの酔いが進み、食事も出されて、夕食になった。それまで片時の休みもなく喋りまくっていた二子山だったが、よほど空腹だったと見え、ものも言わずに食事をしていた。里美も変わったが、単に変わったという意味では、二子山が一番である。この人はこんなによく食べる人物だったろうか。このままでは肥満が心配である。

　私はそれほど空腹でもなかったから、しばらく食事をし、箸を休めては表の吹雪の音を聞いたりしていた。私としては、早く部屋に下がり、さっき日照からもらった「森孝魔王」を読みたかったのだ。その時、あのうという小さな声が横でして、見るとあの茶髪の青年だった。

「はい」

　と私は彼の方を向いて返事をした。彼と反対側で、酔った里美がからからと笑い声をたてるのが聞こえた。見ると里美が上半身を大きく前に折り、笑いころげていた。

「石岡先生ですか？」

彼は静かな、小さな声で言った。

「はいそうですが」

私は言った。

「あの、ぼく、ずっと先生のご本読んでます」

彼は言った。

「はあ、それはありがとうございます」

私は言った。しかし青年がそれで黙るので、私は彼の真意をはかりかねた。彼は誰で、何故ここにいるのかも、私は解らなかった。騒いでいる里美たちと較べ、彼は対照的に静かで、沈んでいた。

「何か……」

すると青年は、少しうつむくようにしてしばらく黙ってから、こう言った。

「ぼく、黒住と言います。こちらに石岡先生がいらしていると、こっちの育子さんにうかがって、そいでこうして、失礼じゃと思うたけど、寄せてもらいました」

格別酔いが進んでいるとも思わなかったが、名乗られても私は、彼のことがすぐには解らなかった。

「失礼なんてこと、全然ないですけど……」

そう言ったが、その後が続けられない。

「いや、こうな、お祝いの席ですから、なんか申し訳のうて」

彼は低い声で言った。

「先生に、話聞いてもらおうか思うて。誰もぼくの話聞いてくれんし、警察も、よう信じてくれんです。そいで」

「黒住さんですか?」

「はい。あのう、先生ももう知っとってじゃと聞いたんですが。この上の沖津の宮さんの、人が消えた事件の……」

そこまで聞いて、ようやく私は思いあたった。

「ああ、あの！　そうか、失礼しました。黒住さん。消えた巫子さんの彼だったという人ですね」

やっと解った。それでここに来ていたのかと知った。ほかの誰でもない、私と話すためだったのだ。里美の司法試験合格とか、行き倒れ死体の発見とか、事件が続いてみなそっちに気を取られていたので、彼を紹介してくれる人がなかったのだ。

「はあそうです」

「ああ、もうええの？」

という声が降ってきて、見あげると育子さんが立っていた。彼を紹介しようかと思って、来てくれたのだ。

「はい、もうええです。話しょります、どうも」

黒住は言って、頭をさげた。それで育子さんは厨房の方に去っていった。その姿を目で追うと、携帯でしきりに話している二子山の姿が目に入った。妻と話しているのだろう。

「結婚の約束をされていたんですね？」

視線を戻して、私は問うた。黒住は頷く。

「まあ、結納までかわしとったわけじゃあないですけど、ぼくとしちゃ、結婚するつもりでおりましたけど」

彼は言った。

「ああそうですか」

言うと、黒住は顔をあげ、ちらと私を見た。その真剣な目を、私は一瞬で認めた。しかし彼はすぐに目を伏せる。それだけでは言葉が足りないかと思ったらしかった。こんなふうに続けた。

「ぼくにゃほかにおらんし……、いやそうなようなことじゃない、本当のこと言います。ぼくとしてはあれ、本当に大事な人間じゃったです。いつもいつもあれのことを考えていた、仕事をしとる時も、寝る時も、なにしよる時も。本当に好きじゃったんです。ちょっと軽薄なとこがあったり、金が好きとか、悪口言うもんもおるけど、そりゃあこっちもおんなじじゃし、ほんまにいい子じゃったです」

「はい」

言って、私はしばらく考えた。彼のやりきれない気持ちがよく解った。おそらく彼は、最後の手段のつもりで、私のところに来たのであろう。

「不思議な事件ですねあれは。最近何か進展とか？」

私は訊いた。彼は首を横に振った。

「全然ないです。ほんま、なんもないです。でもぼくは、このままじゃあ絶対気持ちがおさまらんです。なんとかしたい。なんか決着をつけんと、このままじゃあ気持ちが宙ぶらりんです」

私は頷いた。もっともだと思ったのだ。

「あなた自身は、あの事件をどう思っているんですか？」

私は訊いた。すると彼は、しばらく黙り込んだ。その質問には、応えるのが辛そうだった。

「真理子が、ぼくにこう言ったんです。もしも自分に何かあったら、それは事故じゃないからと、事件じゃからと」

私はしばらく、その言葉の意味を考えた。

「事故じゃない……」

「何度か、そういうようなことを言っておったです」

「どういう意味でしょうか」

「こういうふうにも言うたです。もしも自分が消えたら、それは、自分がなんかされたんじゃと」

私は沈黙してしまった。その言葉の意味するものが、今ひとつピンと来なかったのだ。

「つまり、どういうことかな……」

「つまり真理子は、自分の意志で消えるようなことはせん、いうことです」

「ああそうか」

そういうことか、と私は思った。それはつまり、もしも何かあったら、それは自分が殺されたと思ってくれと、そういう意味だろうか。しかし、彼にすぐ言えることではない。

「警察は、ぼくがふられたんじゃろうと、そういうふうに考えとるふしがあります。真理子がぼくにあきて、それでぼくから逃げとうて、黙って消えたんじゃろういうて、そういうふうに思っとると思います。じゃけど、そういうことはないです。それは絶対にないんです」

「ふうん」

「あの時に、最後に会うた時に真理子は、またすぐ会おうとぼくに言うたんです。それが嘘かどうかは、ぼくには解りますから」

「それはそうですね。あなたはお仕事は何を？」

「百姓です」

「ああそうですか」

「単に百姓じゃし、真理子は男にもてとったし、神職の菊川いうんが、真理子は黒住にあきとった、いうて言うたらしいから、みな、警察もみなそう思うとるけど、そういうことはないんです。絶対ない、嘘です」

「真理子さんも、君のことが好きだったんですね」

「はい。この問題ではとやかく議論しとうはないんです。信じてもらうしかないが、でも絶対に間違いのないことです。真理子は、ぼくと結婚しょうと言うとったんです。真理子の方で言うとった。じゃから、そういうあれが、自分で消えるはずはないんです」

「消えたら事件だと思ってくれと……」

「そうです、何度もそれ、言うとった。じゃから、もしもそうなったらよう調べてくれと」

「ふうん」

「じゃから、ぼくは一生懸命調べたです。でも素人のできることには限りがありますし」

「それはそうですね」

「何も解らなんだです。なんにも、どうして、どこへ消えたんか。消える時間なんぞ全然ないのに」

「真理子さんは、身の危険を感じていたんですか?」

「はいそうです。危険、感じとるようでした」

「以前から?」

「そうです」

「何からですか?」

　すると黒住はまた顔を伏せ、沈黙した。それから声をひそめてこう言う。

「それは、ここではちょっと……、言いにくいことです」

　それで私は、また広間をざっと見廻した。厨房での仕事が終わったので、一座には育子さんも、斎藤櫂さんも加わって食事をしていた。二子山はまだ電話をかけ続けているし、みなそれぞれ隣の人物との会話がはずんでいるふうで、こちらに注目している者はない。しかしこの人たちを、黒住が気にしていることはあきらかだった。

　視線を戻した。そして言った。

「じゃあ、あとでぼくの部屋に行きましょうか、そこなら二人で話せる」

「え？　いいんですか？」

「ぼくはかまいませんよ。でもあなたは？　家に帰らないといけないでしょう？」

「携帯で連絡すりゃいいです。この雪じゃ、どうせ帰れんですから」

「仕事は？」

「この時期、百姓はなんもすることないです」

私は頷いた。

「真理子さんが、今もどこかに監禁されているとか、そういったことは？」

「そりゃあ何度も考えたです。そうならどうにええか。でもないです」

「ないですか？」

「はい、あのへん場所がないもの」

「ふうん」

「それに沖津の宮さんにゃ、ほとんど毎日人の出入りがあります」

「ふうん」

「それに、もう三ヶ月ですから」

「新嘗祭の日でしたね？　消えたのは。雨が降っていたという」

私が訊いた。

「はいそうです、十月十五日」

「四時前まで会っていたんでしたね？　あなた方」

「はいそうです」

「その時に彼女に変わった様子は？」

「全然。まったくなんもなかったんです、なんもない、いつも通り」

「また明日と言って、バイバイと言ったと」

「はい……、いやそうじゃなくて、バイバイ言うたのは、またすぐに会おうという意味です、五時に」

「五時に？」

「はい」

「五時に会えるんですか？　話せますか？」

「いえ、それは話せません、神事奉納がありますから。でも、姿は見えます。神職について歩きますから、矢持って。わし、それ見にいきますから」

「そうか」

「それが終わったら、また話せます」

「ふうん、でも神事奉納の時に、もう姿が見えなかったんですね？」

「はいそうです」

「そのあと、彼女も家に帰るのですか？」

「そうです。ぼくが送っていきます」

「巫子さんというのは、なにか特殊な資質の人がなるんですか？　家系が代々神職とか」

「全然。バイト感覚です」

「特殊な教育とか、トレーニングとかは？」

「まったくないです。そりゃ伊勢神宮とかは知らんけど、ここらは普通の子、神社行ったら、やってくれんかなぁと菊川に言われて」

「じゃ、通いで」

「そうです」

「どんなうちの人なんですか？」

「百姓です。うちとおんなじ」

「ああ、そうですか。じゃ今、ご両親は心配でしょうね」

「両親はおらんのです」

「いない？　それでお百姓？」

「爺ちゃんと、婆ちゃんだけです。ちょっと事情あって。あの子が養うとるようなとこあったんで、じゃから今は大変です、あのうち」

「どんな事情です？」

黒住は、するとまたちらとみなの方を見てから、声をひそめる。

「それもちっとここじゃあ……」

「そうですか、ともかくそれじゃ……」

「はいそうです。心配じゃろうけど、もうあんまり動けんのです、歳だから」

「ふうん。もしも真理子さんが失踪したのだったら、あなたはどこまでも追いかけていきますか？」

「そりゃ行きます。外国じゃろうと、どこじゃろうと。でもそういうことはあり得んのです」

「そうですね、一応訊いただけです」

私は言った。

「ぼくは……」

言って、彼はしばらく考えていた。それから、意を決したようにこう続ける。

「もしも真理子が、ぼく以外の男と結婚したい、言うてきたら」

「うん」

私はちょっと驚いた。

「そりぁ悲しいでしょう。泣くかもしれんけど、でも男らしゅうあきらめます。あの子の家は特殊だし、事情はよう解っとるけ、絶対にストーカーになったりはしません」

「ふうん」

言って頷き、私もしばらく考えてみた。自分ならできるであろうかと考えたのだ。自分なら、男らしさからではなく、ストーカーをやる元気がないであろうと思った。

「というのは、あの子の家もじゃけど、ぼくの家も、母親が真理子では反対なの知っとったから」

「そうなんですか?」

「はいそうです。あの子の家、かなり借財あるようじゃし、爺ちゃん婆ちゃんけっこうむずかしい人じゃしね。事情も割とあって、真理子の性格も、ぼくの母親とは合わなんだから、まあ、表だって反対はしませんでしたけど。でもあのくらいの可愛い子、もう絶対見つからんじゃろうしね、あの子が絶対うまくやると言ってくれとったから」

自分に言い聞かせるように、青年は話していた。

「じゃから、もしもあの子が自分から別れようて言うたんなら、ぼくは、母親が勧めるように、見合いをしょう思うとったです。母親がもっとええ子、見つけてやる、言うとったし。外観はちょっとは落ちても、可愛うて、気だてのええ子」

聞いて私は、彼ならハンサムだし、見つかるだろうと思った。

「じゃから、あれが黙って失踪するはずはないんです。そんな必要ないですから。ぼくにそう言うたらいいんです。ちょっとは何か言うじゃろうけど、結局は許したと思う。それ、真理子にも言うとったですから」

「ふうん。それに、衆人環視のただ中ですよね?」

「そうです。あの大勢の氏子の人らに見られずに消える方法はないんです」

「絶対に無理ですか?」

「絶対に無理です」

「すぐに警察が調べたとか?」

「調べました。氏子の中に、警察官がおったんです、貝繁署のもん。これがすぐに家の中、神殿から何から、トイレ、浴室、床下、物置、物置の中のいろんな箱の中、屋根裏、屋根の上、全部見たです。押し入れ、納戸の中、箱の中、ありとあらゆるところ見たです」

「うん、あなたはどうです？　これら以外に隠し場所なんか、どこか思い当たりませんか？」

彼も首を左右に振った。

「ないですね」

「地下室はないですね？」

「あそこはないです」

「ふうん……」

私は腕を組んだ。

「では、これは万一ですが、真理子さんが自分の意志でいったん身を潜めて、みなの目を逃れようとしたら」

「そうなことする理由がないですが……」

彼は言う。

「ないですが、これは仮定です」

「はい、たとえそう思うても、あの時は絶対無理でした。神殿除いて、氏子もみな入ったんですから、宮に。神事奉納の後は、すぐみながあがっていって広間で食事をしたんです。警官は、この時に調べたんです」

「ああそうか、そうですね」

私は納得した。

「そうです、氏子の何人かは、ずうっと警官について歩いて調べたし、ほかのものもそれぞれ捜したんです、宮の中すみずみまで。ぼくもそうした。梯子《はしご》もかけて、屋根の上も見たんです。とっても隠れられるもんじゃないです」

「神殿の屋根も？」

「神殿の屋根もです。でも神殿の屋根は銅葺《ぶ》きで、角度も急です。上には何も載りません」

「そうですか、それならね」

「宮の中、氏子でぎっしりになったんですから」

「あなたが真理子さんを最後に見かけたのは、正確に何時何分でしょうか」

「時計見ました。七分前くらいです、四時に。物置の裏の、軒下のところで別れたんです。沖津の宮さんの北側になります。ちょっと小雨降っておったんで、軒下でずっと話しよったんです、ぼくら」

「表なんですね？」

「そうです。みんなが言うような神殿の中とか、そうなことありません。みんな、いい加減なことばっかり言う、変なことしとったとか。全然違う、ただ話していただけです。時間が迫って、真理子がじゃあ後でと言うて、バイバイ言うて手振りながら、雨の中に出ていって神殿の方に廻っていったんです。それがぼくが見た最後です」

「傘は？」

「持ってなかったです。ぼくに貸してくれたから、自分のを」

「あなたに貸してくれた？」

「そうです。ヴィニールの透明なやつ」

「そうですか。そうすると彼女は、それから神職の菊川さんには会っているはずですね？」

「会うとるはずです。これは菊川も言うとりますから」

「では、最後に真理子さんを見たのは菊川さんになりますね？」

「そうです」

彼は暗い目をして、ひとつ大きく頷く。

「神社の中には、ほかに人は？」

「この時は誰もおりません。菊川と真理子の二人だけです」

「菊川さんは、その後についてはどう言っているんですか？」

「四時になったら、袴《はかま》穿いとけと真理子に言うておいて、水聖堂に入って祝詞を言うたと。だから真理子についてはその後は知らんと。五時五分前に神殿出てきたら、もうおらなんだと。だから家に帰ったんかと思うたと」

「最後はどこで別れたと？」

「水聖堂へ行く渡り廊下のところでと」

「ではその時はまだ巫子の服には着替えていなかったと？」

「着替えておらんです。これは後で見つかっておりますから、その日に真理子が着るはずだった赤の巫子袴」

「ふうん、じゃ、着る前に消えたわけですね？」

「はいそうです。でもジーンズは出ています」

「ジーンズは出ている？　それはどういうことです？」

「ですからズボン脱いで、白の着物着て、袴穿く前に消えたんです」

「白い着物は？」

「消えています」

「それで人前には？」

「出られます」

「ふうん……、あなたはそれから？」

「雨の中、ちょっと走ったりしてうちに帰りました」

「徒歩で？」

「そうです」

「真理子さんの服装は？　別れた時の」

「普通のトレーナーとジーンズです。まだそんなに寒うはない頃だったから」

私は腕を組んでしばらく考えていたが、声を落としてこう言った。

「黒住さん、こういうことはあんまり言いたくないんですが……」

「はい」

黒住は、意外にきっぱりとした声で応じる。私が何を言うか、予想をしたようであった。

「もしも、真理子さんが、殺害されたというようなな……」

「はい」

黒住の顔を見ると、動揺はなかった。

「それはもう覚悟しています。何度も考えましたから」

私は頷いた。

「監禁なんかできんです、三ヶ月も。そうなら、必ず何か出ると思います」

「穴を掘って死体を埋めるような場所は？」

「ないです。あそこの敷地はみなセメントが打ってあります」

「神社の建物の下はどうです？　床下。これは土でしょう？」

「それもないんです。石が敷いてありますから。大きな石が、びっしりくまなく」

「石があるんですか？　床下に」

「はい。もしも剥がしておったら解ります」

「では敷地の周囲の斜面はどうです？」

「熊笹の中ですか？」

「そうです」

「それもないです。警察も調べたし、ぼくも見ました。ようよう見ました、何日もかけて。何もないです。警察は、翌日に犬まで連れてきて、下の、車がびっしりおった道のところまで全部見たです。あり得んです。死体を埋めて隠せるくらいの穴を掘れば、絶対に解りますから。土や熊笹が乱れます」

「乱れていませんでしたか？」

「まったくないです。きれいなもんじゃったし、それに第一、時間がないんですよ。そんな、穴掘って埋めているような時間、絶対にないんです」

「スコップもきれいだったしね」

「そうです」

「ふうん」

私はすっかり途方に暮れた。ではどういうことなのか。いったいどうやって人間一人が消えるというのか。


「あなたが真理子さんと別れたのが三時五十三分」

「はい」

「祝詞の途中で太鼓が鳴るんでしたね？　神職自身が打つから」

「はいそうです」

「最初の太鼓は何時何分頃に鳴ったんでしょう」

「これはすぐじゃったそうです。四時五分くらいに」

「五分」

「はい、そう聞きました」

「その後は？」

「それからは十五分おきくらいに三回鳴ったそうです、五時までに」

「太鼓を叩ける人は菊川さんしかいないのですね？」

「おりません」

「叩き方は特殊ですか？」

「特殊ですね。神職以外は打てません。ただどんどんではないですから。氏子はみんな、あの感じを知っています」

「では、神職が太鼓の前から離れられる時間はせいぜい十五分か」

「そうです」

私は少し沈黙し、決心をしてから言った。

「ひどく恐ろしいことを言うようですが、こういう事件が実際に外国であったので」

「はい」

「死体を細かく切り刻んで、骨は砕いて、トイレに流したという事件です」

「ぼくもそれ、知っています」

彼は即座に言った。

「え？　そうですか？」

「警察、その調査もやったんです。まず便器のルミノール検査」

「ああ」

「十年くらい消えないんだそうですね、血の痕跡というのは、どんな洗っても。便器だけじゃなく、浴室のタイルの上、浴槽、流し、洗面台、廊下、寝室、台所、物置の中、神殿や居間の畳の上も、みんなやったんです」

「ほう」

「全然出ないんです。血の跡なんて何もないと。家の中、一滴も血は流れていないらしいんです」

「ふうん」

「絨毯《じゅうたん》に染みがあったんで、これはと思うたんじゃけど、コーヒーの跡じゃったそうです」

「ほう」

「それから犬も連れてきて、周囲の熊笹の中、徹底して匂い嗅がせたんです。斜面全部です」

「はい」

「何も痕跡は出ないんだそうです、死臭、腐敗臭」

「ほほう……」

　私はそう言うしかなかった。

「まあ実際、切り刻んだりしている時間はないでしょうけれどね、それに骨まで砕くなんてね」

「うーん、そうでしょうね」

「ではいったい真理子はどこに消えたのか、だから本当に解らないんですよ。本当の神隠しです」

「では沖津の宮の建物を全部ばらしても……」

「出んですね、間違いなく」

　黒住は言う。

「もうどこも場所は残ってはいない。普通の住居とは違って、あそこの宮は、造りが簡単なんです」

7

　私たちは、一座のみなに断ってから、一緒に広間を辞した。龍尾館《りゅうびかん》の裏口から渡り廊下に出てみると、屋根はあるが吹きさらしの簀《す》の子《こ》の上には厚く雪が積もっている。雪の勢いは、少しも衰えてはいなかった。吹雪は今がピークで、風の音も凄まじく、冷風はナイフのように、耳や頬に鋭い痛みを残していく。

　そばの壁ぎわに、ここにもプラスティックのスコップがあったから、雪から引きずり出して簀の子の上の雪を少し掻いた。スリッパでは、到底歩けそうもなかったからだ。中庭にあがっていく石段は、もう所在も見えない。石垣は、ただの白い雪の壁だ。

右廻りにうねって昇っていく長い廊下にも、右側に雪が載っている。廊下の壁際に横たえられていた竹箒で、私はこれらを少し掃いた。しかし廊下は長い。これは到底無理だと思った。昔のように右側に、すっかりガラス戸をつける必要がある。

各部屋の戸は、板戸に取り替えられている。先に入り、明かりをつけてから、私は黒住を招じ入れた。戸を閉め切っても、表の吹雪く音は大きい。広間にいる時よりも遥かに大きくなった。これは眠るのに苦労しそうだ。しかし床下に温水が通されていると見えて、部屋は思ったほど寒くはない。

家に電話をしてはどうかと、私は黒住に勧めた。この吹雪では帰れない。ここには部屋数もあるし、寝具もある。育子さんたちが嫌がるとも思えないので、泊まっていけばよいと思った。それで彼は、入ってすぐの小部屋に行って、携帯電話で家に連絡していた。

その間私は窓際に寄り、ちょっとだけ窓をあけて表を見た。ほとんど何も見えず、強烈な冷気だけが侵入してきた。グレーに沈む世界の、遥かな果てまでを雪片が埋め、踊り狂っていた。眼下には水田が広がる。しかしそれは水田とは見えず、闇の底に沈んで広がる、ただひたすらの白い原だ。上空の闇と、雄大な白い広がり、それに舞い踊る雪片が溶け合い、龍臥亭の表は灰色の世界だった。

「大丈夫です」

言いながら、黒住が部屋に入ってきた。親たちの了解が取れたようだった。私は窓をしっかりと閉め、カーテンも引いて電気ゴタツに入った。スウィッチを入れて、彼にも反対側を勧めた。そばには布団が敷き放しになっている。いつでも眠れる。

「石岡先生」

コタツに入りながら、黒住は言う。表の吹雪の音は大きい。しかし周囲に酔客たちの歓声がなくなったので、逆に静かになった印象が来る。われわれが騒がしいと感じる最大の要因は、人の声なのかと疑う。

「いつからこちらに滞在していらっしゃるんですか？」

黒住は訊いた。

「昨日からです」

私は応えた。

「ここ来られるの、前の龍臥亭事件の時以来なんですか？」

彼はまた訊く。

「そうです」

私が応えると、

「あれ、ぼくが子供の頃でした」

と彼が言ったから驚いた。

「えっ、そうなんですか？　君はいくつですか？」

「十九です」

「十九、若いんだなぁ……、真理子さんは？」

「同い年です。十九です」

「そうか、ふうん」

青春のただ中にいたというわけだ。その一人が、突如消えた。

「ぼくは、あの本から、先生の本読みだしたんです。先生の本、むずかしいですね」

「えっ、そう？」

私はびっくりした。そんな感想は、まったく予想していなかった。

「はい、むずかしいです、ぼくには」

「でもぼくも、あんまりむずかしいこと、考えられない方なんだけどなぁ……」

私は言った。

「えっ、そうですか？」

「うん。とにかくさっき、あそこでは話せないといったことありましたね。真理子さんの家の事情とか」

「はい」

言って、黒住はまた沈黙になる。話しかねているのだろうか。

「ここでも、話しにくいですか？」

「あ、いえ」

「話せますか？」

「はい。でも、人の、陰口みたいになります」

「そうですね。これは気が進みませんね」

「はい」

「真理子さんのお母さんという人は、亡くなったのですか？」

「いえ」

「生きている？」

「はい」

「どこにいるんです？　どんな人だったんですか？」

黒住は、ちょっとだけ沈黙してから、こう言った。

「さっき、あそこにいました」

「えっ？」

私は驚いた。

「あの広間に？」

「はい、食事しとりました」

「じゃ……」

「櫂さんです。斎藤櫂さん」

「櫂さんが、真理子さんのお母さん?」

「そうです。そう聞いてます」

「それ、確かなんですか?」

「これは確かです。真理子だけじゃない、みんなが言うていることですから」

「あなたのご両親なんかも?」

「はい言うてます」

「どこで産んだんです? 櫂さん。今の真理子さんの家ではないんでしょう?」

「いや、そこです。大瀬の家」

「じゃ、そこに嫁に来たんですか? 櫂さんは」

「いや、違います」

「じゃ、真理子さんのお爺ちゃんお婆ちゃんが、櫂さんのご両親?」

「うーん、いや、違います」

「じゃ、どういう……?」

「櫂さんは、津山の街のはずれの、ちょっと場所の名は忘れましたが、やっぱり農家で生まれたんです。でも貝繁の村に里子に出されたんです」

「ああ」

「それで大瀬の家にもらわれてきたんです。大瀬の家、子供がなかったから。それで、そこで育てられたようなんです」

「ふうん、大瀬の娘になったと、じゃ、大瀬櫂さんだったんですね?」

「はい……、いや、大瀬喜子《よしこ》いうて、いうたらしいです、大瀬の家におった間は。里子に出した家がつけとった名前が櫂で、これを大瀬の家が嫌うて、別の名前をつけたということらしいです」

「へえ、里子に出した家は、名前までつけておきながら、よそに出したということですか」

「はい、そうです」

「また、どうしてですか？」

「ケモノに取り憑《っ》かれとったというて、赤児が」

「ケモノに？　取り憑かれた？　赤児が？」

「はい」

「というと、それは櫂さんに？」

「櫂さんと、産んだお母さんです。それで里子に出されたんです」

「ケモノに取り憑かれたって、どういう状態だったんですか？　櫂さんは」

「さあ、ぼくは知りません」

「全身に毛が生えていたとか？」

「そうなんでしょうかねぇ。それで神社でお祓いしてから里子に出したと」

「お祓い……」

「動物霊が憑いとるからと。これを祓う、いうことですね」

「呪われていると？」

「はいそうです」

「呪われているのは櫂さんが？」

「櫂さんもじゃけど、その家がです。じゃから、この子はよい人生は送らんじゃろうと、そういうような……」

「それはちょっとひどいな……」

「ずいぶんひどい目にも遭うたようです、櫂さん。みなに差別されて。まあ昔のことで。このあたりにゃそういうような、ぼくらにはよう解らんようなことが、けっこうあったようで」

「先祖返りかな、毛が生えていたのなら」

「はい。でも櫂さんの家はそれからすぐ絶えたようです。櫂さんの両親ともが死んで」

「ふうん」

「櫂さんの家は、もとは備中藩の武士で、首斬り役人の家柄じゃったとかで、それで呪われとるんじゃそうで、そういう話です」

「ふうん、で?」

「大瀬の家は、男の子が欲しかったらしいんですが、農家じゃから。でも男の子はどこも出さんので、櫂さんになったんです」

「うん」

「それで櫂さんがはたちになって、養子をもろうたんです。トメさんいうて。それが、真理子のお父さんです。でもこの人はあんまり体が丈夫じゃのうて、田んぼでうまいこと働けなんだんじゃといいます。でも櫂さんは、夫に一生懸命よくしてあげとったて。この人のこと好きだったから。すごく男前だったって、お母さんは言っていますす」

「ふうん」

「でもずうっと子供ができなかったんじゃそうです。でも十年以上経って、ようやく子ができたんです。それが真理子」

「ほう」

「でも、あんまり舅《しゅうと》がきつかったから、とうとうトメさんが家を出ていってしまってですね……」

「妻子を置いて?」

「はいそうです」

「で?」

「そしたら櫂さんも、この人を追っかけて家を出ていってしまったらしいんです、真理子を置いて」

「ええっ、母親が子供を置いて?」

「はい、でもこのへんのことはもうよく解りません。トメさんの方の差し金じゃったとか、いろいろに言われてます。もう近所ではひどいこと言われたみたいです、櫂さんは」

「そりゃそうでしょうね、子供を置いて出てはね。まだ小さかったんでしょう？　真理子さんは」

「乳飲み子です。それで真理子は、お爺ちゃんお婆ちゃんに育てられたんです。母乳なしで」

「櫂さんは、それからどうしたんですか？」

「ほかの人と結婚したらしいです」

「えっ、その人ではなく？」

「はい、別の男の人です。新見の方で。それで大瀬の家に、真理子を引き取りたいと言うてきて、泣いて詫びたけど、許してくれなんで、家を追われたそうです」

「ふうん、真理子さんは渡してくれなかったんですね？」

「はいそうです」

「ふうん。それでどうして今このあたりにいるんです？」

「二番目のご主人に捨てられて、このへんの、山の方の古い家をひとつもろうて、一人暮らししとるんです」

「捨てられたんですか？」

「はい」

「子供は？」

「いません」

「ふうん……、でも大瀬の家にはとても帰れないと」

「はい、それは無理です」

「収入はどうしているんです？」

「あちこちの家にお手伝いにいったり、内職したりして、生計をたてとるいいます。庭にちょっとだけ畑もあるし」

「ふうん……、大変ですねそれは」

「日照さんがよう面倒みてあげとるという話です、食べ物あげたり。だから寺によく働きにいっとるらしいて。一番の働き場所は法仙寺です」

「ふうん。真理子さんは、櫂さんとは？」

「全然駄目で、軽蔑していました。道で見かけても、走って逃げていましたね」

「ああ、そうですか」

「でも櫂さんは、一生懸命いろんなもの真理子に送ってやって、みな突き返されとったようですけど」

「直接？」

「いや、郵送で」

「ふうん……」

私は腕を組み、考えた。そうだろうなと思う反面、また疑問が湧いた。

「真理子さんの祖父母の方たち、もう高齢なんですね？」

「はいそうです」

「田はどうしているんです？　真理子さんが一人で？」

「いや、真理子は無理です。別の人に頼んで、やってもらっています、貸し賃取って。だからもし一緒になったら、ぼくが両方をやろうかと。うちの田と、真理子の家の田と」

「ああ、そりゃあ、真理子さんの家は助かりますね」

「そうですね。人に頼んで金払うたら、こりゃあなんぼうも残りません。特に真理子のうちの田はむずかしいけ。あれこれ持ち出しで、結局借金の方が多ゆぅなります。維持するだけですね」

「そうですか、それで真理子さんの肩に、家の生活がかかってくるわけですね」

「はい」

「でも可能なんですか？　君が両家の田んぼの面倒みるなんて」

「うんまあ、今は機械ですからね、なんとか可能です。法人になんか言われるかしらんけど。でもうちの母親なんかは、自分のところの田がおろそかになるからと言うて、反対ですけどね」

「ふうん」

私は言った。

「そういうことか」

だいたい事情が呑み込めてきた。

「でも真理子さんが家の面倒をみていたというのは、これは彼女の収入で？」

「はい、そうです」

「巫子さんのあがりで？　しかしバイトみたいなものだとさっき……」

「はい」

黒住は、思い詰めたような目で私を見て、またいっとき沈黙する。それから言う。

「菊川が、よう払うとったようで、高い金を」

「ほう」

すると、そこでまた多少の疑惑が湧く。十九の小娘に、菊川神職は多額のバイト料を払っていたということか。

「神職の人を悪う は言いとうないんです。二子山さんみたいないい人もおりますから。でも、菊川は食わせ者です。ありゃあろくなもんじゃない」

黒住は言った。

「そうなんですか？」

「世間的には、氏子の人らにゃ評判がええんです。人あたりはええし、けっこうまめですし、嘘やお世辞が上手ですからね。しかし、腹黒いですあれは。ものすごいです。村の人を何人も泣かせとる、真理子もよく言ってました」

「真理子さんが、どういうふうにですか？」

黒住がまた黙った。すると、表に風の音が強い。

「何か危険を感じていたんですか？　彼女は」

「真理子にずっと言い寄っておったんです。でも相手が神職じゃから、真理子も誰にも言えずに、ずっと悩んどったみたいです」

「言い寄っていた？　しかし、真理子さんは十九歳ですよね」

「はいそうです」

「菊川神職は……」

「五十三でしょう、確か」

私はぐっと言葉に詰まった。

「五十三……」

身につまされた。

「はい」

「言い寄るというのは」

「愛人になれ、いうことです。真理子は困っておったです、ずっと」

一人暮らしの五十三歳、しかも人里を離れた山の上、寂しかったということだろうか。

「真理子さん、巫子さんの仕事、辞めるということは」

「もちろん考えてましたが、家が貧しいから、辞めたら心中もんです。菊川はそれをよく知っていたから、辞めたらおまえの家が困るだろうということで、さんざんに言い寄っていたみたいです」

「ああそうですか、ははあ……」

私はなんだか気持ちが沈んだ。

「寂しかったのかなぁ、そんな人里を離れた場所に一人で」

「いやあ、けっこう女はおったという話です、あちこちに」

黒住は言う。

「え、そうなの？」

では女性にもてたということか。

「それから、あの人はこっそり裏で金貸しもやっていたんです。で、かなりあくどいこともやっとったみたいで」

「金貸しも？　しかしそんなこと、可能なんですか？　神職が」

「まあ、ええことはないじゃろうけど、大丈夫みたいですね。大社の方にも上納金しっかり入れて、うまくやっておったみたいです。大社さんとしても、本当は別の人派遣したかったらしいんだけれど、菊川はいろいろに言われていた人だから。でも、こんな山ん中まで来る人なんてなかなかいないしね、菊川の方も行くとこないし。菊川は一人者だったから可能だったんでしょうけど」

「しかし、神職というものは、なかなかなれないんでしょう？　それなりに修行もして、鍛えてからなるものでしょう？」

「冗談じゃないです。菊川がそんなことするもんですか。昔は大分《おおいた》の方の、ただの樵じゃったという話です。痩せて、ちいそうて、貧相な黒い顔をして、とてもそういう器じゃあないです」

「ふうん」

「食い詰めたんです。こうな山の奥の社には来てがないから、あれでも神主になれたんです、ここなら。昔は人もおらんような神社じゃったんです。前何をやっとったんか、解ったもんじゃない」

「つまり黒住さん、あなたは……」

「はい」

よく考えてから言おうと思い、私はしばらく黙って風の音を聞いていた。それからおもむろに言った。

「神職の菊川さんが、大瀬真理子さんをどうかしたと。そう考えているのですか？」

するとと彼は即座に言う。

「はいそうです。間違いないです。ほかに誰がいますか？　なんとかあの男を締めあげて、真理子をどうしたか、白状させたいんです」

言って、黒住はじっと私を見た。その大きな目が、少し潤んで見えた。

「つまり、菊川さんが真理子さんを殺したと」

「そうです」

「菊川神職は、新嘗祭の日の午後四時に、神殿に渡る廊下の手前で別れて以来、真理子さんを見ていないと言っているが、実際はそうでなく……」

「そうな馬鹿なことがあるもんですか。絶対に違います。その後も、あいつは真理子がどうしたか、どうなったか、知っているんです、これは確かなことです。あいつが真理子をどうかしたんです。真理子も言っていました」

「何とです？」

「殺されるかもしれないと。もし私がいなくなったら、それは菊川がやったんだと。菊川が自分を殺したんだと、そう思ってくれと」

「ふうん」

沈黙になると、風の音が大きい。少しも馴れないのは、音がどんどん大きくなっているからではないか。廊下の戸が、がたがたと揺すられるようになった。

「というのは真理子は……」

と黒住が言った時、

「先生」

という高い声が廊下の方からした。

「はい」

私が応えると、

「入っていいですか？」

と訊いてきた。里美の声だった。

「うん、もちろん」

と応えると、里美がゆっくりと入ってきて、コタツにすわった。そして、

「話せました？」

と黒住に訊いた。

「はい」

と彼は応えた。

「何か変わったことでも？」

と私は里美に訊いた。

「ううん別に。お風呂の用意できたから入ってくださいってことと……」

「うん、ことと？」

「変わったことって言えば、二子山さんが落ち込んで、アトピーがひどくなるとか言ってる」

「アトピー？」

「うん、あの人、手にイボがあって、アトピーなんだって。それがひどくなりそうだとか言って、騒いでる」

「なんで？」

「ストレスで。奥さんに何か言われたみたい。それで今落ち込んじゃって、静かになっている。それで、明日沖津の宮さんに挨拶に行くからとか言っていた」

「どういうことなのかな」

「だから帰らない言い訳」

「ふうん、でもこの雪だと、とっても行けないでしょう？　大岐の島山の上までなんて」

「除雪車来るって」

「除雪車？」

「うん。津山市役所が持ってるの。ここ、法仙寺と大岐の島神社があるでしょう？　この道は必要な人が多いから、明日の朝来るって。あと学校の道とか、そういうところは除雪するんだって」

「ふうん。じゃあ二子山さん、大岐の島神社に行けるわけだ。そうか、ねぇ里美ちゃん」

「なんですか？　先生」

「あの……、ねぇ里美ちゃん、君も先生になるんでしょ？　石岡先生、はい何ですか犬坊先生、ではなんかおかしいでしょう？」

「あそうですか？」

「先生の大安売りみたい」

「でも二子山先生に日照先生ですよ、いいじゃないですか」

「そうかなぁ」

「これに郷土史家の上山さんも呼んだら、もう一人上山先生です」

「龍臥亭で石を投げれば先生に当たるなぁ。ただの呼称と考えればいいのかな」

「そうですよ先生、意味なんてないんです。で先生、なんですか？」

「大岐の島神社のこと、知っているでしょう？　彼の彼女が消失した事件」

「はい、一応知ってます」

「どう思う？」

「どうって？」

「君、刑事事件やるかもしれないんでしょ？」

「はい。でも法律家は、裁判のことしか考えないんですよ先生。この段階ではまだ被告も訴因も存在していませんから」

「でも、どうして消えたの？　大瀬真理子さん」

「そんなの解りません、私には」

「解らない？」

「はい、法律はそういうことには……」

「関わらない？」

「はい」

「君、もし今検事になってここにいたら？　菊川神職は起訴する？」

「それは無理です。死体もないし、自白もありません。物証もまったくないし、当人否認しているわけですし」

「うーんそうか。逮捕もできないよね……」

「じゃあ、どうしましょうか、石岡先生」

黒住が言った。

「うーん、お風呂入ろうか」

と私が言ったので、黒住はがくりと来たようだった。

「じゃ、案内します、私」

里美が言って腰を浮かせかけるので、私は驚いた。

「え、どうして？　あの湯殿でしょう？　知ってるよ」

「それがね、珍しい油絵が出てきたから、男湯の脱衣場の壁にかけたんだって。母が言ってました」

「珍しい絵？」

「うん、都井睦雄が描いたかもしれない絵なんだって。それが出てきたから、先生に観てもらおうって母が言って、今日壁にかけたらしいの。見てください」

「ふうん、どんな絵？」

「ともかく観てください。一緒に行きましょう」

「じゃあタオルとか着替え用意して。君も一緒に行きませんか」

私は黒住を誘った。

「ぼく、タオルとか、用意ないですから」

「あ、全部ありますよ。バスタオルも、手拭いも、いっぱいあります。シャンプーも石鹸もあります。だからどうぞ」

「いいんですか。じゃ……」

言って、黒住も腰をあげた。

廊下に出ると、相変わらず大変な雪と風だった。三人で湯殿に向かいながら、私は言った。つい大声になる。

「すごい雪になったね！」

「本当に！」

「これじゃ明日の朝は廊下が雪で埋まっているよ、雪掻きしないとね。今でももう廊下の高さ以上積もっている」

「そうですね。あ、黒住さん、このべっ甲の間に泊まってくださいって」

「あ、はい、ありがとございます」

「この廊下の下、まだ石段あるんだってね」

私が訊いた。

「はいありますよ」

里美は言う。

「知らなかった。こっちの庭側、戸がないといけないよね、雪が降り込む」

「そうなんです。つけようって話しているんですけど」

「廊下、傷むものね」

「そう。でもお金かかるし」

「そうだよね。ところで明日、二子山さん、大岐の島神社の菊川神職に挨拶に行くんだよね?」

「そうみたい。除雪車来てくれたらだけど」

「来なかったら、とっても歩けないよね」

「歩けないです」

「ぼくも一緒に行けないかな」

「え? 先生も?」

「うん。ちょっと会ってみたいんだ、菊川さん。駄目かな」

「うーん」

里美は考え込んだ。

「むずかしい?」

「むずかしくはないけど……」

「あの、ぼくも行きたいです」

黒住が言う。

「君はまだやめておいた方がいいと思うよ、君と真理子さんのこと、菊川さんは知っているんでしょう?」

私が言った。

「そうですね、知ってますね」

黒住は言う。

「そうなら、何も話さなくなっちゃうよ」

「そうですね、じゃあ……」

「じゃ、私が行きます」

里美が言った。

「君が?」

私は驚いた。

「司法試験合格者なら、やっぱり警戒すると思うよ。だって犯人かもしれないんだよ、彼は」

「そんなの、言わなければいいです。まだこの家でしか言ってません。それにあの人、二子山さんとは、そんなには折合いよくないんです」

「え、そうなの?」

「はい。流派違うし」

「そうか、じゃ日照さんは?」

「駄目ー、それは最悪。お互いに嫌ってるもん。だけど私なら仲いいの。あの人、ちょっと女好きなとこあるから、私ならよく話すと思う」

「そうかー、じゃあ、お願いしようかな」

脱衣場に着いた。引き戸をがらと開けると、ちょっとしたスペースがあり、暖簾がかかっている。その向こうにまた引き戸があり、これを開けると脱衣場になる。暖気が逃げないようにこうなっているのだろう。

「誰もいない?」

「まだいません」

里美が言って、一緒に入ってきた。

「ほら、これです」

里美が指さす板壁に、暗い油絵がかかっていた。

「へえ、これ」

そこに、あまり上手とはいえない素朴な絵がかかっていた。ちょっと古風な、絵巻物を連想させるような絵だった。脱衣場が暗いので、よけいに絵が暗く見える。

「あ、これ、もしかして……」

「そう。森孝さんの絵じゃないかって」

里美が言って、私は頷いた。

そこには鎧兜の武者が、抜いた刀を持って立っていた。そばには桜の木があって、武者はその横だった。背後には木立ちがあり、森の中のような場所だった。武者の前には裸の男が一人いて、うずくまっている。

「これ、芳雄だよね。斬られようとしているところだ」

私が言った。

「そうですね」

黒住も言い、頷いている。

「この話、君も知っていますか？」

「はい、知っています」

「この絵ははじめて？」

「はじめてです」

「これ、睦雄が描いたの？」

里美に訊いた。

「じゃないかって、みんな」

「ふうん、とすればすごい価値だよね、あの睦雄が、事件起こす前に描いた絵なんてね。歴史的な価値があるよ。博物館行きだ」

「もし本当にそうなら、そうですよね」

「サインないよね、右下に書いておいてくれたらよかったのに。でもどうしてこれが君んちに？」

「樽元《たるもと》さんがどこかでもらってきたんだって」

「へえ。でももしそうだったら、この森孝さんの事件が、睦雄の事件のテキストになっているかもしれないよね、絵に描いていたくらいだもの」

「そうですねー」

「研究者には貴重だな。でもこの絵、なんか変だなぁ」

私は言った。

「変ですか？」

「うん、上半分だけしか使われていないね。下半分は、ただ茶色に塗ってあるだけだよ」

絵巻物のようだと思ったのは、その細長い構図にあった。

「なんでこんなことしたんだろ。下にも何か描けばいいのに」

「ほんと、そうですねー」

「こんなところにかけていて、傷まないかな。ここ、湯気が来るでしょう?」

「うーん、駄目ですか?」

「もし本当に睦雄の作なら、龍尾館にかけておいた方がいいと思うな、安全だもの」

私は言った。

「でもこれ、油絵でしょう?　濡れても大丈夫なんじゃないですか?」

「そうなのかなあ、ぼくはそういうの、よく解らない。油絵科じゃないから」

私は言った。

「ああそうですかー」

里美は言う。

森孝魔王《しんこうまおう》

一

杉里に暮らすお百姓の留吉《とめきち》は、先祖から代々引き継いだ田を守って暮らしていましたが、先祖がもともとは流れ者であったらしくて、手に入れた田は、あまり場所のよくない山の中腹にありました。だから耕しにいくには、杉の木立ちの間の山道を、延々と登っていかなくてはなりません。これは、田を世話するのと同じくらいに辛い仕事です。

留吉はそれでも毎日休まずに通っていたのですが、ある日杉林の中で、冬眠前で気がたっていた大熊に出くわしてしまい、襲われて右足のふくら脛《はぎ》を嚙まれてしまいました。なんとか逃れ、ほうほうのていで這って帰宅をしましたが、しばらくは歩けない身になって、足が田んぼから遠のいてしまいました。留吉の田の一部は、それでだんだんに荒れるようになりました。

留吉は、犬坊というもとは殿様の側室の家系から、村一番の美人といわれていた、お由《よし》という嫁をもらっていました。このお由が器量がよい上に働き者で、留吉が農地に行けなくなっても、時には代わりに耕しにいったり、また草鞋《わらじ》を造る夜なべ仕事も、嫌がらずに精を出したりして、なんとか一家の暮らしを支えていました。

留吉とお由夫婦には、お春《はる》という一粒だねの娘ができていましたが、成長するにつれてこの娘もお母さんによく似た器量よしに育っていきました。頭もよく、性格のよい子で、お母さんの草鞋編みの仕事もよく手伝いましたし、お父さんを尊敬して、よく看病もしてくれました。

熊に噛まれた留吉の傷は、だいぶん癒えてきましたが、傷と一緒に病も得てしまい、こっちの回復が思わしくなくて、山腹の自分の田までは行くのがやっとです。行けば頑張って少し耕しますが、息が切れてしまって後が続きません。そうなったら畦に長いことすわって休み、また耕しての連続で、なかなかはかが行きません。さらには、終日そんなことをしていると、もう家まで帰ってくる元気が出ません。畦に立つ木の下で野宿をするか、迎えにきたお由の肩にすがってとぼとぼ帰ってくるかしかありません。

それで、時にはお由自身が代わりに田に行って耕すこともするのですが、この仕事も、春はよく手伝いました。留吉は働けなくなって辛い毎日でしたが、器量よしで働き者の母娘に囲まれ、村一番の果報者と、みなにうらやましがられていました。

しかしこのままでは年貢米が規定の量納められません。留吉は、それまでは酒も飲まず、遊びにもいっさい興味がない真面目な働き者で、借金には縁がなかったのですが、病を得て薬代がかさんだ上に、年頃になった娘のお春に、一張羅の着物を買い与えたりしたことなどからはじめて借金ができ、それが日に日にかさんでいきました。働いて借金を消さなくてはと、毎日気ばかりは焦るのですが、体が思うように動かず、留吉は心ならずも一日中家で寝ていたり、ただぶらぶらしたりしていました。それで留吉は怠け癖がついたと、村人にだんだん噂されるようになりました。

お由はあちこちに足を運んで、借金を頼んで廻りましたが、村のみな同じようにお金はありませんから、思うように借りられません。そうしたら、代官陣屋の岡田《おかだ》弦左衛門《げんざえもん》という偉いお代官さまからお声がかかりました。陣屋に来るようにと言われたので出かけていくと、自分のところで働かせてやるから、明日から通ってくるようにと命じられます。給金も、働き次第で破格のものを出すからということでした。

それで由が喜んで陣屋に行きますと、たいがいの仕事はもう女たちがいるのでまにあっており、ありません。弦左衛門はお由に、自分の身の周りの世話ばかりを言いつけます。そしておりに触れ、さかんに体に触れられたりするので、ある時思いあまって奥方に願い出ました。すると奥方は怒って由を蔵に閉じ込め、夫を誘惑する不貞の女だと、厳しい折檻をされました。そこに弦左衛門もやってきて、妻に告げ口したということで、さらに厳しい折檻を受けました。

翌日、由はお役御免になって家に帰されましたが、体が傷んでいたので寝ついてしまい、しばらくの間は働くことができません。その間は、春が懸命に頑張りましたが、子供のことでなかなかうまくはいきません。田は荒れ放題になり、家の中も荒れていきました。

やがて収穫の秋になり、年貢米供出の季節となりました。しかしそういうことなので、留吉と由の家は、到底規定量の年貢米を納めることはできません。その頃になるとお由の方はもう床から離れていましたが、留吉はまだ寝ています。そこにお役人数人がやってきて、床板をはぐりあげたり、物入れの戸をはずしたりして、隠している米はないかと調査をしていきました。乱暴されるのが恐いので、留吉も由もじっとおとなしくしていました。

そうしたら、間もなく夫婦は代官陣屋に呼びだされました。陣屋の庭に二人が土下座をしていると、鬼のような顔をした弦左衛門が出てきました。数人の配下をしたがえています。縁側に立ち、夫婦を眼下に睨《にら》みつけると、

「こら留吉、おまえは何故そう怠けるか！」

と開口一番に一喝しました。夫婦はそれで額をさらに土に押しつけ、小さくなりました。

「みながみな、言うとるではないか。留吉は一日中家でぶらぶらしていて、女房にばっかり働かせておる。そこまで性根が腐ったか。病を得ていると言うとるようだが、おまえのような者の病はぶらぶら病と言うのだ！」

と大声で叱りました。

「みながやっておることが何故できん、どうしてきちんと年貢を納めんのだ」

と怒りますので、

「決して怠けておるわけではありません、自分は働きたいのでございますが、実際体が動かんのでございます」

と留吉が言いますと、

「動かんとは足がか？」

と代官は訊きます。

「さようでございます」

留吉が応えると、

「そのような言い訳を右から左に聞いていては、民百姓に示しがつかぬ。真面目に働く者などいなくなる。誰もがどこかしら痛いところ、きついところを抱えておるのだ。みなそれを我慢し、歯を食いしばって働いておる。それが解らんのか！」

とお代官は大声で叱りました。

「お代官様、夫は本当に足が悪いのでございます。山腹の田も、遠いから出かけていくのがやっとで、熊に嚙まれた傷がもとで病も得ました。働こうにも働けないのでございます。決して怠けておるわけではありません」

土下座したまま、お由が必死で訴えますと、

「おまえには訊いておらん！」

とお代官は一喝します。

「田が遠いだと？　何を寝ぼけたことを言うておるか。どこの田も同じようなものだ。だがどこに、

「そういう不平を言う者がおるか！」

そして、自分もゆっくりと庭さきに降りてきました。土下座した二人の周りを歩きながら、声をひそめて言います。

「留吉、おまえはつくづく男らしうない男よのう。働かすのも女、言い訳も女にさすか」

腰から刀を抜き、鞘の先で留吉の頭をぐいぐいと押しました。留吉は、申し訳ありませんと詫び、さらに恐れ入って小さくなります。

「この女たらしのくそ外道《げどう》が！　ともかく年貢を納めい！　納めぬ者は盗人と同じだ。年貢米は公のものなのだ。おまえのものではない。解っとるのか！」

「はい」

「これを隠す者は牢に入れる。そしてお裁きのすえは、いずれどこかの島に流す」

「お許しくださいませ！」

お由が急いで言った。

「それだけは、どうぞご勘弁を」

「由、おまえはこの男がいなくなるのは困るのか？」

代官は訊きます。

「はい」

少し迷ってから由が応えますと、

「男がおらんようになると、夜が寂しいか？」

と奇妙なことを訊きます。お由が応えられずにいると、

「こんな腰抜けのどこがよい！」

とまた大声になった。

「応えてみい由、どこがよいか?!」

「夫でございますし、娘には父でございます。いなくなれば生活が困ります」

そう応えると、代官はあきれた顔になります。

「馬鹿者が。よう考えてみい、このような自堕落な者、実際生活の足しにはなっておらんではないか。全然働いておらん。だからおまえらはここに引き据えられておるのであろう。それがおまえには解らんか」

代官は諭します。そしてこう訊きました。

「惚れておるのか？」

問われて、由は激しく迷いました。陣屋に勤めたおりから、代官が自分に気持ちが動いていることを由は知っていましたし、ここで下手なことを応えたら、代官を逆上させる可能性がありました。しかし、夫を裏切るわけにはいきません。

「夫婦の誓いをたてた以上、夫に尽くすのは妻の勤め……」

そう応えると、案の定代官は怒鳴りました。

「惚れているのかいないのかとわしは訊いておる!」

由は沈黙します。

「どうだ、惚れているか」

由は仕方なく応えました。

「はい」

すると代官は案の定逆上しました。

「この身のほど知らずが。ここをなんと心得る!」

そして留吉に向き、こう怒鳴りました。

「留吉、貴様足が悪いか!」

「はい」

留吉は応えます。すると代官は、

「立て! どんな具合かわしが見てやる」

と言い、それで留吉が由の肩にすがってようやく立つと、

「ふん、ふらふらと、これみよがしな猿芝居か!」

と怒鳴ります。

「この馬鹿もんが! わしの目はごまかせんぞ、しゃんと立て!」

留吉が懸命にそのようにすると、

「立てるじゃないか!」

と代官様は言います。

「それほどに足が悪い者が、いったいどうやってここまで来た」

「由の肩にすがって、長い時間をかけて、なんとか歩いてきました」

と留吉が応えると、

「由、由、ほんまにうるさいやつじゃ。おまえはそれほどにこの女房が自慢か?!」

と尋ねます。留吉は迷いましたが、

「わしにはすぎた女房かと思っております」

と正直な気持ちを応えました。するとお代官は、顔を真っ赤にして怒りました。

「みなが言うとる。わしはさんざん聞いとるぞ。おまえが自分の女房を自慢して、村一番の嫁じゃと言う。さらにはその嫁をこれほどにしたがわすわしは、いったいどれほどのもんじゃと毎日威張って言うとると。このどぐされが！　百姓ごときの分際で、威張るもんではない！」

留吉は驚いて顔をあげた。

「わしは威張ってなどおりません。これがよう働いてくれるけ、みながやっかんであれこれ言うとるのは知っておりますが」

「何を言うか！」

お代官は、顔を真っ赤にして激怒しました。

「人のせいにするか、馬鹿もんが！　自分は反省をせんというのか！」

お代官は留吉を睨みつけます。

「どうじゃ留吉、反省はせんのか」

「はい、します」

「言い訳をするな、男らしうない！　やっかみじゃと？　生意気言うな！　誰がおまえ程度の小者をやっかむか。ともかく、つべこべ言わずに年貢を納めい！」

「はい、来年必ず、今年の分も」

「今すぐ納めい！」

「今年は……、無理でございます」

留吉は言った。

「どうしてじゃ！」

「……足が動きません」

「どの足じゃ」

「この右の足でございます」

「この足か！　ならもういらんのう！」

叫ぶが早いか代官は抜刀し、留吉の右足を、膝の少し下のあたりでばさりと、一刀のもとに斬り落としてしまいました。

留吉は転倒し、絶叫して、庭さきを勢いよく転がって泣き叫びました。足の切断面からは勢いよく血が迸《ほとばし》ります。

代官は懐から紙を出し、刀の血をゆっくり拭うと、さっとかたちよく、刀を鞘に収めました。するとそばにひかえていたご家来衆から、感嘆のどよめきが湧き起こりました。そして口々に、お代官をほめそやすお世辞を口にしました。

「お見事！」

「いやあ、素晴らしいお手並みでござりまする、いや、これほどのものとは」

「眼前にできて、本日は幸せにござりまする」

お代官は縁側にあがり、目下の者たちに向かってこう諭しました。

「出向してきている者たちもおる。よう肝に銘じておけ。人の上に立つ者は、時にはこのように、度胸よく振る舞う勇気も必要じゃ。みながみな、辛うても歯を食いしばって働いておる。一人の身勝手は許されん。上がちょっとでも甘い顔をすれば、みな一人の怠け者の真似をしてすぐ働かんようになる。そうなれば国は立ちゆかん！」

「御意！」

「ごもっともでござりまする」

「いや、さすがのご卓見！」

「百姓ども小者は、少しでも私腹を肥やそうとして、さまざまな言い訳を弄してお上の目をごまかそうとするものじゃ。それを鋭く見抜く技量も上のもの、上が厳しく接せねば、民百姓は動かぬ。

怠け者を出さぬよう、上はしっかりと見せしめねばならぬ。弱腰は禁物じゃ」

「ははっ」

「肝に銘じましてございまする」

お代官は庭を振り返り、血を噴いて苦しむ留吉たちに向いて叫びました。

「連れ帰って手当をしてやれい！」

留吉が絶叫しているので、大声にならなければ聞こえないのです。

「その足に免じ、島流しは勘弁してやろう。特別の慈悲じゃ、ありがたく礼を申せ！」

由は、ありがとうございますとお礼を言いました。

「よいか留、女なぞに働かせず、自分が働けい！それがまことの百姓というものじゃ。嫁が少々したがうからといって、自分が偉いなどと自惚れるな馬鹿者が！　おまえはたかが百姓ではないか。

それから由、みながみな歯を食いしばって働いておる時世じゃ、一人だけの身勝手は許されん。二人とも、よくよく反省せい！」

そしてお代官さまは、さっと奥に消えました。

二

お由は、血にまみれて苦しむ夫を懸命に陣屋から運びだし、ちょうど通りかかった近所のお百姓に泣いてすがって、同情した彼が仲間の家に走って大八車を呼んできてくれたので、なんとか留吉を家に連れ帰れました。

それからの留吉は、十日以上高熱を出してうなされ、昼も夜も苦しみ抜きました。妻も娘も寝ずの看病をしましたが、わずかでも口に入れたものはすぐ吐いてしまうし、さらには出血多量で衰弱し、精神にも異常をきたしてしまいました。うわごとのような言葉しか発せず、まともな会話は、もういっさいできなくなりました。足の傷は日が経つほどに癒えていきましたが、精神の傷は深く、床に就いたきりで厠《かわや》にも立てず、蓐《しとね》から一歩も動けない身となってしまいました。

それを聞くとお代官は、さっそく人をやって留吉の田を取りあげ、別の若い、働き盛りの百姓に与えました。続いて家も取りあげ、自分の屋敷のそばに小さな家を建ててやって、家族とともにここに住むようにと由に命じました。

窓もない粗末で狭い離れも建て、留吉はここに一人入れ、以後一歩も出してはならんと命じました。何故なら留吉の病は流行病《はやりやまい》だから、同じ屋根の下で暮らせばうつるのだと諭します。そうして弦左衛門は、月々の生活費を由に与え、暮らさせました。

悲しんでいるふうのお由には、もし村を出ていきたければどこへでも行くがよい、お前の勝手だと言いつけました。むろん由は、そうすることも真剣に考えました。日夜考えて考え抜きましたが、お春と二人の生活というならいざ知らず、病の夫がいてはどうしてもそうはできず、お代官の世話を受け入れて、とうとう弦左衛門の側室にされてしまいました。

それでも弦左衛門は由に惚れていましたから、なにくれとよく面倒をみ、珍しいものやおいしいものが手に入れば、繁く運んでやって与えました。

そうこうするうちにも留吉は、さらにさらに衰弱して骨と皮になり、精神の病もこうじて、口もほとんどきけなくなりました。外観も老人のようになり、白髪混じりの髯《ひげ》を生やして、ただ床に伏せっているだけの生きる屍《しかばね》となりました。しかし春は、そういう父の面倒をいつまでもよくみました。

春も十七になり、母以上の器量になって、気の早い縁談の話が来るようになりました。匂うような美しさで、道を歩いていてもみなが振り返りますし、由と二人で祭りに行けば、人だかりができるありさまです。しかし春は、寝たきりの父親や母が心配でしたから、二十歳まではどこにも行きたくないと言いました。

女好きの弦左衛門が春の器量に目をつけないはずはなく、嫁に行く前に、自分が春を女にしてやろうと言いだしました。由は、これにだけは泣いて抵抗し、そのために母親は、よく弦左衛門に折檻をされて、離れに付属した物置に閉じ込められていました。

こういう時に春が留吉の看病に行くと、精神がおかしくなった留吉ですが、状況は解るらしく、衰弱し、痩せさらばえて、骸骨のかたちがよく見えるようになった紙のような頬に、ぽろぽろと涙を流していました。もう口はきけず、ただ涙を流すだけなのです。

その頃のお春は、夕刻になると家から遠くない「森孝《しんこう》さん」の社に行き、懸命に手を合わせて祈ることが習慣になっていました。母を助けて欲しい、父を助けて欲しいと、日が落ちるまで懸命に祈るのです。

お代官さまは、毎日決まって夕刻に家にやってきました。そしてお由の酌でお酒を飲みます。それが陣屋の仕事が終わり、家に帰るまでの自由ないっときだからです。だから春は、その時刻には家から逃げだしている必要がありました。母の由がそのように命じていたからです。春が姿さえ見せなければ、由がなんとかお相手をして、お代官さまの気持ちをそらすことができます。しかし姿を見せると、お代官は動物のようにたけり狂い、春を求めて母が怪我をします。

そして夜になっても、あまり早くに家に帰ると、まだお代官さまが家にいることがあり、体に触れようとするので、春はまた逃げだすことになります。そうすると追ってこようとするお代官に母のお由がすがり、怒らせていつも乱暴されるのです。それが見たくないので、お代官が自分の家に帰る夜更けまで、春はいつも法仙寺か、その裏の「森孝さん」の境内にいて、祈った後は石に腰をかけ、ぼんやりと日暮れを眺めたり、杉の切り株にすわって本を読んだりしました。

そんな生活が続き、冬になって雪が積もったある朝、長く寝ていた留吉が、とうとう亡くなりました。お代官さまが、一番粗末な大樽を用意してくれました。放っておけば遺体は固まりますから、連れてきたご家来衆二人に命じて、留吉をすぐに樽の中に入れさせました。そして雪のちらちら舞う中、家来たちが担いだ竿から樽をさげ、法仙寺の座敷まで運ばせました。

弦左衛門は来ませんでしたから、お春も母と二人、泣きながら雪道を樽についていって、法仙寺のお座敷で、お坊さんがあげる読経を聞きました。母にも自分にも優しかった父。もの心ついて以来、春は一度も叱られた記憶がありません。しかしあまりに気の毒だったその晩年を思えば、春は涙が止まりませんでした。

今日は雪が舞うので、埋葬は明日にしようということになり、その夕は二人とも家に帰りました。ところが日が落ち、お由とお春が二人、囲炉裏のそばで額を寄せ合って泣いていると、玄関の戸が荒々しく引き開けられ、あきらかに酒を飲んでいるふうの弦左衛門が、荒々しい足どりで家に入ってきました。そして、

「おまえら、わしを怨んで泣いておるのか！」

と開口一番に怒鳴りました。

「わしが父親を殺したとでも」

「いいえ、そんな……」

とお由が言いますと、

「おまえはどうなのだ、春」

と言って、涙を流しているお春を抱き締め、体を探ろうとした。

「やめてください！」

春が叫ぶと、思いきり頬をはられました。そしてお代官さまは、

「おまえら、勘違いするな。ここは俺の家だ、おまえたち、いったい誰のおかげで生きていられる、嫌ならすぐに出ていけ！　この恩知らずが！」

とわめきました。そしてまた春に向いて、

「おまえたちは儒学書を読んだことがなかろう。無学だからそういう無礼が、目上のわしに対してできるのだ。上位者の言うことは絶対なのだ。それを知ることこそが本当の学問だ。これからわしがその教育をほどこす！」

そう言って春は畳の上に押し倒され、馬乗りになられて、帯をむしり取られました。

その時にお由が、背後からお代官に必死で体当たりをして、彼を畳に転がしました。そして、

「春、逃げなさい！」

と叫びました。春は必死で畳の上を這い、玄関の土間に転げ落ちてから、立ちあがりました。引き戸を開け、雪の表に逃げだそうとすると、背後からお代官の大声がしました。

「春、停まれ、こっちを見よ！」

振り返ると、そこには片腕を背後にねじあげられ、額を畳に押しつけられた母親の姿が見えました。母親の後ろ頭の上には、お代官さまの片足が載っていました。

「その戸口からおまえが出ていけば、この腕へし折るぞ。そして母は死ぬことになる。それでもよいか？」

それで春は、足が停まってしまいました。

「母親が死ぬのが嫌ならこっちに戻れ、手荒なことはせん。おまえを楽しませてやろうというのじゃ。おまえがまだ知らん楽しみを」

たった今父が死んだばかり、この上に母も死んだら、とそう思うと、春は悲しみで胸がおし潰されそうになりました。それで春は、泣きながら、また畳の上にあがりました。

「よしよし、よい子じゃ」

とお代官さまは言い、母親の体を離しました。

その時、体を起こした母親が、またお代官さまに体当たりを食わせました。そして、

「こっちはいいから、早く逃げなさい！」

と叫びました。お代官さまは立ちあがりざま、またお由を殴りつけました。お由は畳の上に転がり、お代官は、その上に馬乗りになりました。それでもお由は叫びます。

「お春、早く逃げなさい！　私のことは心配しないで！」

それでお春は夢中になってまた土間に飛び降り、

下の草履を摑むと、表に駈けだしました。そして雪の上を、全力になって逃げました。帯を取られたため、風で前が開きそうになるので、必死で掻き合わせながら走りました。

気づくと、法仙寺の境内裏庭に来ていました。毎日来ているので、知らず、足が向いてしまったのでした。雪の上を駈けてきた裸足の足は、赤く腫れあがって感覚がありません。その時になってお春は、自分が草履をしっかりと握りしめていたことに気づいて、雪に置いて履きました。そしてふらふらと「森孝さん」の前まで行き、雪の上にくずおれました。

涙が後から後からあふれ、鼻先に落ちて雪を溶かしました。ああ、涙は暖かいのだなとお春は思いました。そのままの姿勢で、春は森孝さんにお祈りしました。今頃母はどうなっているのか、そう考えたら心配でたまりません。夫を失い、お代官さまに乱暴され続けている母を、なんとか助けて欲しい、あの鬼のようなお代官さまの魔の手から、なんとか母の命を守って欲しいと、お春は雪の上で手を合わせ、泣きながら祈ったのでした。

どのくらい時間が経ったものか、体は芯まで冷えています。気づくと、また暗い天から、牡丹雪がちらほらと舞い落ちはじめていました。しゃくりあげながら顔をあげたら、目の前の雪の上に、縄が一本落ちているのが見えました。どうして今まで気づかなかったのだろうと不思議に思いながら、拾って帯の代わりに体に巻きました。着物の前を押さえることから解放され、気持ちがずいぶん楽になりました。

立ちあがり、もう闇に馴染んでしまった目で「森孝さん」の中を見ると、鎧の前に、刀が一本立てかけてあるのが見えました。

あの刀で、と瞬間お春は思いました。あれを持って家に帰り、なんとか母を救えないものだろうか。お代官さまを殺せば死罪になる、しかしもうそんなことは言っていられない、母の命には代えられないのだ。金網の張られた扉に触れてみると、驚いたことにその夜は鍵がかかっていませんでした。いつもは大きな黒い、鞄《かばん》型の錠前がしっかりと降りているのにです。

扉を開け、春はそろそろと刀に手を伸ばしました。その時、

「その必要はない」

という太い男の声が、どこからともなく響きました。びくっとして手を引っ込めると、

「おまえは何もしなくてよい。父親の体を持ってきて、この鎧を着せなさい。そして義足も履かせるのだ」

と、声は続けて言いました。

お春はびっくり仰天して、雪の上に尻餅をつきました。そしてあたりをきょろきょろと見廻しますが、どこにも声の主は見えません。周囲はひっそりとして、人の気配さえないのです。背後の法仙寺の本堂も、明かりは消えています。

「急ぎなさい」

また声が聞こえました。声は闇の中でよく響く。それでお春は立ちあがり、明かりの消えた本堂に急ぎました。戸口に手をかけて見ると、鍵はかかっていませんでした。中に入って戸を閉め、障子を開けて広間にあがります。そうしたら、仏壇の前に父の遺体の入った樽が、まだ先刻と変わらずに置かれていました。白い帯の紐を解き、蓋を取ると、うつむいてうずくまる父の後頭部が見えた。

背中に廻り、脇の下に手を入れて、渾身の力で父を立たせました。

父の体はもう硬かったけれど、なんとか立ちあがらせることができた。それから春は、樽を横倒しにしながら苦労して父を引き出し、悪戦苦闘して背に負った。しかしそれからは、父の体はもう骨と皮だけのような様子だったから、十七歳のお春にも背負い、運ぶことはできる。父の体は、表の雪よりも冷えていた。

父を背負ったまま雪の中に出ると、雪は以前よりも激しくなっていた。暗い天空のどこかで、時おりごうと、獣が唸るような大きな音がする。魔物がやってきている、そうお春は思った。けれど、不思議に恐怖感はなく、悲しみと怒りがもう極限に達して、感情が麻痺してしまったのだ。

父親を背負って「森孝さん」の前に立ち、お春は迷ったが、いったん雪の上に父を置いた。探しても、ほかに置く場所はなかったからだ。森高さんの金網の戸の前に、雪の少ない縁側があるにはあったが、今から扉を開けるので、ここには置けない。

扉を開き、森孝さんの社に入っていって鎧を出そうとした。といっても、重いから一度に全部出してしまうことはできない。最初は兜だけだ。これだけでも重く、痩せたお春の手にはあまった。しかし両手で運び、父の頭にかぶせ、続いて面当《めんあて》も付ける。

もう一度入って銅当も出してきた。父の体にあてて背後で結び、続いて両の肩当も持ってきて付けた。さらには腕の防具、両足の防具までを付けた。ずいぶん時間がかかったが、終えてみると、立派な武者がそこにいた。

父は片足だったから、足の臑当はひとつでよい。そう思って見たら、森孝さんの足の防具もひとつきりなのだった。その代わりに、木製の義足が足もとに置かれていたから、これを取ってきて、膝から下がない父の右足に付け、付属の紐を腿に巻いて、しっかりと結んだ。

立ちあがると、伝説の森孝さんが雪の上に寝ていた。その上にしんしんと雪が降りかかり、白く積もっていった。かたわらに立ち、お春はじっと鎧兜を着た父の骸《むくろ》を見ていた。頭の中が空っぽになった気がして、ほかに何をすることも思いつけなかった。しばらくそうしていたら、

「おまえはさがれ」

という声がまた響いた。それでお春は法仙寺本堂の軒先までさがり、自分は雪を避けながら、雪の上に横たわる鎧兜を見ていた。

雪はどんどん激しくなり、吹雪になっていく。上空では風が、以前にも増して唸り、嵐のように荒れはじめて、世界は轟音で充ちた。雪は横殴りに吹き飛びはじめ、あたりに充ちた音があまりにもの凄いので、その動きは無音だった。動物の咆哮のような音は絶え間がなくなり、地面までを揺さぶりはじめた。

雪の上の具足は次第に白くなり、降り積む雪に埋もれていく。金網の戸も、強風にあおられてばたんばたんと打ちつけられるが、その音もまるで聞こえない。それを見つめながら、お春はひたすら両手を合わせ、母を助けてくださいと祈り続けた。自分にできることは、こうして祈る以外には何もない。十七歳の小娘は、この暴力的な時代、あまりにも無力だった。

闇夜の吹雪がひときわ高く唸り、突風が轟然と

やってきて、地上に降り積んだ雪を、ぱっと舞いあがらせた。一瞬あたりが真っ白くなり、何も見えなくなった。

雪の霧が、強い風に吹かれて去った時、奇跡が現れていた。雪の上の鎧兜が、むっくりと上体を起こしていたのだ。お春は、思わずあっと言った。

父が生き返るはずはない。それはさっき背負った時にはっきりと解った。父の体は表の雪のように冷え、板のように硬直していた。森孝さんだ。森孝さんが今、死んだ父の体に乗り移ったのだ。

森孝の霊は、義足の足をそろそろと引いてから雪に突き立て、ゆっくり、ゆっくりと立ちあがっていた。雪と風が強烈に吹きつけたが、亡霊の体は微動もしなかった。ちぎれ飛ぶ雪の中にしばらく立ち尽くし、それからゆっくりと、歩きだした。片方は義足なのに、その歩行は実にしっかりとしていた。お春も思わず本堂の軒下を出、ふらふらとついていった。奇怪な鎧の武者は、法仙寺の境内を進む。そして石段にかかると、ゆっくりとこれを下った。お春もついて下る。

下りきると、荒れ狂う闇空の下、吹雪く雪の中を、武者は坂を下っていく。どこへ行くのか。しかし間違いなく、それはお春の家の方角だった。森孝さんは母を助けてくれようとしている。後をついて歩きながら、お春は胸が熱くなった。それから、思いついて父ちゃん、とひと声呼んでもみた。しかしなかば予想したことではあったが、武者の背に反応はない。

後ろから、武者の右足の先は細い一本の棒であることが解る。しかしその歩行は、ずしりずしりと雪道に安定していた。全身が時おり薄蒼く光り、その姿はさながら魔王だった。魔王が黄泉《よみ》の国から訪れ、ゆっくりと、しかし一刻の休みもなく、お春の家に向かっていた。

　やがて春の家が見えてくる。明かりがだんだんに近づいた。玄関が、次第、次第に大きくなる。戸口に着くと、魔王は一瞬の躊躇さえ見せず、引き戸を開く。その動きには気負いも、警戒もない。まるで機械のように感情がなく、武者は土間に踏み込んでいく。この時後ろについてきていたお春は、まだお代官さまの草鞋が土間にあるのをちらと見た。いつもこれを確かめてから家に入っていたから、すぐに目がいくのだ。武者は、そのままずしりと畳の上にあがる。

　襖が開かれると、酒瓶を持ったお代官が、だらしのない格好で囲炉裏ばたにすわっていた。お代官の着物は乱れ、酔っている。そばには、やはり着物をはだけられ、背中をすっかり晒した母が寝ていた。裸のその背は青痣《あおあざ》だらけで、顔にも殴られたらしい痣がある。それらが痛むらしく、母は絶えずうめき声をあげていた。苦痛から、ぴくりとも動けずにいる。

　武者が入っていくと、お代官は驚いて飛び起き、立ちあがった。そして、

「何者だ！」

　と叫び、かたわらの大刀を取って鞘走らせ、武者に斬りかかった。武者が右手をあげてこれを受けると、刀は付け根のあたりで折れ、隣室に飛んでいった。

　怯えるお代官の首を、武者はむんずと右手で摑み、左手はお代官の腰のあたりを持って、頭上高く、天井板のあたりまで持ちあげた。そして悲鳴をあげる弦左衛門を、壁に叩きつけた。頭から落下したお代官をもう一度持ちあげ、脇に抱えあげ

て、武者は玄関から雪に投げだした。弦左衛門は恐怖の叫び声をあげ、雪の上を懸命に這う。しかし武者はいっさいの容赦をせず、追っていってまたつまみあげ、雪の上に仰向けに叩きつけた。着物がはだけ、見えた弦左衛門の裸の腹を、魔王は踏みつけた。そして両手を頭にかけ、これを肩口から無造作にちぎり取った。

一瞬の絶叫とともに大量の血が噴き出し、周囲の雪を鮮血で染めた。しかし、声はすぐにやむ。魔王は弦左衛門の首を持ち、雪の中を、何ごともなかったかのように法仙寺に向かって戻りはじめた。その歩みは変わらずゆっくりとして感情がなく、来た時と一緒だった。

武者の足跡とともに、雪の上には弦左衛門の首から垂れた血が点々と遺っていったが、吹雪がたちまちその上に雪を載せ、隠していく。

お春は魔王の後ろ姿に向かって両手を合わせ、しばらく祈ってから、家に入った。母が心配だったからだ。

母の全身はひどい打ち身で、重傷ではあったが、殺されてはいなかった。また、命の危険があるほどのものでもない。布団を延べ、寝かせて介抱すると、明け方にはずいぶんよくなった。

森孝の鎧兜は、法仙寺の裏庭の、網戸が開け放された「森孝さん」の社の前に倒れていた。

武者の右手は、お代官の生首の髪をしっかりと握っていた。鎧を脱がせると、骨と皮ばかりに痩せこけた、お春の父親の死体が出てきた。

なんと不思議なこともあるものよとみな驚き、お春の父の骸は丁寧に埋葬し、森孝さんの具足はまた社の中に戻して、双方とも丁寧に供養した。

お由とお春にはいっさいのおとがめはなく、二人はそれぞれ、それからの生涯を幸せにまっとうした。

第二章　予告された二番目の死体

1

「先生！」

と呼ぶ里美の声で目が醒めた。

「は、はい！」

と大声で返事をしたつもりが、かすれた声になっている。昨夜《ゆうべ》一人になってのち、吹雪の音を聞きながら「森孝魔王」を読んでいたので、多少寝不足だったのだ。

「入っていいですー？」

「え、はい、いいよ」

私は布団の上にちょっと身を起こし、言った。ふと気づくと、世界は静かだった。昨夜ひと晩中荒れ狂っていた吹雪の音がやんでいる。

「先生、ちょっと……」

と言いながら、里美が引き戸を開ける。部屋に入ってきた。

「ちょっと来てください、変なものが」

「変なもの？　何？」

「ちょっと口では言えません、一緒に来て」

「え、寒いだろうね」

「すごい雪です。上着着てください」

それで私は急いでジーンズを穿き、セーターを着て、上着を着た。寒いなと思いながら廊下に出ると、うわっと言った。廊下が、雪のトンネルになっていた。

「すごいな、こりゃあ」

「さっきちょっと雪掻いたんだけど、全然駄目」

「かまくらだね。じゃ、ぼくもあとで掻くよ」

「うん、そうですねー」

「廊下が暗い」

「でも空、晴れてます。こっち来て」

里美は、早足になって廊下をあがっていく。すると右側の雪の壁が低くなってきて、上に青空が覗いてきた。

「ああ本当だ。よく晴れている」

「晴天なんですよ今日、昨日が嘘みたい」

坂をあがるにつれ、空が大きくなる。実際晴天だった。そこから見える限りの空には、雲ひとつない。

「ああよく晴れたねー。しっかし凄い雪だな、中庭が山みたいだ。二メートルも積もってるよ、これ」

「そうですねー。私もこんなのはじめて」

「で、何があったの?」

「こっち先生」

そして里美は白い息を吐きながら急ぎ、また昨夜の男湯の脱衣場に、私を連れ込んだ。

「これ見てください」

私の袖を引き、里美は睦雄の描いたという油絵の前に連れていった。

「あっ」

と私は言った。

「ね?」

里美は言う。

「これ、どうしたんだろう」

絵が変わっているのだった。光線のせいかと最初は疑った。昨夜、ここは裸電球だけだった。そのせいかとも思ったが、今も薄暗く、状況はさして変わらない。そうではない、絵柄が変わっているのだ。錯覚でも、光線の具合でもない。なかったものが現れている。

昨夜、私は絵の上半分に鎧の武者と、うずくまる裸の男を見た。横に桜の木、背後は森だ。そして下半分はただ茶色の地面だった。何故ここに何も描かなかったのかと考え、里美にもそう言った。しかし今朝見ると、ここに人間が浮かんでいるのだった。女だった。女が、地面に埋まっていた。

和服を着た女だ。和服の色は肉色だったので、最初は服を着ていないのかと思ったが、そうではなく、これはもとは白い色だったが、地中に埋まっていたから泥で汚れたのかもしれなかった。


「女が埋まっている、地面に……」

私は言った。

「女が埋まっていたんだ。それが見えてる」

「はい」

里美も言った。

「どういうことだろう、どうしてこの絵、浮かんだのかな」

「はい」

「知ってたの？　ここに女が描かれていたこと」

「いいえ、全然知りませんでした。なんか、恐ーい。どうしてですか？」

これは、怪談なのだろうか、昨夜なら、あるいはそう思ったかもしれない。しかし今朝は、明るい日射しの中を通ってここまで来ていた。だから私の気分の中に、恐怖心というものはなかった。

「嫌！」

里美が突然言った。

「何?」

「先生、嫌。この女の人、両手がない……」

言われて、私も絵を凝視した。すると、その通りだった。両腕が肩からない。腕が描かれていないのだ。

「両腕を斬られたんだ、この森孝さんに」

言うと、自分でも何故かぞっとした。

「あ、ここ」

里美が言って、指さす。見ると、離れた土の中に、確かに腕らしいものが一本埋まっている。

「腕らしいの、ここに」

「本当だ。こんなところにあった」

私が言った。

「嫌、恐い。何、この絵」

「もう一本どこかにあるんだろうな。でもまだ出てきていない……」

言って私は、絵の表面に人差指を近づけてみた。絵が、昨夜よりも光沢を持っているように感じられたからだ。その時、ぽつりと手の甲に、冷たい何かが落ちかかった。

「あっ!」

と私は言った。理由が解った。天井を見あげてみた。天井の木組みのかなりの部分が、黒く濡れていた。そして一本の梁の中途に、落ちそうなまでに盛りあがった水滴が見えた。

「解った、ほら」

私は天井を指さした。

「雨漏りがしているんだ。ほらここ、水が壁を伝っている」

私は板壁を指さした。

「この部屋、暗いから解らなかったんだ。この額の上にも落ちているよ、ほら、額の上がたっぷり濡れている。それで額の中にもしみてきて、絵の表面を伝って流れ落ちてるんだ」

「ああ、ほんとだー」

里美が、目をうんと絵に近づけて見ながら言った。

「ほらこれ、ここ。絵の具のかけらだ。流れてずれてる」

「ほんと。私近眼だから解らなかった」

「え、君近眼？　目、よくなかったっけ？」

「最近ちょっと近眼になっちゃった」

「勉強しすぎたんだね」

「ゲームのやりすぎ」

「そうなの？」

「嘘。ここ、修理しなくちゃいけませんねー。えー、恥ずかしー」

里美は言う。

「別に君が恥ずかしがることないよ」

「でも先生、この雨漏りの水……」

「正確には雨じゃなくて、雪溶け水だけどね」

「雪溶け水がここ、絵の上伝わって、絵の具流したってこと？」

「そう。だから下に描かれていた人間の姿が現れたんだ」

「だけど、そんなことってあるんですか？　だってこれ、油絵でしょう？　水に溶けますぅ？」

「いや、だから油絵の上に、水彩絵の具が塗ってあったんじゃないかな。その水彩絵の具が溶けたんだ」

「ええっ？」

「この女は油絵の具で描かれているんだよ。埋まっているこの女とか、その上の地面に立っている鎧武者とか男の絵。桜も森もそうだよ、ちゃんと調べないとあれだけど、まず間違いなく、これらはみんな油絵の具だ。だから全然溶けてないんだ」

私も絵に目を近づけ、よくよく見ながら言う。

「つまりこの絵、油絵なんだよ。でも何故か下半分には茶色の水彩絵の具が塗ってあったんだと思う。そうやって地面の中の女を隠していたんだ。だけど今雪溶け水がかかって、表面の水彩絵の具だけが溶けたんだ」

「はあ、なるほど先生、冴えてますねー」

「あそう?」

「でもどうしてそんなことしたんでしょう? これ描いた人」

「知らない。土のつもりだったのかも、茶色の絵の具」

「そっかー」

「泥絵の具ってくらいだもの。とにかくこれ、ここからはずした方がいいよ。もしかして、大事なところも水彩絵の具で描かれているかもしれないし」

「はい」

私は絵の額を持ち、慎重に壁からはずした。そして、とりあえず安全そうな乾いた床の上に避難させた。

「まだひとつしか腕が出てないけど、でも龍尾館に持ってかえった方がいいよ、この絵。あれ?」

遠くでごうというような異音がしていた。

「何の音? あれ」

「あ、除雪車だ。来たんだ!」

里美が大声をあげた。

「やった! これで大岐の島神社行けますね、先生」

「ああそうだね、二子山さんも。でもそんなに嬉しいの？」

「だって、これだと一歩も家から出られないんですよ。雪に閉じ込められて」

「そうだね、半端じゃないもんね、この雪。二子山さんも喜ぶね」

私は言ったが、彼は家に帰ることはできないだろうと思った。彼の四駆のヴァンは、今頃法仙寺の裏手で、まだ厚い雪の下に埋もれていることだろう。あんなところまでは除雪車は行かない。そうなら、あの杉の木立ちを抜ける林道など、とても走れたものではない。二メートルもの積雪なのだ。

「でも先生」

「何？」

「何度も言うようですけど、どうして油絵の上に水彩絵の具塗るようなことを？　これも睦雄がやったんですか？」

「解らないよ、そうかもしれないね」

「何のためにですか？」

「さあ」

言って、私は腕を組んだ。確かに妙だった。地中に埋まっているこの女がお胤さんなら、彼女は死体が見つかっているのだ。見つかっていないのは鎧の武者の森孝と、今にも彼に斬られようとしている芳雄の方なのだ。

かすかな足音が聞こえていた。だんだんに近づいてくる。とそう思っていたら、案の定がらりとガラス戸が開き、半白のワカメちゃんカットが覗いた。黒縁眼鏡の顔が微笑んでいて、櫂さんだった。笑いながら、私に会釈をした。

会釈を返した瞬間、私はなんだか胸を突かれるような心地がした。昨夜、黒住から聞いた話が甦《よみがえ》ったのだ。彼女は人懐こい笑顔を浮かべ、

「朝ご飯ができとりますよー、どうぞ」

と言った。

私は、昨日とは全然違った思いで、この小柄な熟年の女性を見た。彼女の苦しい半生を、今や心得たからだった。同情かといえば、それはその通りなのだが、この古い土地の因習とか人情とか道徳観のもつれなどに、なによりもそれらの犠牲者に、やりきれない思いを抱いたからだ。

2

朝食を食べ、玄関先に山のようになっている雪を、みなで懸命に掻いた。掻いた雪は、自分の頭より高い場所に放りあげなくてはならない。坂出が言うところの工兵隊のような作業を進め、なんとか通路を作って表通りに出てみると、除雪車の通った後が一筋続いていて、雪がきれいに脇に撥ねのけられていた。

その作業を終えると黒住は家に帰っていき、私たちはしばらく門前にたたずんで、周囲を眺めわたした。見上げる空は晴天だった。雲ひとつないほどの青空のもと、起伏を持った白一色の世界が広がり、中央にはまだ汚れのない清潔な道ができていて、大岐の島山に向かって続いている。

私と二子山、それから里美は、これを通って大岐の島神社に向かって出発した。もう行くことは連絡したと二子山は言い、手みやげらしい箱型の紙包みを抱えている。ユキちゃんが、後から走ってついてきた。お母さんの許しが出たらしい。

「おー、ユキちゃんも行くんか?」

二子山が言った。

「うん」

とユキちゃんが応えている。それで私たちは四人になった。

「ユキちゃん、学校面白い?」

ユキちゃんと手をつないで歩きながら、里美が訊いている。

「え、勉強ばっかり」

ユキちゃんが応える。

「成績ええんじゃてねー、ユキちゃん」

二子山が言った。

「うーん、割とかなー」

「そっかー、じゃお母さん楽しみね、将来」

里美は言う。

「そうかなぁ。楽しみかなあ」

「それはそうよー。お母さん、勉強しろって言う?」

「時々。時々うるさい。だから自分でやる」

「ほんま? 偉いなーユキちゃんは、自分からか。わしなんぞ、自慢じゃあないが、ただのいっぺんも自分から勉強したことない」

二子山が言う。

「ユキちゃんて、何年生まれだっけ?」

里美が訊く。

「平成三年」

するとと里美は、愕然《がくぜん》として立ち停まるのだった。

「がーん。平成……」

気をとり直してまた歩きだすが、しばらく黙っている。本気でショックを受けたようだった。

「平成ギャルかあ……、私なんて昭和だもんねー、もう年式古いよねー、おばさんて感じ」

「里美ちゃんがおばさんかいな」

二子山が言う。

「するとわしら、おじん通り越して爺さん」

「私なんてもうほんとのおばんですよー、冗談じゃなく。最近ちょっと太ったし」

「太った？」

二子山が嬉しそうな顔をした。

「だって、きつくなったパンツあるもん」

「そおなもんあんた、太ったうちに入らんが。わしらズボン、みな捨てた。かみさん、怒ったでー。ぶち殴られそうになった」

「ああ、もったいないものねー」

私が言った。

「いや、そうじゃのうて、詐欺師言うて」

「詐欺師……？」

「いや、前はわし、西城秀樹《さいじょうひでき》に似とるいうて言われとったから」

私たちは、何と言っていいか解らず、黙って歩いた。

「ユキちゃんは、将来は何になるの？」

私が訊いた。彼女はうつむいてしばらく考えていたが、言う。

「それ、解らない」

「まだ考えることないかな」

「ない」

「お母さん、それに関して何か言う？」

「うーん、時々」

「なんて？」

「うーん、変なこと」

「変なこと？　どんな？」

「ユキちゃんが歌手になって、ステージママになってあちこち行きたいなとか」

「えーっ、ステージママ？　本気、それ」

「割と。それで京都に家建ててとか」

それでみなしばらく笑った。

「京都。ええなぁ、おじさんも呼んでね」

「うん」

「なれる？　歌のレッスンとかしてるの？」

里美が訊いている。

「してない」

「私も思ったことあるー。きっとママもあるのよね」

「わしない、音痴」

二子山は言う。

「西城秀樹じゃなかったのー？」

「でも祝詞は平気なんですか？」

私が訊いた。

「ありゃあええんです。音痴と関係ない」

「歌好きなの？」

里美がユキちゃんに訊く。

「好き」

「有名になりたいんだー、ユキちゃん」

「そんなことない。でもよく解んない」

「クラスに、芸能人になりたいって子いる？」

「うーん、いないと思う」

「お医者さんとかは？」

私が訊いた。

「お母さんなれって言う」

「なってー。わし糖尿が心配じゃけ」

二子山が言う。

「君自身は？」

「お医者さんは嫌」

「なんで？」

「血嫌いだし、夜寝られないっていうから。患者さん夜中に来て」

「ああ」

私は納得した。

「美容に悪いよね、それ」

里美が言う。

「弁護士は？」

私が訊いた。

「あ、それ、なりたい」

ユキ子は言う。

「え、弁護士なりたいの？」

驚いて里美が言った。

「なりたい」

「じゃ、私のライバルじゃん」

「いっそ検事になれば？」

私がまた言った。

「検事、完全にライバル……。負けそー。歳で負ける」

「あんた、どういう意味じゃそれ」

「法廷でしょ？」

私も言った。

「里美さん」

ユキちゃんが言う。

「はい、何？」

「弁護士の試験で、どんなことやったんですか？」

「え、これまで？」

「うん、そう」

「弁護士っていうより、司法試験よね。毎年一回あるの」

「もう準備しとくん、ユキちゃん」

二子山が言う。

「早手廻しじゃなー」

「でもすぐ制度変わるけど。私たちの時はね、一次と二次……、一次は教養試験だから大学生は免除。二次には三種類の試験があって、五月が択一試験。ひとつの質問に五つ答えが用意されてあって、その中からひとつ選ぶの。七月には論文の試験。その結果は九月に発表になって、もしも合格していれば十月に口述試験なの」

「ふーん、たくさんあるんだー。むずかしそう」

「ユキちゃん、あんた、みんなの前で喋るの得意なん?」

二子山が訊く。

「割と大丈夫」

ユキ子は応えた。

「えー、私駄目だったー」

里美が言う。

「大学の三年から受験できるんでしょう?」

私が訊く。

「そう、はい」

里美が応える。

「在学中に受かる人もいる?」

「いる。東大なんてすごく多い」

「合格したら、何になってもええんよね、裁判官でも、検事でも」

「そう」

「ほんじゃ、あんた裁判官なってもええんじゃね?」

「え、ちょっと駄目」

「なんで?」

「裁判官は、成績上位の方の人から順になるんです。私はかすかすだから、ほんとは検察庁」

「へえ、ほんなら法廷で裁判官、わしの方がおまえらより司法試験の成績えかったんじゃいうて威張らん？」

　里美はゆっくり無言で頷く。

「それ、本当のところあります。だから制度変えるんです。裁判官は最初から裁判官が、弁護士は最初から弁護士が育てるってふうに」

「ふうん」

「はぁほうね」

「でももう受かったんだよね、里美さん、試験」

　ユキ子が言った。

「うん、なんとか」

「すごいねー、いいねー。これから研修でしょ？研修ってどんなことするの？」

「岡山の地裁でね、開始式があって、その地方の研修生たちが顔合わせしてね、それからそこでまず研修の法律事務所割り振られて、そこ行くの」

「地裁って？」

「地方裁判所。裁判所には下級の裁判所と、その上の裁判所と、最高裁判所の三段階があるの。裁判はそんなふうに三回やって、絶対間違えないようにするの」

「地方裁判所って、岡山にあるの？」

「岡山とか、いろんな場所にあるよ。いろんな街に、たっくさんあるの」

「ふーん」

「高等裁判所は県庁所在地にあって、最高裁は東京だけ」

「え、高裁いうのは、みな県庁所在地にあるんじゃった？　はぁそうなん」

　二子山が言う。

「え、違いました？　えー、県庁所在地じゃなかったっけ先生」

「え、ぼくは知らないよ」

「わし知らなんだ」

「き、君、知らないの？」

「え、ちょっと今、憶えてない」

　里美は言う。

「大丈夫かなあ」

「まあ、そうなことを争うような裁判はなかろうけぇね」

　二子山は言う。

　大岐の島神社までの道はかなり遠かった。山を螺旋状にぐるぐる廻りながら登っていくからだ。歩行者用には、直進してあがっていける階段道があるのだが、これが雪で埋まっていて通れないから、自動車用の螺旋道路を行かなくてはならず、時間がかかったのだ。

　晴天だったが風が出てきて、次第に冷気が押し寄せた。それともわれわれが山道を登っていって、冷気に分け入っているのかもしれなかった。しかし、山道の途中からの眺めは素晴らしいもので、雪に埋まってしまった法仙寺が遥かな眼下に見降ろせたし、白く凍った葦川も望める。墓所などはもうすっかり雪の下で、所在はまるで解らない。その下方の龍臥亭も見えているが、これは雪を載せ、ここから見れば実際山腹に丸くとぐろを巻く、白い龍のようだった。

「いい眺めだなあ」

　立ち停まり、見降ろしながら私は言った。神々しい眺めで、こんな風景を見ていると、昨日二子山たちが話していたサイキックだの超能力だのも、なにやら信じられるような心地がした。

「菊川さんて、超能力があるんですか？」

　私が訊くと、二子山はちょっと苦笑するような顔をした。

「ま、そりゃあないじゃろ」

彼は言った。

「そんなタイプじゃないですー」

里美も横で笑った。

「そんなタイプじゃないって？　じゃどんな？」

「そんなすごい聖人とかじゃなくて、ごく普通の人。お金や、女の人好きな」

「ふうん。どんな人なのかな……」

「すぐ解りますよ、今会うんだから」

「金貸ししていたって話もありますよね」

私が二子山に向かって言った。

「いや、そうなこたないじゃろ。人が言うだけ」

二子山は言う。

「人はいろいろ言うけ」

神職同士、かばいたい気分が彼にはあるようだった。


さらに上に行けば、もっと眺めがよくなるかと期待したが、登るにつれてだんだんに杉の木立ちが立ちふさがるようになり、視界は失われた。道は、杉の林を抜けていく林道のようになった。

「これはすごいな」

杉の木立ちに入ると、私はまた言うことになった。

「すごい高さだな、まっすぐで、全然枝がない。電信柱みたい」

「ほうでしょう。これは樹齢、どのくらいかなぁ……」

言って、二子山は考えている。

「七、八十年いうところかのぅ」

「杉って、何歳までなるの？」

ユキ子が訊いた。

「そりゃああんた、際限がないが。屋久島《やくしま》の縄文杉いうんがあるじゃろう?」

「あ、知ってる」

「あれ、千年とも二千年ともいうんじゃろ、樹齢」

「うんそうだね」

「しかしここらはええ森ですよ、人の手がほとんど入っとらんから、みな神木じゃもの、これら」

そうして、それからも木立ちの間のかなりの行軍のすえ、ようやく頂上に着いたらしかった。足もとが雪で、歩きにくかったせいもある。実際の距離以上に遠く感じた。

行く手に、木立ちの切れ目が見えてきた。大鳥居が見え、これを目ざして歩くと、眼前にぽっかりと白い空き地が開けた。

それは何もかもが白い、ちょっとした閉鎖空間だった。全体を雪が覆い、丸く、狭い。渦巻き状に除雪が完了しているものだから、足もとの雪は薄く、平らだ。

周囲は鬱蒼とした杉また杉。間伐の手が入っていない木々の重なりは厚く、だから向こう側はほとんど透けていず、何も見えない。とはいえ、その先が空間であることだけは解る。雪のせいもある。枝々に載り、からまった雪が隙間をさらに狭くしているのだ。そして除雪の際の大量の雪が、その足もとに高く厚い壁を作っているものだから、さらに視界は遮られ、そこを下界からの独立国のように見せていた。なんとも不思議な空間だった。

私は、一種神々しい気分に打たれた。忘れていたが、ここは山の頂きなのだ。だから自分が今踏みしめている土地は、どこにも連続していない。この林の向こう側には、もう街も空き地もない、空だ。ここは地上遥かな場所に浮かぶ、世界から断絶した別天地なのだ。

　風が停まった。まったくの無音。杉が騒ぐ音もしない。陽は垂直方向の天空から、この丸い不思議な空間に注ぎ落ちている。光線の中央に、白木造りだったらしい小さな神殿がある。白木といっても、もう白くはない。長い風雪に晒され、すっかり黒ずんで灰色だ。神殿からは短い渡り廊下が伸び、もう少し大きな木造建築物につながっている。これが沖津の宮か、と私は思った。菊川神職はここに住んでいるのだ。そしてこの小さな離れが、水聖堂というものなのであろう。

　ここが神社と知っていたから神々しいと思ったわけではない。空き地に何もなくても、たとえばコーラの自動販売機がぽつんと一台置かれていたにしても、私は神々しさを感じたろう。そこは俗世界から遥かな高みにあり、隔絶された、まさしく神の住まいに思えた。背の高い杉の衝立《ついたて》に囲まれ、人目から隠されて、大邸宅の奥の、秘密の隠し部屋のようでもある。

「これが沖津の宮……」

　私はつぶやいた。

「なんて不思議な場所だ。まったく周囲から隔離された空間だな。この下はセメントなんですね？」

「全部セメント」

　二子山はきっぱりと応えた。私は自分の靴の先で、ちょっと雪を蹴ってみた。たちまち硬く黒い石が覗いた。確かにセメントがある。今は全面に雪が載っているから、この空き地の上すべてをセメントがふさいでいるのかどうかを確かめるすべはないが、そう言う以上、全面に張られているのだろう。それから私は熊笹の斜面も見ようとしたのだが、これも厚く雪が覆っているので、今は何も見えない。

私は彼らと離れ、雪の壁に沿い、立ち並ぶ杉の下をちょっと歩いてみた。背の高い杉たちに見降ろされ、蟻にでもなった心地がした。見あげる上空は、折り重なった葉と枝のせいで暗い。

二子山たちの集団に戻った。

「ここで、大瀬真理子さんが消えたわけですね、忽然と」

「そうです、消えた」

二子山が言う。

「ふうん」

私は頷いた。実際に現場にやってきてみると、以前のような挑戦的な気分にはなれなかった。つまり、そんな馬鹿なことがあるものか、何か理由がある、きっと暴いてやろうと、そんな元気のよい気持ちは失せてしまい、ここでならそういうこともあり得るかもしれないと、そんな従順な気分になった。

私たちは玄関口に向かって歩き、二子山が玄関のガラス戸をがらりと開けた。ごめんくださいと大声で言うと、はいという声が奥でして、斎服というのか、白い神職の服を着た小柄な男性が走り出てきた。

「ありゃあありゃあ、こりゃあ釈内教さん、よう来てくださったのぅ、こうな雪ん中を」

彼は痩せた頬から歯をむき出すようにして笑い、愛想よく言った。

「ありゃあ、こりゃあ里美ちゃんな!」

ちょっと大声になった。

「はい。お久しぶりです」

里美も明るく言った。

「まあ、どこの別嬪さんか思うた。まあ、早うあがんなさい」

「ありがとうございます。こちら、東京の方の小説家の先生で、石岡さん」

彼女が言うので、私も満面の笑みで待ち受けたが、私の方に向けられた彼の顔から、すうっと笑みが消えた。そして、

「ああ……」

とひと言低く言った。笑顔を消すと、菊川は険しい顔になっていた。それを貧相と形容する気になるなら、確かにそのようだ。

「こちらはユキちゃんと言って、今うちに滞在しています」

「こんにちは」

ユキちゃんも言って、挨拶した。

「おおそうか、よう来ちゃったのぅ。早ぅあがんなさい、遠慮せんと」

そして菊川はいそいそと背中を向ける。しかしやや遠ざかった廊下で立ち停まり、こちらを向いて「早う早う」とせかした。その様子は、真にわれわれの来訪を喜んでいるようだった。

小さいように見えた建物だったが、中に入れば意外に広い。まずとっつきに大きな広間があり、それを右手に見ながら廊下を進む。左手には窓があり、これは曇り硝子が塡まっている。広間の隣は、ガラス戸の付いた小部屋だった。がらと曇りガラスの戸を開けると、中にはソファや卓があり、テレビもあった。私たちはそこに招じ入れられた。石油ストーヴが燃えている。神職もここにいたらしく、部屋がすでに暖まっている。

卓の上には魔法瓶が載っていて、その横には茶碗の入った籠があった。菊川は、この茶碗をとっ

て、私たちの人数分を並べた。急須の蓋をとり、これに魔法瓶から湯を注ぐ。葉はもう入れてあったらしい。

「これ、毎度変わりばえせんけど、うちの方のいつもの饅頭」

と言って、ソファにかけた二子山は、頭を下げながら抱えてきた紙包みを卓に載せ、菊川に向かってちょっと押した。

「おお竹屋饅頭か、わしこれ大好物じゃけ、ありがとありがと」

と菊川は愛想よく言う。

「せえで里美ちゃん、今あんた何ぅしょうてん？」

菊川は里美に訊く。

「え、ちょっと横浜で、オフィス勤め」

里美は抽象的に言う。しかし菊川は、それで引き下がりはしなかった。

「オフィスに勤めょうてんな、ほうね。何のオフィス？」

「え、ちょっと法律事務所」

「法律事務所いうて、そりゃああれか、弁護士さんなんぞのあれか」

「はい、まあ」

「そこで何ぅしょうるん？　事務か」

「ええまあ」

「そうな仕事儲かるんか？」

「いえ、そんなことは」

「せえでも都会はええか？」

「いいえ、そういうわけじゃあ、でも横浜はちょうどいいくらいの都会で、私には住みやすい」

「横浜か、東京に近いか」

「はいまあ」

「ええ男がおる?」

「いえ、特に……」

「都会の若いもんなんぞはのぅ、頼りにゃならんで。のぅ釈内教さん、あんたも都会をよう知っとろう」

「ほうじゃな」

「最近の若いもんはのう、みな都会がええええ言うて、なんがええんかのぅ、ああなごみごみして、車ばあっかりぶうぶういうて通りょうるようなとこ」

「ここはいいところですね」

私は菊川と少しは親しくなろうと思い、そう言ってみた。事件のことを聞きたかったからだ。すると菊川は、ゆっくりとこちらに顔を向けた。その顔から、やはり笑みは消えた。憮然として言う。

「そりゃあええとこよ、当たり前じゃろうが」

笑顔どころか、憤慨したようにしか見えなかった。

「本当にいいとこー」

里美も言った。

「なんか、心が洗われるって感じ」

すると菊川の表情に、また笑みが戻る。

「ほうじゃろう、ここがええであんた、戻ってきたらどうな。こっちの釈内教さんも帰ったろうが。それが一番よ、せえで、ここで巫子をしてえな」

「巫子の人、いなくなったんですってね」

里美がここぞと水を向けてくれる。

「ほうよ、せえで困っとる、巫子さんがおらんで。あんたしてえな、あんたぁ巫子さんにぴったりじゃ」

「え、私が? どうしてですか?」

「あんたぁ立ち姿がええ、姿かたちがぴったしかんかんじゃ」

「ぴったしかんかん？」

「ほうじゃ、ぴったしかんかんかん」

菊川神職は自分のジョークのセンスに満足し、からからと笑った。

「大瀬さんを最後に見られたのは、水聖堂に向かわれる廊下の手前なんでしたね、午後四時にちょっと前……」

私は神職の機嫌がよくなったとみて、尋ねた。私の訪問の目的は、そのあたりの状況を正確に知ることだ。すると菊川は、また私のほうに険悪な目を向けた。そして怒りの混じった声で言う。

「それがどした言うんなら」

「いや、正確に状況を摑んでおきたいと思うものですから」

私は言った。

「わしが困りょうるんじゃないか」

菊川は意味不明のことを言った。

「は？」

「人が困りょうるいうのに、その言い方はなんなら！」

ついに彼は声を荒らげた。

「ですから、お困りでしょうから、大瀬さんを探さないといけないかと……」

「じゃから、おまえは警察か、いうて言うとるんじゃやわしは！」

彼はついに怒鳴った。

「はあ？」

「まあまあ沖津の宮さん、そうな大声出さんでも」

二子山が言ってくれた。

「なんがそうな声じゃ。都会のもんが、ちょっと自分が都会におる思うてちゃらちゃらしやがってからに」

見ると、菊川の小さな目が少しうるんでいる。

「菊川さん、そういうつもりはみんなないですよ」

里美が言った。

「なんがそうなつもりじゃ。そうな都会言葉ぁ遣うてからに。そうに都会の男がええんか！」

「そんなこと……」

「もうええ、みないんでくれ！　もうええ！」

菊川神職は立ちあがった。感情が激し、これを持てあまして、彼はその場でちょっと地団太を踏んだ。まだ急須からお茶も注がれていない。

「みなして寄ってたかってからに、わし一人ばぁそうに悪者にして！」

わずかに涙声になった。

「警察も偉そうに。おまえら違ういうんか。わし一人だけが田舎もんじゃいうんか。おまえらもこの出身じゃろうが、忘れたんか！　みな、良心の呵責《かしゃく》いうもんはないんか。道徳心いうもんはないんか。こうに一人でこつこつやっとるもんに対して、恥ずかしゅうはないんか。ほんま、神さんの前で、ようそうなことばぁ言えるもんよのぅ、この罰あたりが！」

その瞬間だった、どーんというとてつもない音がした。私たちも神職を追ってゆるゆる立ちあがっていたのだが、足もとを強烈に何かで突きあげられたような気がして、ちょっと体が宙に浮いた。私は尻餅をつき、里美とユキ子が、きゃーと悲鳴をあげた。見ると、みなしゃがんでいる。とても立ってはいられなかったのだ。

ざわざわと表の杉の森がざわめき、続いて無数の激しい鳥の声が続いた。いっせいに羽ばたき、飛びたっていく気配。どさどさと、雪が屋根から落ちるらしい音もする。

　足もとが揺れ続けている。最初の突き上げるような震動は一度きりだったが、以降もこまかい震えを、私は感じ続けていた。表の鳥の声はどんどん大きくなる。羽ばたく羽音も大きい。数が多いのだ。彼らも異常を感じ、騒いでいる。

　そうして、思えば私たちは待っていたのだ。何ごとか、得体の知れない出来事の到来をだ。それは長い時間だった気もするが、ほんの数秒だったのかもしれない。ごうという地鳴りの音が続いている。低いそれを、私は聞いていた。音はだんだんに大きくなる。最初は遠かったが、徐々に近づいてくる。音は大きくなる。果てしなく大きくなる。その不安と恐怖から、

「あー」

　と菊川が呆けたような声をあげる。あげ続ける。そして、その瞬間はいきなりやってきた。私たちがいる床が、突如ものすごい勢いで揺さぶられた。里美たちが悲鳴をあげ、男たちも大声を出し、私たちの体は宙に浮いて、なすすべもなく躍った。

　そばのガラス戸、そして廊下の窓ガラスが片端から落下し、がちゃんがちゃんと割れる大きな音がした。あちこちで雪が落ちるらしい重い音。何かが倒れるらしいばたんばたんという音。どこかがきしむぎいという音もする。

　激しい揺れ。揺れるなどというなまやさしいものではない。強烈な震動で視界が消える。立っていることはもちろん、すわってじっとしていることもむずかしい。女性たちがあげ続ける悲鳴も聞こえなくなった。そのくらい騒音が大きい。それ

がさらにさらに、果てしなく大きくなる、その恐怖。

自分のたてる大声も聞こえなくなった。強烈な轟音、それは聞いたこともない種類の音だった。山がくずれている、と私は直感する。立っている場所がなくなるという心細さ。安心して立っていた大地も、不動のものではなかったと知る恐怖。割れて素通しになった窓から、私は表の杉の木立ちを見た。背後の戸のガラスも、窓の硝子も消えたから、たまたま目に入ったのだ。杉の大木が、次々にゆっくりと傾いていくのを見た。

とっさに天井を見る。左手で頭をかばった。何か落ちてくるものがあるかもしれないと恐れた。これは大丈夫そうだった。しかし、部屋にはデスクの類《たぐい》がない。低い卓がひとつあるきりで、身を隠す場所はない。こういう時、鴨居の下が、落下物に当たる危険度が低いと何かで読んだ。それで鴨居の方に這っていこうとしたのだが、床は縦方向、横方向、めちゃめちゃに揺れている感じがして、とても移動などできない。その場で転がらずにいるのが精一杯だ。

揺れはどのくらい続いたのか。果てしなく長かったような気もするが、実際のところは十秒くらいのものだったかもしれない。気づくと、揺れはやんでいた。しかし、異音は続いている。ごうという音はまだおさまらず、長く尾を引いている。

「あー、終わったの?」

里美が言った。

「行った?」

二子山も言っている。ユキちゃんは、声もたてられないというふうだ。

「ユキちゃん、大丈夫?」

里美が問う。

「うん」

とユキちゃんが応えている。

「でも恐かったー」

「早く外に出ましょう、家くずれたら危ないもん」

里美が言った。

「ほうじゃ、それがええ！」

二子山も言った。それで私たちはあわてて廊下に出て、割れたガラスを踏まないように気をつけながら、玄関まで走った。

玄関のガラス戸も割れている。土間で急いで靴を履き、玄関先に出たら、里美の携帯電話の着信音がした。少し遅れて、二子山の携帯も鳴っている。

「はい、うんうん、すごかったねー、うん大丈夫、こっちは平気。ユキちゃんも大丈夫。うん、帰るから。そっちは？　平気？　そう、よかった。家壊れてない？　あそう、小ものと窓だけね、寒いよねー。だけどまだ気をつけて、また来るかも」

そんなことを言っている。育子さんかららしい。

「もしもし、うん、こっちは大丈夫じゃ、そっちは？　ほうか、地震、また来るかもしれんけ、気ぅつけて」

私は彼らから離れ、雪の上を杉の木立ちに向かって歩いた。何本か傾いている。ここは山頂で、地盤がゆるいのだろうか、大木が何本か傾いている。そして、あっと大声をあげることになった。

杉の手前で、雪を載せた地面が大きく段差を作っていた。見れば、かなり大きな裂け目ができている。裂け目を境に、向こう側の面はかなり低くなっている。高低差は、五十センチというところだろうか。だができた裂け目は深く、二メートル以上もある。そこに、今つるつると雪が落ち込んでいく。

　足を滑らせ、自分自身が落ちたりしないように気をつけながら、私は亀裂の縁に立って、恐る恐る下を覗き込んだ。そしてまたあっと言うことになった。今度の声は叫びになった。

　信じられないものがそこに出現していたからだ。埋まっていた場所が、ちょうど割れたのか。その偶然。これが神の意志というものか。幻覚かと目を疑う。そして次に、この空き地は本当にセメントが全面を被っているかと疑った。しかし、覗いた断面の上部には、厚いセメントの切断面もある。セメントの厚さは、五十センチもあるだろうか。

「何な?」

　二子山の声がする。私はちょっとだけだが、気が遠くなるような心地がした。これは本当に現実なのか?　神的なこの場所が見せている幻ではないのか。

「何ですかー?　先生」

　と里美の声もする。背後を振り向くと、二人が近づいてくる。里美は、ユキ子の手を握っている。その後ろには、茫然とたたずむ菊川の姿も見える。

「来ないで。ユキちゃん来ないで。ユキちゃんに見せないで!」

　とっさに私は叫んだ。その時の私の脳裏には、さっき龍尾館で見た、睦雄が描いたという奇怪な絵が甦って見えていたのだ。

　私の頭は混乱した。いったいこれはどうしたことか。この出来事は何なのだろう。どんな魔術で、どんな奇跡なのか。いったいどういう意味があるのか。

あの絵が再現されていた。それともあの絵こそは、数十年の時の彼方から飛来した、黙示録のような予言の風景だったのだ。

亀裂の底に、白い着物を土色に汚した、女のものらしい体が現れていた。土の間から、長い黒髪が見えているのでそう見当がつく。亀裂の底、落ち込んだ白い雪と、じとじととした柔らかな黒い泥。そしてたっぷりと水が溜った深いあたりに、もつれ、汚れた長い髪を持つ人間の体が見えていた。

大瀬真理子だ、と私は直感した。地中にあったのだ。やはり地中に埋められていた。だがどうやって埋めた。誰が？　神か？　この駐車場は、全体を厚いセメントが被っているのだ。

次に私は、別の死体がたまたま出たのかと考えた。セメントが打たれる前に埋められた死体だ。しかしそうなら、もう白骨化していなくてはならない。死体はまだふっくらとしている。肉があるのだ。ではそれほど昔のものではない。

そして、私は次第に理解した。あの絵だ。あの絵に現れていた女、あれはお胤ではない、大瀬真理子だったのだ。なんという不可解だろう！

3

「先生、貝繁の警察出ました。今から行くけど、雪道だから時間かかるって」

携帯を離して、里美が叫んでいる。

「どうやって来るって？」

私は訊いた。

「自転車だって」

「自転車？」

私は絶句した。

「何人来るって？」

「一人」

「一人?!」

「はい」

「こんな雪の中を自転車で？　それも一人だって？」

いったいどんな自転車だというのか。スタッドレスのタイヤを履き、キャタピラでも付いているのだろうか。

「みんな非番なんだって」

「死体が出たんだって、言った？」

「言いましたー。でも死体かどうか、見ないと解らないしって言ってます」

「あれが死体以外の何なんだい？」

「はいー」

「自転車じゃ無理だよ……、それで、いつ頃来られるって？」

里美はまた携帯電話に向かい、話している。それから言う。

「まあ日が暮れるまでにゃ行けるだろうと、地震でものが壊れたしって」

私は天を仰いだ。

「解った、じゃあのんびり待っていよう、切って。それから県警にかけてよ」

「県警ですかー？」

「うん、田中さんて人探そう。前の事件で会ったでしょ？　今偉くなっているって聞いたから。県警の番号解る？」

「はい。ちょうど入れてます。研修で必要かと思って」

そして里美はキーをプッシュしている。これは好都合だった。あちこちを廻されているらしかったが、ようやく話せる相手を見つけたらしかった。しばらく死体発見の様子などを話していたが、電話をこちらに渡してきた。

「先生、田中さんが出てます。警部補になったんだって」

「えっ、田中さん本人？」

それで私が出た。

「もしもし田中さんですか？　以前にお会いした、小説家の石岡ですが」

「おー、石岡先生！」

と気のよさそうな声がはるかな彼方でした。

「懐かしいですね、久しぶりです」

私は言った。

「本当に！　またこちらに？　今そっち、大きい地震があったようですが、大丈夫ですか？」

「われわれは大丈夫です。しかし、地割れがして」

「地割れ？　どこです？」

「大岐の島神社の駐車場です。以前お会いした龍臥亭の、ちょっと上の方です。大岐の島山のてっぺん」

「ああ、あそこ」

「それで、その地割れした地面から、死体らしいものが出たんです」

「死体?!」

田中は頓狂な声を出した。

「ちょうどその割れ目から？」

「はあ、そうなんです。今見えてます」

すると田中はいっとき絶句している。そんなことがいったいあり得るのだろうか、と考えているのだ。

「じゃ、ちょうど死体が埋まっている場所が割れたと？　そういうこと？」

「はいそうなんです」

「そんな偶然があるかなぁ……、それ、死体は確かですか？」

「確かめることはできません、場所が深いですから、二メートル以上あります、死体があるところまで。しかし黒い髪が見えていますし、ここでは若い女性が一人、行方不明になっているんです、三ヶ月前に。大瀬真理子さんという人です。この下の村の、農家の女性です。この大岐の島神社で巫子をしていたんです。だから、まず間違いないと思います」

「その人と」

「はいそうです」

「ふうん、面通しできる人はいますか？」

「そりゃいます。まずここの神主さん、今そばにいます。彼女の恋人だった青年も、ふもとの貝繁村に住んでいますから。さっきまで一緒にいたんです」

「そうすると、そこに埋められておったというわけですね？　その大瀬さんという人」

「いやそれが、ここ、セメントが張られてるんです、全面に。それが不思議で……」

「そのセメントの下にあった、そのホトケは」

「はいそうです」

「そのセメントは古い？」

「古いようですね」

「じゃそのホトケは骨ですか？」

「いやそれが、肉があるんです」

「なに……、どういうことかいな。殺しです

「待てます。田中さんご本人がいらしてくださるんですか?」

「行きます」

「それはありがたいです。警部補になられたとか」

「はあまあ、人がおりませんのでね」

「大瀬さんの恋人だった男性、黒住さんと言いますが、呼んでおいてあげてもいいでしょうか?」

「呼んでおいてください。しかし、遺体にはいっさい触れんようにお願いします。誰にも手を触れささんように」

「解りました。どうせ手は届きませんから」

「ああそう」

「あの、以前の鈴木さん、福井さんなどは?」

「ああ、あれらはもう退職しました」

「そうですか」

か?」

「そんなこと、われわれには解りません。ともかくすぐ来てもらえないでしょうか。貝繁署の人が来るという話なんですが、自転車で、しかも一人というんじゃ間尺に合いませんから」

「解りました。しかし大雪で、そこまではどうも車ではよう行かんようです。そっち、雪の状態はどうですか? 道」

「今朝除雪車が出て、掻いてくれています。だからこのあたりは走れます」

「どこの除雪車です?」

「津山市役所と聞きましたが」

「津山ね、解りました。それならすぐ電車で津山まで行って、津山署の四駆で行きます。県警から、津山署の人間何人か借りて行きます。一時間くらいで着けるでしょう。待てますか?」

「じゃ、すぐに出ます」

「お願いします」

電話を切って、里美に返した。

「黒住さんにかけて、すぐここにくるように言ってくれないかな。大瀬さんらしい死体が出たって」

「解りました、いいんですか?」

「うん、今了解取ったし、彼氏には役に立ってもらわなくっちゃ」

「どういうふうにですか?」

「二子山さん、菊川神職から目を離さないで。彼は一応容疑者だから、死体に手を加えたり、逃亡したりという可能性がなくはないですから」

私はそばにいた二子山に言った。

「はぁほうですか、解りました。でも神職が、どうやってセメントの下に死体を埋めるん?」

「それが解らないんです。だから彼は違うのかもしれないけど、念のためです。えっと里美ちゃん、なんだっけ」

「黒住研《けん》ちゃんに、なんの役にたってもらうの?」

「神職を見張るんだよ。だから男手が欲しいよね。今二子山さんしかいないもの」

「ああ、はーい」

この役目に、彼こそはうってつけだった。徹底して見張ってくれるだろう。

「ユキちゃんはお母さんのところに帰した方がいいな。彼を呼んだら、交替して、君がユキちゃん連れて龍臥亭に帰っててくれないかな」

携帯電話をプッシュしている里美に、私は言った。

「うん、はーい」

そして黒住が出たようだった。

「あ、研ちゃん？　里美だけど、大変なの。今大岐の島神社なんだけど、ここの駐車場の下から、死体らしいものが出たの」

相手が息を呑んでいるふうの気配。

「そう、今の地震で。地震で駐車場地割れして、そこから」

そしてまた時間が空く。

「え、そんなのまだ解んない。うん、うん、女の人みたい。だから、研ちゃんに真っ先にって思って。今から警察の人とか来るから。うん、うん……、あ、そうね。ちょっと待って」

里美がまた携帯から顔を離し、こちらに問う。

「貝繁の駐在所の巡査さん、自分が迎えにいって、車で運んでこようかって、先生」

「ああ、それはいい考えだね、お願いしてよ」

「はい」

二子山を見ると、菊川神職のところに行き、並んで立ち話をしている。

「終わったら、龍臥亭にも知らせといた方がいいよ。日照さんの耳にも入れておいた方がいいと思う」

「はい」

里美は電話を切って、またプッシュしている。

私はまた死体の方に戻り、亀裂の縁にしゃがんだ。気味が悪かったが、もうだいぶ馴れた。泥に埋まっていて、顔はまったく見えない。足らしい部分が着物の下からのぞいているが、かなりミイラ化していて、女の足には見えない。

恋人の死体を見たら、黒住はどう思うのだろう。さぞ辛いに違いない。それを思うと胸が痛む。しかし、呼ばないわけにはいかない。

「先生、足立《あだち》さん、来るって」

「足立さん？　誰？」

「日照さん」

「ああ、日照さんか」

「石岡先生、神職が中に入る言うてじゃけ、ちょっと今から中へ入って、宮中の割れた硝子なんぞ片づけるの、みなで手伝うてあげょう。どうせ外は寒いけね」

二子山が大声で言ってきた。

「そうね、火のもとも心配。さっきあわててたから見てない。急ぎましょ」

里美が言う。

それは大変だと思い、私たちは全員で建物の中に戻ることにした。もう地震も来そうではない。しかし、表の死体を誰も見張らずにいるのは心配だった。

「菊川さん、ストーヴ」

家の中に入ると、里美が真っ先に言う。しかし菊川はぼんやり廊下に立ち、動こうとしない。

「なんでなんかのぅ」

と言いながらじっと立ち尽くしている。それで里美がさっさと応接間に入っていった。

「消えてる、自動消化なんですね、よかった」

と出てきた彼女は言った。

菊川はよろよろと歩き、突き当たりにある物入れの戸を開けて、箒とちりとりを持ち出し、戻ってきて、ゆるゆるとした仕草で廊下のガラスを掃きはじめた。そして低い声でさらにぶつぶつと言う。

「なんでじゃ、わし、訳が解らん」

私が見ている限りでは、彼のこの様子は演技ではなかった。心の底から驚き、不思議がっていた。

「もう一本ある？　箒」

二子山が菊川に訊いている。しかし彼は返事をしない。それで二子山は自分で行って、同じ物入れからもう一本箒を取って戻ってきた。彼も掃きはじめ、里美とユキ子は、窓の桟から割れ残ったガラスを抜いている。

「ユキちゃん、指気をつけてね」

里美は言う。

「うん」

ユキちゃんが応えている。

「しかし解らんなーほんま、なんでああなとこに埋まっとったんじゃろう」

作業しながら二子山も言う。

「なあ菊川さん、あれ、大瀬さんかいなぁ」

すると菊川は強い声を出した。

「違う、ありゃあ真理子じゃあない！」

その声に、みな一瞬手を停め、菊川を見る。しかし菊川はうつむいていて、誰のことも見てはいない。

「違うんな？　ほいじゃあ誰？」

二子山が問う。

「解らん、わしゃなんも解らん。人間わざじゃあない、八百万の神さんじゃ、やれ恐ろしや」

「ほんま、恐ろしいことじゃなぁ」

二子山も同意する。そして二人は、がちゃがちゃと音をさせてガラスを掃く。

「あ、それ、私がやります。菊川さん、ほかのもの見て廻ったらどうでしょう。家の中、壊れているものあるかもしれないでしょ？」

里美が菊川に言う。しかし菊川はしばらく反応せず、茫然としている。かなり経ってから、はっと気づいて言う。

「ほいならわし、ゴミ箱持ってくるけ」

言って菊川は物入れの前は通りすぎ、よろよろと奥に消える。私は逃亡を警戒したが、間もなく彼は木箱を抱えて戻ってきた。私はじっと彼の動きを見ていたのだが、その挙動はあきらかに少しおかしい。ふらふらしているし、なかば以上気を失っているふうだ。

「これに入れといてぇなガラス。あとでわしが捨てとくけぇ」

彼は言い、廊下は里美と二子山にまかせ、大広間に向かった。ところが敷居の段差につまずき、彼はどうと畳の上に倒れ込んだ。おやと思ったことには、彼はそのまま立ちあがろうとしない。そうしてぶるぶると震えはじめた。

一番最初に異変に気づいたのは私だった。それで急いで彼のそばに寄った。二子山も、里美も寄ってきた。菊川は、ヤニの浮いた歯を食いしばっていた。その歯の間から、こんなことを言う。

「真理子が帰ってきた。真理子が、いけん、真理子が帰ってきた……」

そして見ている間に、彼の顔はどんどん赤くなってくる。血が昇ってきたのだ。

「あっ、いかん!」

と私は叫んだ。痙攣は強くなり、みるみる全身に及んでいく。そしてうーうーと、彼は大きな声をたてて呻きはじめ、食いしばった歯の間から少し泡を噴いた。

「二子山さん、みんな来て! 体を押さえて!」

私は叫んだ。しかしこれは、考えようによってはチャンスだった。

「あなたが埋めたんですか?!」

大声になって、私は菊川に訊いた。

「わしじゃあない、わしじゃあ……」

食いしばった歯の間から、切れ切れの声で彼は言う。泡があたりに散った。

「では誰です?」

「知らん、わしゃ知らん!」

彼は悲鳴のような大声を出す。

「どうやって埋めたんです? あんなセメントの下に」

さらに訊いた。

「知らん、わしゃ解らん!」

彼は絶叫した。

「では誰が知っています?」

きゃっと里美が言った。足を押さえていた彼女が、激しい痙攣の動きを制しきれなかったのだ。

「知らん、何も知らん、おまえは警察か!」

彼は叫び、そして悲鳴をあげて、言葉は何も話せなくなった。口からの泡は大量になり、体がみるみる弓なりに反りはじめた。痙攣はやみ、震えがこまかくなった。

「あ、駄目だ、やっぱり癲癇《てんかん》だ!」

私は叫んだ。

「何か嚙ませるもの! 舌を嚙んでしまう!」

歯の間から舌が覗く。危険のサインだ。二度三度、菊川は自分の斎服の胸のあたりを叩く。

「そこ、何か入っとる!」

二子山が言い、そのあたりを探った。そして、二十センチくらいの長さの棒を抜き出した。

「嚙ませて!」

言って私は、菊川の顎のあたりを持って、口を広げさせようとした。しかしこれは容易ではなかった。歯を食いしばろうとする筋肉の勢いは強烈だった。

「二子山さん、上顎持って。ぼくが下顎さげる。里美ちゃん、その棒、歯の間に入れて！　無理にでもこじ入れるんだよ。指嚙まれないようにして。だけど指、嚙まれないようにして！」

それで私は彼の顎に、全体重をかけてのしかかった。今や菊川の顔は、異様なまでに真っ赤だ。そして表情がまるで変わった。それは赤鬼のような、恐ろしい形相だった。これはもう菊川ではない、何か悪いものが降臨し、彼に取り憑いたとしか見えなかった。それとも、彼の内側の悪魔が表に露出したのだ。

背後を見ると、ユキちゃんは怯えて彼方に避難している。それが利口だし、ありがたかった。里美が悲鳴をあげながら棒をこじ入れている。くそーっと二子山も叫んで声をあげる。私も少々乱暴になり、力まかせになった。人の顔というものは、そう思って扱うと、なかなか力を込める場所がないものと知った。

「入ったーっ！」

里美が叫び、さっと肩まで両手をあげる。見ると棒はしっかりと上下の歯に嚙まれ、この様子なら、はずれる気づかいはない。スペースができ、どうやら舌は安全になった。

「これで大丈夫だよ、放っておけばじきにやむよ」

私は言い、みんなほうと溜め息をついた。

「しっかし、危ないわなこりゃ。癲癇持ちいうのは聞いたことがあったけど、命取りになるで。もしも舌嚙んだら、一人暮らしじゃろう」

二子山が言う。

「ほんとー、危ない」

里美も言う。

「こりゃ、ほんまに何も知らんような感じじゃね、この人」

二子山が私に向かって言った。この男は犯人ではないと、二子山はそう言いたいのだ。たぶん、同業者を悪く言いたくないという心理もあるのだろう。まして菊川は聖職者だ。しかしその点私も同感だったので、ひとつ大きく頷いてみせた。その上でこう言った。

「でもそうならもう、誰にも解りませんね、どうしてあんな厚いセメントの下に死体が入っていたのか。この駐車場、土がむき出しした場所はないんでしょう」

「ないない、一箇所もないよ。家の軒下にもない」

二子山は手を振って言う。だが考えてみれば、あったところで仕方がないのだった。発見されたあの場所の真上にセメントがない必要があるのだ。どこかに土がむき出した場所があるにせよ、遥かに距離が離れていたのでは意味がない。延々とトンネルを掘っていかなくてはならない。そんなことは個人の力では到底できないし、必要もないだろう。起点の場所に埋めたらいい。では熊笹の斜面から掘っていったか。事件当時、そういう痕跡はまったくなかったと黒住は言っていた。

「この神社の下に地下道とか、地下の隠し部屋の類は」

「ないない、そうなもな、いっさいないです」

二子山がまたひらひらと手を振りながら言う。だがそれが、二子山に解るのだろうか。

「一応大社さんが派遣したことになっとるんです、菊川さんは。じゃから、大社さんが徹底して調べますここ、最初に。もしもそうな話がありゃ、大社さんは必ず知っとるし、わしらの耳にもいつか入ります、絶対に入ります」

二子山は言う。

4

やがて、黒住が運転する四駆の軽自動車が、大鳥居の横に現れ、雪の駐車場に入ってきた。菊川神職が落ちついたので、彼は里美たちにまかせ、死体を見張っていようと、ちょうど私が表に出たところだった。

私の方で寄っていったので、車は、沖津の宮からはかなり離れた、駐車場のとっつきのあたりに停まった。先にドアを開けて出てきたのは黒住だった。この時、彼の顔にはまだ少し笑みがあった。そして私に会釈をしてきた。

続いて助手席のドアが開き、見るからによろよろとした挙動の、老人の巡査が出てきた。痩せて腰の曲がった人物で、これは危ないなと思っていたら、案の定雪に足を滑らせ、転んだ。あわてて駈け寄っていき、私が背後から抱き起こした。

「大丈夫ですか」

と問うと、

「痛え!」

とひと声言った。そして怒ったように私の腕を振り払い、死体と反対の方向にゆるゆると歩いていく。どこに行くのかと思い、見守っていると、しばらく行って立ち停まり、きょろきょろとする。しばらく周りを見ていたが、ゆっくりとこちらに振り向き、

「どこへホトケがおるんなら!」

と大声を出した。私はそれで、地割れと死体が

ある反対方向を指差した。すると彼はまたゆっくりと戻ってくる。そしてこうわめくのだった。

「なんで早うそれを言わんのなら！」

彼はゆっくりと地割れの方角に向かっていく。

黒住が私に言う。

「今そこに、日照さんがおっちゃったけど、乗る？　いうて訊いても、ちょっとこの辺見たいからと言うて……、ああ来ちゃった！」

大鳥居の下に、コートを着た日照の姿が現れた。紫の風呂敷包みをさげている。雪の道は馴れているとみえて、やや足を引きずりながらも、かなりの歩速でこちらに近づいてきた。

「ありゃあありゃあ、あんたらぁ、大丈夫じゃったな？」

日照はまだ距離があるうちから、大声で言ってきた。

「えらい地震じゃったのぅ、わしんとこの寺も、ようにガラスが割れてしもうた」

彼は言う。

「ガラス屋が儲かるでぇこりゃあ、地震様々じゃ。おおこの玄関も割れとる」

「中はもっとひどいです。廊下のガラスは全滅です。でもこっちはみんな無事です。菊川さんがさっき癲癇起こしたけど、もう治りました」

「癲癇？」

「ええ」

それで私は、さっきのいきさつをかいつまんで話した。

「ほうね、癲癇持ちか、ここの神職は。昼飯ぅ持ってきたよ、おにぎり。育子さんらが作ってくれたん。どうせここら、食料ないじゃろうけ」

「ああ、ありがたいですね」

私は言った。言われてみればけっこう空腹だった。

「ホトケさんがまた出たん？」

日照は言う。

「はい、あっちです」

私は言い、それで私たちは揃って歩きだした。するとたちまち、先を行く老巡査に追いついていく。彼は歩速がずいぶんとゆったりしているからだ。この人が自転車にうち跨り、この雪の山道を、ここまで登ってくるつもりだったのであろうか。日暮れどころか、到着はあさってになるであろう。

「先にホトケのあり場所を言わにゃあ、こっちゃあ解りゃあせんじゃろうが！」

彼がそう独り言を言うのが聞こえてきた。かんかんに立腹しながら、彼は歩いていた。

「そうな簡単なことが解らんけぇ、素人いうもなぁ始末におえんのんじゃ」

「こりゃだいぶ怒っとってじゃ」

日照が小声で言う。

「聞こえますよ」

私もささやく。

「聞こえん聞こえん、耳もろくに聞こえとりゃせんのじゃから」

日照は言う。

「はあ」

しかしそのような人間が、何故よりによって警察官をやっているのか。強盗などを前にしたらどうする気か。

「あの人は昔、鬼の憲兵でならしとった一家の人じゃから、世の中ぁ威張らんといけんもんと思うとる。じゃからまあ、こっちゃそのつもりでたてしてあげんと」

住職は言う。

「はあ」

「あの手は多いでぇ、田舎にゃ」

「はい」

黒住も言って頷いている。

「それで警察は？」

住職は訊く。

「いや、ですから……」

私は前方を行く警官を指さす。

「いやあれじゃあのうて、もっとまともなもんは」

「じきに来ます。岡山の県警と、津山署が。あと三十分くらいという連絡なんですがね」

腕時計を見ながら私は言った。

やがて地割れが見えてきた。すると、さすがに老警官の歩速も早くなる。

「あれか！」

彼が言い、

「あれじゃな」

日照も言う。

「また、えらいもんができたもんよのぅ」

私は黒住を見た。彼は地割れを見ても口を結び、何も言わなかった。

「地割れ、いうもんができとる……」

老警官は、鹿爪《しかつめ》らしい顔でそうつぶやいていた。

近づくと、地割れを覗き込もうとしてそろそろと縁に寄り、身を屈めようとした時だった。つると足を滑らせ、地割れに落ちたのだった。

「あっ」

私は言った。

「ありゃあありゃあ！」

日照は言った。

「落ちんさった」

そして私の方を向いて小声になり、こう言う。

「こりゃあ使いもんにゃあならんで、早うまともな県警に来てもらわんと」

「あ痛、あ痛、こらっ、痛いじゃあないか。早う助けぇ！」

彼は穴の底でも、そう威厳をもって怒鳴るのだった。それで私は、すぐにこう応じた。

「今助けます、あんまり動かないようにしてください、現場を保全しなくちゃいけません、県警にそう言われて……」

「わし、足をくじいたじゃないかぁ、痛ぁ、痛ぁ、早うせいこら、すみやかにせぇ！　ぐすぐずすな！」

「こりゃ全然聞いとらんな」

日照が言う。

「聞こえないんでしょうかね」

「研ちゃんあんた、家ん中に行って、ロープを借りてきて。お巡りさんが穴ん中へ落ちんさったけぇ言うて。二子山さんもおるんじゃろ？　中」

「います」

私が言った。

「せえなら急いで！」

「解りました」

「こらぁ、こらぁ！」

老警官はわめく。

「もうちょっと待ちんさいあんた、今ロープぅ持ってくるけぇな。まんだ手が届かんがの、今は」

住職は穴の中の巡査に言い、黒住は、雪の上を小走りになっていく。そうしている間にも、雪や冷水が穴に落ち続け、警官の頭にどんどんかかっていく。警官はこれでかんかんに腹を立てた。

「こらぁ、こらぁ、何ぅしやがるか。警察官に対して無礼じゃろうが！」

警官はわめき続ける。

「わしら、なんもしょうりゃあしませんで」

日照は言う。やがて黒住を先頭に、二子山や里美、ユキちゃんなどが家から走り出てきた。

「お巡りさん、落ちちゃったんね！」

二子山が叫ぶ。その手には太いロープが握られていた。

「落ちた落ちた」

日照が言う。

「うまいこと落ちちゃったよ」

と不謹慎なことを言った。

「なかなかええもんなかったが、太いんがあった」

言いながら二子山は私のそばに来て、私の体にすがり、三メートルほどのロープを穴に垂らした。

「これを摑んでならええわ、お巡りさん！　今引き上げるけ」

二子山は下に向かって叫ぶ。里美は、ユキ子の手を持ち、穴のだいぶ手前で立ち停まっている。

「でも、なんで落ちんさったん？」

二子山は私に訊く。

「いや、なんでて、足を滑らせて」

私は言った。別に突き落としたわけではない。

「こら、この綱、太いじゃあないかぁ！」

穴の底で老人は叫んでいる。

「あんた、こうな時、そうな贅沢言わんと、早う摑まりんさい！」

日照がさとしている。

「可愛うない爺さんじゃ」

「ええんな？　引いても」

下を覗きながら、二子山が訊く。

「よし、引き上げちゃろう、引いて！」

それで私たちは、滑りそうになる足もとに気をつけ、二子山、日照、黒住、それに私などで綱を引いた。老人の身は痩せていて軽いから、これだけ頭数が揃えばたちまちあがってくる。警察官の頭が覗いた。感心なことに、まだ警帽をかぶっていた。彼はほうほうのていで雪の上にあがると、下を指さし、怒ったようにこうわめく。

「おい、下にあるありゃあ、死体じゃあないんか?!」

「あんた、それであんたに来てもろうたんじゃが」

日照が言った。

「忘れちゃったん？」

「痛い、痛い、わし、足をくじいてしもうたじゃあないか、このくそ！　よう動かんわ」

「そいじゃあ、わしが肩貸してあげるけ、あの家の中に入って休んどりましょう。もうすぐ県警と、津山署の人が来てじゃから」

二子山が言い、すると警官は、

「ええい、しょうがないわ！」

とひと声わめいてから、二子山と日照に抱えあげられて立った。二子山が肩を貸してやり、二人はそろそろと菊川の家に戻っていった。ちょっと見送っていたが、心配になったと見え、日照和尚も後をついていった。それを見て、里美たちもなんとなく後を追って家に入っていった。それで、表は私と黒住の二人だけになった。

見送ってのち視線を戻すと、黒住は亀裂のそばにしゃがみ込み、一人じっと穴の底を見ていた。それは、大瀬真理子のものと思われる死体があるあたりだった。私はいいようもなく不穏な気配を感じて、ゆっくりと彼に寄っていった。

黒住の背後に着き、なんと言ってよいか解らなかったから、しばらく黙って立っていた。彼はじっと、女のものと思われる黒い汚れた髪を見ていた。髪の一部は乾きはじめていて、どうした理由からか、そういう部分は白く見えている。たぶん、粘土質の土のせいなのだろう。

「どうしてここに埋まっていたんでしょうね」

私は、抱いている一番の疑問を口にした。物理的にあり得ないことだった。しゃがんだ黒住の頭が眼下にある。見ていると、それが黙って左右に振られた。そして黒住は、そのまままた沈黙を続けた。

「真理子さんですか？」

私は訊いた。黒住はしばらく微動もしなかったが、やがてゆっくりと頷いた。

「そうです。着物の下にトレーナーが見える。あれ、あの日にあいつが着とったトレーナーです」

「着物の下にトレーナーを着るものなんですか？」

私が訊くと、彼は首をゆっくりと横に振る。

「知りません、ぼくは」

彼はゆっくりと立ちあがった。

「あの上に、赤い袴を穿くんですね？」

「そうです」

彼は言った。

「ぼくは、なんもしてやれなんだ。あれ、けっこう悩んどるようじゃったのに、ここ辞めさせることも、あそこの家の田んぼ耕してやることも、金貸してやることも、爺ちゃん婆ちゃん見舞いにいってやることも、なんもせなんだ。なんもせずに、殺してしもうた」

「しなかったんじゃない、できなかったんでしょう。君はまだ若いから」

「そうです、ぼくは若いから」

彼は私の言をそのまま受け入れ、頷いた。

「君はこれからするところだったんですよ。結婚したら、してあげることは山ほどあった」

「そうです、山ほどあった。でも、今でもできることはあったんだ」

「そうかな」

「少なくともこんなふうに、見殺ししかできなんだとは思わんです」

私は言うことがなくなり、黙った。

「いくじがなかったから、ぼくは」

言って彼は、杉の大木を見あげた。

「そうではない、そうは考えない方がいいよ」

私は言った。黒住はゆっくりと視線を降ろしていった。

「今も、できることはないんかな」

つぶやくように、彼は言った。

「いい葬式をしてあげることです。そして……」

私が言うと、彼は視線を上げ、私を見た。

「そして？」

と訊いてくる。

「犯人を……」

「犯人を？」

言って、彼は燃えるような目で、じっと私を見た。

「犯人を……」

私が言いかけると、彼は大声でこう叫んだ。

「ぶっ殺すことだ！」

彼はだっと走りだそうとした。とっさに、私はその肩を抱きとめた。

「待て！」

「あいつをぶっ殺してやる！　離してくれ！　真理子を殺した菊川、ぼくが殺してやる！」

「待て、ぼくの話を聞け！」

「嫌です。ぼくらの夢、あいつはすべてぶち壊した。あいつ、毎日語っていたのに。これから一緒にどこに住んで、田んぼをどんな格好に変えて、野菜用の温室作って、家、どんなふうに改造してと、そういう夢、語っていた。それがみんな駄目になった！　離せ！」

彼は激しくもがき、私の手をふりほどいて走りだした。私は追って走り、その足にタックルをかけた。二人で、雪の上に激しく倒れ込んだ。

「離せ！　なんでこうなことするんです?!　あんたにはぼくの気持ちなんぞ解らんじゃろう?!」

「解る！」

私は叫んだ。

「解る！　だからとめるんだ、聞け！」

「え……」

彼は言い、体から力を抜いた。

「ぼくにも同じ経験がある。ぼくはそれで二十年以上苦しんだ。夜も眠れなくて、眠れなくて、眠れなくて、苦しくて、鬱病になって、何度も死のうとした。ぼくも同じだった。君と同じだったんだ」

「え……」

「人を殺す苦しさ、君は知らないだろう。苦しくて、苦しくて、冷静にならなかった未熟な自分を、何度悔やんだかしれない。何度、幾晩、歯を食いしばって泣いたかしれない。あの時冷静になっていれば、あの時によくよく考えていれば、友達の助言をちゃんと受け入れていれば、何千回そう悔やんだことだろう。だが、もう取り返しはつかない、やってしまったことは、その事実は、もう二度と消せない」

沈黙。私はゆっくりと身を起こした。彼もゆるゆると立ちあがる。

「君はまだ十九だ。ぼくはもう五十を過ぎてしまった。あれは若い頃だ。君と同じように若い頃。三十年も昔。だから、ぼくの言うことを聞いてくれ。聞いてくれないか？」

「はい」

彼は言った。そう応えた彼の瞳から、涙がひと筋こぼれた。

「聞きます」

「あいつは、菊川は、悪党なのかもしれない、いやきっと悪党なんだろう、君が言うんだから。だけど、今はまだ全然証拠がない。自白もないし、第一あれが真理子さんかどうかもまだ解らない」

私は死体の方を指さした。

「真理子です」

彼はきっぱりと言った。

「ああ、そうなんだろうね、真理子さんだろう。きっと、君ならきっと解るんだろうな」

「解りますよ、間違えるわけがない。髪の感じ、額の様子、耳たぶ、どんなに汚れていても、たとえ腐っても、ぼくには解る。先生だってそうだったでしょう」

言われて、私は心臓をナイフでえぐられる心地がした。実際に、胸部が激しく痛んだ。

「ああ、そうだったな……。そうだ、馬鹿なこと言った。本当だ。そうだ、解るよね、当然だ」

「はい、解ります」

「でもどんな理由があろうと、人を殺せば、いや殴ったり、傷つけるだけでも傷害だ。まして殺せば即監獄だ、相手がどんな悪党でもだ。この意地悪な世間で、こんな地方で、前科を持って生きていくのは大変だ。加えて菊川は老人で、癲癇持ちだ。弱者なんだよ」

「弱者？　あいつが⁈　金貸しのあいつに、傲慢なあいつに、どれほど泣かされた人間がいるか」

「傲慢でも、肉体的には弱者なんだ、裁判所はそう言う。暴力に訴えたら、それはもうその人間の負けなんだ。収監されなくたって、人を殺した人間の生活は地獄だ。まして今あそこには警察官もいる。研修前の弁護士もいる。これから県警も、津山署員も駈けつける。世にも最低のタイミングだよ。ここは冷静になって欲しい」

黒住は、うなだれて聞いていた。

「解るね？」

しかししばらく、彼は返事をしなかった。ずいぶんして、こんなふうに言う。

「正直なところ、解りません。先生の言われること、解らんです。待って、何か変わるんでしょうか。待てば、真理子が喜ぶんでしょうか。待つことなんて、女でもできる、それは臆病じゃないんでしょうか」

「刑務所に入ることが勇気だと？」

「そうは言っていません。ただ、入らないことは臆病じゃないのかと、そう言っているんです」

「じゃあ君は、それを覚悟の上でと？」

「そりゃそうです、当たり前じゃないですか！　だって、真理子は死んだんですよ！」

涙のいっぱい溜った目で私を見据え、彼は叫び、穴の底を指さす。彼の唇が、わななくように震えた。

「先生も、自分の大事な人が殺されて、黙って待ちますか？　その怠惰を、その女性も望んでいるなんて言われて、納得しますか？」

彼の頬を、またひと筋、涙が流れた。私はもう何も言えなかった。確かに、これは自分の場合とは少し条件が違うと思った。

「少なくとも、犯人が特定されるまでは」

私はやっと言った。

「特定されますか？」

彼は訊いた。

「される」

私はきっぱりと言った。

「特定されるとも！」

しかし黒住は、弱々しく首を左右に振った。

「菊川は、そりゃあ狡猾なやつなんです、古ダヌキ。言い訳の天才ですよ。法律にもよく通じている。絶対尻尾を出しゃしません」

「金貸しの方はそうでも、この死体の件は……」

「この死体がそうですよ。どうやってあいつがやったと証明するんですか？　こんなセメントの下ですよ。厚い厚いこのセメント、いったいどうやってその下に遺体を入れるんですか？　法律のことはよう解らんけど、裁判で有罪を証明されんといけんのでしょう？　どうやって証明します？　どうやって死体、この下に入れるんです？　それもあいつが一人で。あいつはものすごくずる賢いやつなんだ、ものすごく巧妙です。氏子の味方も多い。利用価値あると見たら、銭で手なずけとる。無理ですよ、とっても無理だ」

私は、なんと言っていいか解らず、また黙ることになった。確かにむずかしいケースだと思った。

「まあ、ほかの人の言うことなら聞かんけど、先生の言うことじゃから……」

黒住は言ってくれた。

「じゃあ、ぼくを信じて待ってくれませんか。彼がやったことを、きちんと暴いて、必ず法に処断をゆだねさせる。きっと納得するよ。真理子さんはそれで納得してくれる。今は手を出さないで欲しい。だから待って欲しい」

私は言い、黒住は、黙って頷いた。

「さあ、じゃ、家の中に入ろう」

私は彼に言った。

5

私は黒住をともなって沖津の宮の建物に入った。

みなは、割れた窓ガラスにセロハンテープを使って紙を貼っていた。厚紙を使う者もいたが、これはそうそう量はないから、とりあえず新聞紙で間に合わせることもしていた。作業が進むにつれ、室内はだんだんに暗くなっていく。

黒住は二子山の作業を手伝いにいった。菊川はもう回復したと見え、いそいそ動いて、みなに紙を用意していた。足をくじいた老巡査は、ストーヴのある部屋のソファに寝ていた。

私は、ちょうど作業が一段落したふうの里美の袖を引き、人のいない大広間に連れ込んだ。ユキちゃんは、二子山の作業の手伝いにいった。

「里美ちゃん、ちょっと訊きたいんだけど」

「え、なんですか先生、私で解ることですか」

里美は言う。

「君じゃないと解らないことなんだ」

私は言った。

「今、黒住さんに聞いたんだ、菊川さんのこと。非常に問題の多い人だという……」

そして声をひそめた。

「表の真理子さんも、彼がどうかした疑いがあるということ」

「ああ……」

里美も沈んだ声になった。

「君も？　聞いているの？」

「聞いたことはあります。それは私も考えていました」

私は沈黙し、しばらく考え、それから言った。

「昨夜《ゆうべ》君、まだ死体がないし、菊川の自白がないから起訴はできないと言った。でも死体はもう出た。それはあれが大瀬真理子さんであるかどうかまではまだ解らないが、黒住さんは絶対に間違いないと言う。もしこの点が確認できたなら、菊川を起訴できないだろうか。君がもし検察官だったら」

「それは無理です」

里美は即座に言った。

「でもさ」

急き込んで、私は言った。このままじゃ彼があんまりだ、と言おうとして言葉を呑んだ。情緒的なことを言っても仕方がない。

「自白がなくたって裁判は開けるでしょう？」

「それはもちろんそうです。被告が何から何まで認めていれば、法廷審理の必要はないです。でも、検察には立証責任があるんです」

「ああ」

私は頷いた。

「先生、訴因はどうするんですか？」

「ソイン？」

「何の罪で菊川さんを訴追するんですか?」

「だから、真理子さんの殺害」

「ですよね。では菊川さんが、いつ、どこで、どうやって真理子さんを殺したか、そういうストーリーを、検察側は作らなくてはなりません。不明の事柄があってはならないんです」

「だってそれは、逮捕して尋問したらいいのでは」

「そうですけど、やみくもは駄目です。あんまり当てずっぽうだったら、逮捕状だって出ません」

「それ誰が出すの?」

「裁判官です。それにここには大きな障害があります。それもいくつも」

「何?」

しかし私にも、それは見当がつく。

「どうやって菊川さんが、こんな厚いコンクリートの下に真理子さんを埋めたんです? 菊川さんを起訴したら、あの人の弁護士は必ずここ、突いてきますよ」

私は黙って頷いた。

「ま、そうだね……」

「それに、いつ殺すんですか? 真理子さんが消えた時には、この山の周囲には大勢の氏子さんがいたんでしょう? それに、神殿からはずっと太鼓の音が聞こえていたっていいます。殺す時間も、隠す時間も場所もないです。これでは訴因のストーリーが書けません」

「でも、姓名不詳者とかって事件が過去に……」

すると里美は身を折って笑った。その時、私ははじめて、里美がもう自分などの平凡な能力の者では手の届かない、遥かに遠い存在になった気がした。私の目の前には法律の専門家がいた。

「姓名不詳者が、不詳の方法によって、不詳の場所で大瀬真理子を殺害したって書くんですかー？　それでは誰を訴えるんです？」

私は唇を嚙んだ。私があまり長いこと黙ってしまったので、里美が言った。

「あ、先生ごめんなさい。生意気なこと言ってしまって」

「いや、いいんだ、その通りだから。でもそれなら、高利貸し行為の方向からでは……」

私は、苦しまぎれに言った。

「はい、そうですね、そこにもし何らかの違法行為があれば、別件でっていう……」

「いや、それは駄目なんじゃ」

言いながら入ってきたのは、日照和尚だった。

「菊川のことなんじゃろう？」

言いながら、彼は近づいてくる。

「あんまりこういうこた言いとうない、よその神さんの家で、おまけに坊主が。こりゃあ宗教戦争じゃがの」

言って顔を近づけ、小声になる。

「あの人のことは、わしもよう聞いとるよ。今まで言わんつもりじゃったけど、これまでにいろいろやっとる、金貸し、人も泣かしとる、女にも悪さしとる、あんたらちょっとこっち、もっと離れよう」

そして日照は、大広間の隅までわれわれを導いた。

「じゃからわしもこれまで、それとのう菊川のこと調べてみた。最初はかなりの暴利を取っとった。人を使うて、携帯電話のネットワークを使うて、こっそり金を貸すというようなこともしとったらしい。それでもな、それらみな合法なんよ。法律が変わって、金利がここまでとなったら、即刻もうその数字ぎりぎりに下げる。切り替えるんよね。そりゃあ変わり身が素早い。絶対に尻尾は出さんのよ」

「ああ、それじゃあ……」

里美が言う。

「うん、それに、使うとった者はみな菊川自身が弱みを握っとる者ばっかりで、適当なとこで人間をとっ替えひっ替えするんよ。絶対に深みの関係に塡まらん。人を信用せん。また払いはよかったらしいけね、悪う言う者はおらん。こっちの、金貸しの線はちょっと無理じゃな」

「ふうん」

私は腕を組んだ。

「では、真理子さんの方は……」

「あああ、そりゃああるがなぁ」

すると日照は即座に言った。

「かなりしつこく迫っていたというんでしょう？ではそっちの線から……」

「ただ迫るってだけでは犯罪にはなりませんけど」

里美が言う。

「まあ、そうじゃあないけど……」

日照は言う。

「そうじゃあないって？」

「うんまあ、そりゃ、そうじゃあないが……」

「そうじゃないっていうと、どうなんです？」

私が訊いた。妙に歯切れの悪い言い方だった。日照は腕を組んでいた。かなりの間黙り込んでいたが、言う。

「あの子の家の田は、ちょっと変わっとるんよね」

と和尚は全然関係のない話を始めた。

「はあ?」

「保湿がようない、水をよう吸うんよね、土が。じゃからすぐ田から水が抜ける、手がかかるんよ。それでみな嫌がるんよね」

「みなって、誰です?」

「農業耕作法人」

「農業耕作法人?」

「うん」

「なんです? それ」

「最近はなぁ、ここらの農業も変わったんよ、がらり様変わり。規制緩和でな、企業が四十九%まで農地に投資ができるようになった。まだ農地の保有はできんけど、たぶんじきそうなるよ。それでどんどん企業が農業に乗り出すようになっとるん」

「ほう」

「建設会社なんかがなぁ、工事現場の効率ノウハウ持ち込んで、機械化農業をやるようにもなっとる。でもそりゃあ里の方の話で、ここらはまだ企業はよう入らんの、山間地じゃから。ちょっと雪が降りゃあんた、県警もよう来んようなとこじゃろ? 警察官いうたら、隣で寝とるような半分死にかけとる爺さん。おまけにみな高齢化じゃろ、もう耕作放棄地がだんだんに出てきとる。みないっとき機械を買うたけど、それらの設備投資で全部赤字。農業はもう割に合わんのよ。

それで、法人農業いうんが始まっとる。耕作地をぎょうさん借り集めてな、いっぺんに耕そういう。じゃから会社よね、大勢で手分けして、役割分担決めて、少ない機械でその広ーい耕作地をいっぺんに、効率よう耕して廻るんよね。それでちゃんと収穫して、借りとる土地にはきちんと使用料を払う」

「ほう」

「耕作オペレーターいうんがおってね、各土地各土地、よう性質を調べて、うまいことスケジュールをたてる。ところが大瀬の田んぼだけは、それじゃあうまいこといかんのよね」

「なんでです？」

「まず山の陰なんよね、陽が当たらん。じゃからそういうふうにまんべんなく、よその田と同じような手の入れ方しとったら、大瀬の田だけが凶作になるんよ。おまけに水がすぐ抜ける。えろう手のかかる田なんよね」

「ふうん」

「そうなんですかー」

われわれは言って、頷いた。

「じゃからね、耕作法人が嫌うんよね。でももうあそこの家は年寄りばっかりじゃから、働き手がおらん。子供は女の子じゃし。それで安い金で貸すようになったんよね、選択の余地はないもの。足もと見られたとも言えるけぇど、法人の方にも言い分はあるじゃろうけ。手がかかってやれんいうてね、言う思うわなわしは」

「はあ」

「それでね、借金増えたんよね、あの家。返すあても全然ない。爺ちゃん婆ちゃん、いよいよみなで首くくる、いうところまで来とった。まあこの辺みな貧乏じゃけ、そういう家は多いけえどな……」

言って和尚は溜め息をつき、声を鎮めた。

「じゃから大瀬の家、真理子一人の肩にかかっとったんよね、暮らし」

「大変ですねー、若いのに」

里美が言う。

「で？」

私が訊いた。和尚が黙ってしまったからだ。

「あんたらええ？　ここだけの話、こうな話は、黒住にゃ聞かせられんけ。あんまり人に言わんといてぇよ。殺人事件じゃあなかったら、わしも言やぁせんとこじゃ」

「大丈夫です」

私が言った。

「解決に必要じゃ思うから……」

和尚はそこでささやき声になった。

「菊川は、真理子に、毎月八十万からの金を払うとったいうて」

「八十万?!」

私も小声で言い、里美も目を丸くした。

「銀座なみ」

「わしもちゃんと確かめたわけじゃあない。何人もの人の噂。じゃが、あり得ることじゃと思う。じゃあないと確かにあの家はやっていけとらんはず。計算が合わん」

「そこまでの給料を、普通……」

和尚は顔をしかめ、顔の前でひらひらと手を振った。

「払わん払わん、普通は払うわけもない、巫子さんのバイトなんぞで。手当じゃと思う」

「手当……、じゃあ……」

私が言うと、和尚は頷く。

「あれら、できとったらしい、わしは、いやわしも、そう思う。みなそう言うとる」

それで沈黙になった。では知らないのは黒住ばかりということか。

「でもそれ、想像ですよね」

里美が、やはり小声で訊いた。和尚は首を横に振った。

「そうじゃあない、菊川が知り合いの何人かにゃ、よう言うとったらしい」

「えー」

里美が言った。

「あんまり大きい声じゃあ言えんようなこと、下品な、真理子の体はどうのこうのというようなこと。まあ、どこが感じやすいじゃの、そういうような……」

「最低！」

「酒飲み話で」

「それで神職ですか！」

「じゃあ今度のこと……」

私が言いかけた。すると住職は言う。

「いや、そりゃあ解らん。あとは想像。じゃけどここら、昔からこういうことは多いんよ、色と欲、夜這いのあった村じゃけ。あの二人、もうけっこう長かったいう話よ。言うてもまあ二、三年か……。それにしても菊川は、もうえらい額を貢いだことになるけね、ひとつ屋根の下で暮らしでもせんと、もとが取れんと思うたか……」

「でも、そんな約束じゃないんでしょう？」

里美が憤然と言った。

「そんなのおかしい。そのくらいの金額じゃなきゃ、真理子さんはそういう関係にはならなかったはずでしょ。後で返せって言うの、おかしい」

「いや別に、返せ言うたかどうかはわしゃ知らんけえど」

日照は言う。

「言ってますよ！　そうならあのお金返せって」

「ともかく、じゃその線はどうかな。暴行っていう、それで訴追……」

私が言った。

「それは駄目です。真理子さん自身が被害届出してくれないと」

「あそうか、もう死んでるか」

「それに、合議の上じゃろ」

日照が言う。

「ふうん、でも動機はこのあたりということか。これでは菊川が金貸しして稼いだ金は、大半真理子さんに渡っていたことになる。それとも真理子さんをつなぎ留めるために、菊川は金貸しをしていたことになる。それでも真理子さんが菊川の気持ちを拒絶したなら、彼がかっとして、一時的に前後の見境がなくなったということも、あり得ることかな……」

「そんなの当然じゃないですか」

「え？」

「お金のためにしてたのに、気持ちを要求されるなんておかしい。拒絶するの当然。そのくらいのお金払うのは当たり前と思う。気持ち悪い！」

日照は、黙って首を左右に振っていた。その時、里美の携帯電話の着信音が鳴った。

「はい、もしもし」

かなり怒っていた里美だが、電話用の声を出していた。

「はい、はい……」

頷きながら聞いている。相手の説明が長くなっているようだ。ぶらぶら歩いて、また大広間の反対の端まで行った。

「はい、はい、じゃみんなに言って、何かありましたらこちらからまた電話します」

そしてこっちに戻ってくる。

「田中さん。雪で気動車が走れない区間が出たって。それに、道もまだ駄目なところがあるんだって」

「えーっ」

私は言った。

「だから今日は無理だって。明日、できるだけ早くこっちに向かうって」

「でも来れるって話じゃなかった?」

「そういう話だったんだけど、線路に雪崩《なだれ》があったみたい、それも二箇所。地震の影響かもって。それ、新見に着いてからアナウンスがあったんだって。それで姫新《きしん》線不通で、折り返し運転になっていて、だからいったん帰るしかないみたい。新見廻りも津山廻りも駄目みたい。どうしようもないんだって」

「ああそう……、じゃ、仕方ないよね」

私は言った。

「だから帰るけど、何かあったらいつでも自分に電話して欲しいって」

里美は言う。

それでストーヴがある部屋にみなで集まり、日照が持ってきてくれた握り飯で、遅い昼食にした。食べながら里美がみなにこの報告をして、善後策を相談した。とはいえ、警察官が来られなくなったと聞いて、みなにすぐ代替案があるわけでもない。待つ以外にすることもないのだ。それは私にしても同じことだった。

ともかく言えることは、みなずっとここにいるわけにはいかないということだ。日照は法仙寺に戻らなくてはならないし、里美とユキ子は龍臥亭に帰る必要がある。法仙寺も龍臥亭も、さっきの地震でかなりのダメージを受けているはずだった。

もうすぐに陽が落ちる。冬の陽は短い。

二子山も釈内教に帰りたいところだろうが、彼の場合は乗ってきた車が雪に埋もれているし、帰路には雪が深い峠もあるそうだからむずかしい。彼もとりあえず龍臥亭に帰宅という話になるだろうか。

「明日の朝、県警の人がこっちに来られるというのは確かなんでしょうか」

そう発言したのは黒住だった。

「確かか言うても、そりゃ、自然が相手のことじゃけね」

日照が言う。

「雪崩て、どのくらいの規模なんですか?」

「けっこう大きいみたい、電車が引き返すくらいだから」

里美が言った。すると黒住が言う。

「前にもこういうことがあって、あの時は復旧に三日くらいかかったです。まして今回はこうな大雪じゃし」

「もっとかかるんかのう」

二子山が言った。

「明日まだ来れん可能性はある思う」

黒住が言い、二子山は大きく頷いている。

「せぇなら?」

日照が訊いた。

「真理子をあそこから引きあげて、棺に入れて、温《ぬく》いとこに置いてやりたいです」

彼は言った。

「ああ……」

和尚も言って、頷いた。

「せめてお経のひとつも……。今夜ひと晩中、もしかしたら明日も一日、寒い表の雪と、泥ん中にあのまま放っとくいうのは、ぼくは、ちょっと……」

黒住は言った。私も頷いた。彼の辛い気持ちがよく解った。

「体、きれいに洗うてやりたいです、せっかく出てきたんじゃから。それで、乾いた服も着せてやりたい」

「ほうじゃな……」

二子山もしみじみと言う。

「きれいな、温いとこに出たい思うて、当人も土ん中から出てきたんかしれんものなぁ」

「今は泥と雪まみれじゃけな、寒かろうてな。県警が来られんようになったんなら、まんだ長いことあのままになるわいなぁ」

日照も言う。

「田中さんに訊いてもらえんでしょうか。ここには警察官もおってじゃから、この人の立ち会いのもとに、真理子を穴から出してやって、棺に入れちゃあいけんでしょうか」

黒住が言い、みな沈黙になったが、日照が里美を見、私もまた同意の視線を送ったから、里美が携帯電話を出し、プッシュしはじめた。

「あ、田中さん、犬坊です。今みんなで話し合っていたんですけど……」

そして今の黒住の提案を、彼に伝えた。彼はしかし、大いに難色を示しているらしかった。里美が、何度か同じ説明を繰り返している。

「はい、現場の保全のことはよく解ります。明日の朝ということでしたら、黒住さんも待てると思うんですけど、明日は……、はい、はい、あ、そうですか」

そして里美は携帯から口を離し、私に向かって言う。

「列車、明日いっぱい駄目かもって」

一座はおお、というどよめきになった。黒住が、ひときわ苦しげな表情をした。

「はい、だったらやっぱり……」

里美が電話に戻り、さらにひとしきり、食いさがって話していた。

「誰かカメラ持っているかって」

里美が訊く。

「あります」

黒住が言った。そこで里美がそのことを電話に言う。

「一眼レフの高級カメラかって」

もう一度訊く。

「わし持っとるよ」

日照が言った。

「あります。はい」

そしてまた電話を離して訊く。

「巻尺あるかって」

「巻尺?!」

二子山が言う。

「そうなものある? 沖津の宮さん」

「ああ、あるある! うちにある!」

里美が思い出し、大声で言った。電話に戻った。

「あります。はい、はい、あそうですか、はい、はい解りました」

とひときわ明るい声になって言い、里美は電話を切った。

「じゃあフィルム一本以上、徹底して現場の写真を撮っておいて欲しいって。特に死体の状況、すぐ近くからも、遠くからも、角度変えて、徹底して、何枚でも撮っておいてって。動かす前に。写真はいくら多くてもいいって」

「やったな」

　黒住は言った。

「動かすのは、絶対に写真撮ってからだって。それで、できたら図も描いておいてって。測量して、その図に数字も入れておいてって」

「おし、そいじゃみないっぺん家へいんで、カメラや巻尺なんぞを持って、もういっぺんここへ集まろうかの。そいで徹底して写真撮っちゃろうや。デジカメがあってもええじゃろう。早うせんと陽が落ちるで」

　二子山が言う。

「ほうじゃ、暗うなったらもう、にっちもさっちもいかんで」

　日照も言う。

「表の死体、誰かに見張っていてもらわないと」

　私が言った。大瀬真理子の死体に、この段階で何か細工をされてはかなわない。

「わしがやろう」

　二子山が言った。

「どうせわし、家へは帰れんけ」

「そうそう、お巡りさんもおってじゃけ、一緒にな」

　日照が言う。

「誰から見張る言うんなら。このへん誰も来やせん」

　菊川が言った。

「カメラ、携帯のは？」

　無視して里美が訊いた。

「携帯は要らんじゃろ」

　日照が言う。

「画素数が足らんもの」

「ほいじゃあわしが神式で葬式を」

菊川が言った。

「いや！」

黒住が鋭く拒絶の言葉を言った。

「なんでじゃ。わしんとこで働いとった子じゃ」

黒住はしいて自分を落ち着かせているふうだった。それから言う。

「わし、日照さんに頼みたいけ」

「なんでわしじゃあいけん！　わしが真心を込めて誄詞《るいし》ぅ書いて……」

「いんや菊川さん、許嫁《いいなずけ》がああ言ようるんじゃ、ここはわしがやろう」

日照が言う。

「こりゃあまだ許嫁じゃあないんぞ！」

菊川が気色ばむ。そして彼はむきになり、彼の顔にみるみる血が昇ってくるのが解った。

「だいたいなんじゃ、だいたい失礼いうもんじゃろうが！　ここはわしところの神域じゃ、わしとこの神さんがおってのとこで真理子が死んだ、それをなんで寺なんぞに移さんといけんのか。うちで働いとった巫子じゃあないか。わしが誄詞ぅ書く、それはわしの勤めじゃ、あんたらにとやかく言われとうはない！」

「まあええがの沖津の宮さん、ここはひとつ、みなに任しょうや」

二子山がそう言ってくれ、すると菊川は、真っ赤になった顔を二子山にきっと振り向けた。

「何ぅ言うか！　だいたいあんたぁなんじゃ、神職のくせをしょってからに、こうなもんらと仲ようしてからに！」

「こうなもんゆうて……？」

「こうなもん言うたら、こうなもんらのことじゃ、あんたは神主じゃろうが！」

「あんた、宗教戦争はやめょうや、ここはイスラエルじゃないんじゃけ」

「なんがイスラエルじゃ！　だいたいあんた、神職のくせをしてからに、恥ずかしゅうはないんか?!」

「なんが恥ずかしいん？」

「こうな坊主と毎日つるんで歩いてからに。おまえは神職なんじゃ、ちゃんと自覚いうもんをせい！」

「な、おい、坊主たなんじゃ！」

日照もさすがに気色ばんだ。

「坊主じゃけ坊主言うたんじゃ、なんが悪い！　おまえら毎日仲ようお手々をつないで何をしょうるんか。お遊戯か？　幼稚園じゃあないんぞ、阿呆が！」

「幼稚園……」

「高利貸しやって人を泣かせるくらいなら、幼稚園の方がましじゃ」

日照がごく日常的な口調でつぶやいた。

「なんが高利貸しじゃ、金貸したんは人助けじゃあないか」

「助けたのに、それなのに真理子さんに迫ったんです……」

里美が言いだし、私はあわてて里美の口をふさいだ。激すると、黒住に聞かせたくないことも言いだす可能性があった。

「もうええ、みな寄ってたかってからに！　ともかくじゃ、誄詞はわしが書く！　せえでわしが弔ろうちゃる、ええの！」

「あんたには書いてもらいとうない言うんじ

ゃ！」

叫んで立ちあがったのは黒住だった。

「あんたにゃ、もう真理子に指一本触れてもらいとうない！」

言われて、菊川はしばし唖然としていた。が、こう怒鳴った。

「やかましいこの青二才が。まだケツが青い分際で、何ぅ生意気抜かしとるか！」

「あんたが何をやったかぼくは知っとる、真理子に毎日何を言うとったか、それであれがどうに苦しんどったか。これでもうええ、もうたくさんなんじゃ、死んでまで苦しめるな。もうそっとしとけ、この件から、真理子からもう手を引け！」

「やかましい、何を抜かしやがるか。おまえに何が解る！　おまえはなんも知らん、真理子のことなんぞなんも知らん、あれがどうな子じゃったか」

「知りとうもない！」

すると菊川は、不可解にもせせら笑った。

「おまえは真理子にだまされとる、まだケツが青いよのう」

すると黒住は床を蹴り、いきなり菊川に摑みかかった。私は飛びあがり、必死の思いで間に入り、黒住に組みついた。黒住の手が襟から離れると、菊川は服装を正しながらこう言う。

「何をしやがる、警察呼ぶぞ！」

すると日照が言った。

「おるおる、もう呼んどる。ここにおるがの」

ソファの上で、老警官はかすかないびきをたてていた。

「いずれおまえを警察に突き出しちゃる！」

息を荒くして、黒住は言った。黒住が私に組みつかれていると見たからか、菊川も大声を出す。

「なにぃ！　いったいなんの証拠があってそうなことを言うんか！」

そして菊川も立ったので、こっちには二子山が行って組みついた。

「ぼくには解っとる。お前が真理子を殺した！」

私の横から顔を出し、黒住は叫ぶ。

「何い？　わしがどうやって殺せる？　わしがどうやって真理子を殺して、どうやってあのセメントの下に入れるいうんか。ごちゃごちゃ言わずに、わしを犯人にしたいんなら、堂々と証拠で来い！　証拠で！」

「よし、証拠を見つけてやる！」

「おう見つけてみぃ、おまえごときでできるもんならな！」

菊川は言った。

「見つけてやる！」

「やってみぃ黒住、おまえごときの頭でできるもんならな！　たかが百姓の小倅《こせがれ》」

言って、菊川は再びせせら笑った。

「あんた、そういうことを言うちゃあいけん」

二子山が諭した。

「百姓を馬鹿にするようなことを言うたら。わしらお百姓さんのおかげでやっていけとるんじゃけ」

「なにぃ、おまえんとこはコンビニか釈内教！　そういうことじゃから堕落するんじゃ。わしらあっての百姓じゃあないか、反対じゃ！」

「そりゃあんた、考え違いをしとるで」

「やかましいわ、この裏切りもんが！」

「裏切り？　裏切りもんたぁなんな」

「そうじゃあないか！　おまえは八百万の神をなん

と心得とる！」

「あんたに言われんでもええわ、そうなこと」

「それをこうな舶来のもんに。なにが仏陀じゃ、なんがキリストじゃ、みな舶来じゃあないか。どっちが尊いんじゃ、祖先や神州古来のもんと」

「今頃あんたそうなことを……、蘇我《そが》氏と物部《もののべ》氏の時代じゃあないんで」

「菊川、あんたにそうなこと言う資格はない！」

黒住が怒鳴った。

「やかましいわ小僧！　ほざくんなら証拠を見せえ、証拠を！」

「おぅ見つけてやる」

「おまえごときの小物になんが見つけられるか！　アホウ！」

菊川は怒鳴り、黒住は唇を噛んだ。

「見つけられんかしれん、じゃがそん時は、ぼくがお前を殺してやる」

黒住は言った。

「馬鹿もんが！　そしたらおまえも殺人罪じゃ！」

「とうに覚悟の上じゃ、真理子の仇を討ってやる、覚悟しとけ！」

「けったくその悪い！　おまえらみな、寄ってたかってわし一人を悪者にしゃがってからに！」

「とにかく真理子の遺体はもろうていく。あと一分でも一秒でも、おまえのそばに置いとくことは堪えられん！」

黒住は叫んだ。

「警察呼ぶぞ！」

「じゃからもう呼んどるて」

日照が言う。

「文句があるんならかかってこい、ぼくが相手しちゃる、そん時はおまえを絞め殺す。そいで刑務所でも絞首台でも、喜んで行っちゃる。ええの！」

菊川はふてくされ、二子山の手を乱暴に振りほどいた。

「どうな、ええんな？　あんた」

日照が身を乗りだし、菊川に尋ねた。

「勝手にせえ！　じゃが釈内教、罰が当たるぞおまえ、覚悟しとけよ」

「わし？」

二子山は自分を指さしている。

「当たりゃあせん当たりゃあせん」

日照が手をひらひら振って言った。しかしともかく、この一件はこれでなんとか落着した。

「ほいじゃあもうひとつ棺を用意して、また伊勢やん呼ばんといけんなぁ」

日照は言う。

6

それから私たちは、黒住の軽四輪に何度か往復してもらい、龍臥亭に帰った。日照和尚は、自分の法仙寺に帰った。

龍臥亭は、予想したほどにはダメージを受けていなかった。何故か三階の窓など、まったく割れてはいないという。ここでも坂出と育子さん通子さんが協力して、一階の窓の紙貼りに精を出していた。擢さんは、自分の家が心配だということで帰宅していて、姿が見えなかった。

龍胎館《りゅうたいかん》の窓も、少なくとも私が滞在している部屋のものは無事だった。大岐の島山の方が遥かにダメージが大きい。あの山の向う側が震源なのだろうか。地震の進行が大岐の島山に遮られ、龍臥亭や法仙寺は比較的被害が軽くすんだ可能性もある。

ユキ子はお母さんの手に返し、里美は龍尾館の押し入れにもぐり込んで、奥から巻尺を探しだした。母親が持っていたデジカメも借り、私たちはまた玄関の門の前に出た。巻尺は、昔龍胎館を設計測量していた頃に使っていたものという。

雪の上に立って待っていると、家からデジカメを取って戻ってきた黒住の車が着いた。彼はそれ以外に、スケッチブックと鉛筆、サインペン、それに毛布やロープも用意してきていた。

「この毛布、いいんですか？」

私が訊くと、

「これ、もう棄ててもええんです。だから真理子を包んでやろうかと思って」

黒住は言う。

「それからこれは真理子が好きじゃった服。今大瀬の家へ寄って、持ってきました」

彼は言った。

私と里美が黒住の車の後部座席におさまり、スタートして法仙寺の前まで登ると、ニコンのＦ４を首からさげた日照和尚が、すでに立って待っていた。

「すごいカメラ！　高そー。でもお棺は？　和尚さん」

里美が訊く。

「入らん入らん」

助手席に乗り込みながら、日照は右手をひらひらさせて言う。

「入らないって？　何が？」

「まず棺がこの車に入らん。仏さんも固まっとるじゃろうけ、棺によう入らんし、今無理に入れたら棺が汚れるがの。よう洗うてから入れてあぎょうか思うて。それより早う戻ろう大岐の島神社。菊川が、仏さんになんぞ悪さぁしてもいけんけ」

和尚も言う。よほど評判の悪い男のようだ。

大岐の島山を登りつめ、鳥居の横をすぎて神社の駐車場に入っていくと、家の中から持ちだしてきたらしいパイプ・チェアにかけ、二子山と老巡査が並んで寒そうにしていた。菊川の姿はない。

その頃には陽はもうかなり西の空に傾いていて、あたりは薄暗く、寒気が増している。大岐の島神社の駐車場は、夕刻になれば長く伸びる杉の木立ちの影に全体が入ってしまうので、暗くなる。しかし、写真撮影にストロボが要るほどではない。私は、車をずっと地割れの現場まで近づけてもらった。死体を車に入れる際の便をはかるためだ。

「あんた、地割れに落ちんようにしてぇよ。もうここらでえええぇ」

日照が言う。エンジンが止まり、私たちが車から降りると、二子山が椅子から立ちあがってこっちに来る。私も二子山に近づいていき、尋ねた。

「あれから菊川神職、死体に近づいていませんね？」

念のためだった。彼は首を左右に振る。

「近づいとりゃしません、ずっと家ん中。あれからわしら、ここにずうっとこうしとったもの」

彼は言った。

私たちは、それからすぐに写真の撮影に入った。みんながてんでに死体が見降ろせる亀裂の縁に立ち、写真を撮った。特に日照のＦ４はズーム・レンズが付いていたので、これを駆使し、立ったりしゃがんだり、少々遠ざかったりして写真を撮っていた。少し離れ、横方向からもズーム・アップして撮っているのだ。

顔が下向きになっているのが救いだったが、私は黒住の精神状態が心配だった。悲しみや、怒りの激情に支配されないかと思ったのだ。そうなら、菊川がそばにいる今は危険だった。それで大丈夫かと声をかけると、顔面は蒼白だったが、

「大丈夫です」

と彼は冷静に応えた。

里美も懸命にデジカメのシャッターを押している。デジカメは時おり自動発光していた。

「里美ちゃん、大丈夫?」

と声をかけると、

「え、恐いけどぉ、みんないるし、実習と思って」

と彼女は言った。

それで私と二子山は、その間は巻尺を用いて沖津の宮から地割れまでの距離、そばの杉の木立ちから地割れまでの距離などを測っていた。亀裂は、セメントの広場のかなり端のあたりで生じている。つまり杉と、熊笹の茂みからは近い。その間は二メートル弱だった。

さらには亀裂自体の全長、上下高の段差も測る。斜面側の地面がかなり低くなっているからだが、これはつまり斜面の一部が下方に向かって地滑りし、頂上のセメント台地もこれに巻き込まれたということであろう。生じた溝の幅、亀裂のそれぞれの端から死体までの距離も測り、これらの数字を、スケッチブックに描いた略図にこまかく書き入れた。

老巡査が落ちていたあたりは、下で暴れたとみえて壁が崩れ、かなり埋まってしまっている。し

かし、さいわいそこは死体のある位置からは離れていたから、死体は影響を受けていない。その頃には菊川神職も出てきて、われわれのこういう作業を、巡査と並んで見ていた。

「ところであの巡査さん、名前はなんて言うんですか?」

と私は二子山に尋ねた。

「運部《はこべ》、いうらしいで」

「運部?」

「だいたい撮ったわ!」

日照が大声で言った。

「私もー」

里美も一緒になって言う。黒住は黙って頷いている。

「これでもうええんかの? あとはホトケさん上げても」

「いや、まだ駄目でしょう」

急いで私が言った。

「後は穴の中にロープでぶら下がって、すぐそばから、至近距離で死体を撮っておく必要があります。今遺体には雪とか泥が載りすぎてますから、これらを払って撮っておく必要もあると思います」

「まあ確かにいろんなもんに埋まりすぎとるわなぁ、よう見えんもんな。ちゃんと見えるのは髪の毛だけじゃ」

二子山も言う。

日照が言った。

「でも誰がやるん? わしは足が悪いけ」

「里美ちゃん」

「え、私駄目」

「じゃ二子山さんか、ぼくがやるしかないけど」

私は言った。とても黒住にはやらせられない。

「わし、重いけ、最近太ったけ」

「最近じゃなかろう」

日照が言った。

「最近よ」

「嘘を言うもんじゃあない、わしとはじめて会うた時からあんたはそのまんまの姿じゃった」

「そうなこたぁない、その時わしゃ、今より十キロは少なかった」

「解りました。じゃともかくぼくが」

と私が言った。結局私がやることになった。

「先生、頑張って」

里美が言う。

「小さい箒なんてないですか、このくらいの」

私は指でサイズを示しながら言った。

「遺体の上の雪とか、泥を掃きたいんです。手だとあれだから」

「あんたんとこ、ある?」

二子山が、菊川に向かって訊いている。菊川は、しぶしぶのように頷いている。そしてのろのろと、これを取りに家に戻っていった。しかし玄関そばにあったらしく、待つほどもなくすぐに戻ってきた。

それで私はこの小さな箒を持ち、首からは日照のニコンF4をさげ、腰部にロープを結んで、ロープにすがりながら亀裂の間を下っていった。死体の近くまで降りても、平らな場所などはない。亀裂はずっと下方まで続いており、目の届く限り、底と呼べそうなものは見えない。壁に両足を踏ん張ったまま、至近距離からとりあえずシャッターを切った。寒さで手がすっかりかじかんでいるし、不安定な姿勢だから、この作業は辛かった。

私の鼻先に、泥にまみれ、くしゃくしゃにもつれた女性の髪があった。艶《つや》を失い、老婆のもののように灰色で、これが若い女の髪であったとは信じがたい。しかし半分氷漬け状態のせいか、臭気の類はなかった。

体勢を少しずつ変えながら、何枚かシャッターを切った。それから苦労して遺体の上に行き、遺体には乗らないように気をつけながら、開いた足を左右の壁に踏ん張り、遺体の上の泥と雪を丁寧に箒で掃いた。自分の靴がどんどん泥を落とすので、なかなかはかがいかない。念のため、少し掃いたら写真を撮り、また少し掃いたら写真を撮りというふうにした。伸びあがって、遺体の全体をフレームに入れるように頑張った。

すっかり泥を掃き終わった時だった、私はぞっとして息を呑んだ。予想していなかった事実を見たからだ。衝撃で放心し、私は撮影という目的を忘れた。

土と雪を払われ、遺体の、背からお尻にかけての全体が現れていた。もとは白かったらしい着物を着ている。しかし今はそれが泥に汚れ、褐色というよりも黒に近い。襟のあたりに、下に着ているトレーナーがわずかに見えている。

しかし、この時私が眼前に見ていたものは、そのような現実ではなく、今朝龍臥亭の湯殿で見た、睦雄の作だという油絵だった。未来予告のようなあの不思議な風景画。その中に現れていた、地中の女の骸だ。

今現実に土から現れた遺体も、あの絵とまったく同じなのだった。寸分たがわない。腕がないのだ。肩口の付け根からすっぱりともぎ取られている。

何故それがすぐに解ったかというと、着物の袖もなかったからだ。着物だけではない。その下に着ているはずのトレーナーも袖がない。遺体は、着衣ごと腕を切断されている。まるで刀で斬り落とされたようにだ。

遺体がとっている姿勢は、わずかに左側部を上にしている。したがって、腕が取れているのが見えるのは左側である。右側の様子はこの姿勢では見えないが、おそらくは右も取れている。指先まで腕が存在していれば、脇のどこかから一部が覗いていていい。そんな様子はまったくない。

泥と雪が載っていたし、上の駐車場からでは解らなかった。しかし近くまで降りた今、はっきりと解った。大瀬真理子の死体には両手がない。あの絵が予言していた通りだった。

「どうしたん?」

二子山の声が降ってきた。私が動かなくなったので、彼が心配したのだ。

「ああいや……」

と私はわれに返り、また撮影を再開した。あまりのんびりしていると日が落ちる。

「もうええんじゃない? そろそろ上げようや、ホトケさん。日が落ちるで」

日照の声がしている。

「そうしましょう、毛布を放ってください!」

私は大声で言った。そして、箒とカメラを二子山に手渡した。

「先生、どうかしたの?」

里美の声がした。見あげると、亀裂の縁にしゃがんで、里美が私を見降ろしていた。

「里美ちゃん、彼女、腕がないんだ」

私は言った。

「えー……」

すると里美も、怯えたような声を出した。

「あの絵と同じだ。今朝湯殿で見た、睦雄の描いた絵」

「どうして……」

「解らないな」

私は首を左右に振って言った。

「そのへんに落ちとらんな？」

また二子山の声がする。私はもう一度下を見た。それらしいものは見あたらない。私はもう一度首を横に振った。

「ないですね」

「両手とも？」

日照の声がする。私は頷いた。

「両手ともです」

「足は？」

「足はあります、両足とも」

「ふうん、なんでまたそうなことがあるんじゃろう……」

二子山の声がする。

「あんた解る？　このわけ。菊川さん」

菊川に訊いている。

「わしに解るわけがないじゃろが！」

菊川のきしるような、けわしい声がする。

「はい毛布」

言って日照がしゃがみ、こちらに毛布を渡してくれる。黒住が姿を現さないのはありがたかったが、たぶん彼は、上の者たちの中心になってロープを持ち、あるいは引いているのであろう。日照と二子山、また里美は、交替でロープを離し、こちらに現れているのだ。

私は毛布を受け取り、また苦労して遺体の上に行って、遺体に毛布をかけてくるむようにした。次に、これからどうやってこの遺体を引きあげるかと考えたら、どう考えても自分が抱えてあげる以外になかった。しかし、毛布の上から死体に手を触れてみると、なかば凍っているとみえて硬いから、なんとか一人でやれそうにも思えた。だがうっかり取り落としたりすれば破損する、充分に気をつけなくてはならない。また持ちあげたとたんにばらばらになる危険もある。

それで私は、毛布越しにまた死体のあちこちに触れてみた。大丈夫のように思えたので、覚悟を決め、毛布ごと遺体を持って、ぐいと抱えあげながら素早く毛布でくるんだ。一度動かしたら、もう後戻りはできない。あげて、上の地面のどこかに置く以外にはないのだ。中途半端な動きをすれば死体を傷めてしまう。

けれど思った通り遺体は硬く、案外しっかりしていた。毛布でくるんだから、遺体の顔も見ずにすむ。しかも意外に軽かったから、これならやれると自信が湧き、ロープ引いてくださいと声をかけた。死体を抱えていては、自分で綱をたぐってあがることはできそうもなかった。

ロープが黒住、二子山、日照、たぶん里美も加わって引かれ、私は壁に足を突っ張っているだけで、するすると歩くようにして上方にあがれた。そうして、そのまま駐車場の平らな大地に歩み込んだ。

「先生、そのままそのまま！　下に置かずにここまで持ってきて。この車にもう入れっしまおう！」

日照が大声を出した。それでみなロープを離し、黒住は駈けだして、自分の軽四の後部ドアにキーを挿し込んでドアを撥ねあげ、中に入って後部座席を前方に押し倒した。これを待って私がそろそろと死体を入れていると、二子山も飛んできて手伝ってくれる。黒住も地面に降り、手を添えてくれた。しかし入れ終わってみると、やはりドアは閉まりそうではなかった。

「やっぱり閉まらんか。まあええ、このままそろそろ走っていこう、大した距離じゃあない」

日照が、自分が運転するようなことを言った。

「できるじゃろ?」

日照は黒住に訊く。彼は無言で頷いている。

「ではとりあえず、真理子さんを法仙寺まで運びますか」

私は言った。

「うん、それがえかろう、伊勢やんももう寺に呼んであるけね」

日照は言う。

「顔は確かめんでええんかな、真理子さんじゃと」

二子山が言い、私たちは沈黙になって顔を見合わせた。たった今そんなことをする勇気がある者はないように見えるし、私や運部巡査は見ても仕方がない。真理子の顔を知らないからだ。二子山もまた、大瀬真理子はよく知らないようだ。

「わしは顔見ても解らん、菊川さん、あんた……」

二子山が言うと、

「わしゃええ! 遠慮しとく」

菊川は言う。

「ぼくが見ます」

黒住が言った。すると日照が割って入った。

「いや、わしが見ゅう。あんたはちょっと待ちなさい」

そして日照は、遺体に被いかぶさるようにしてわれわれの視線を遮り、頭部あたりの毛布をわずかにはぐっていた。すぐにふさぎ、こちらを向く。

「いけんいけん」

日照は言った。

「泥で汚れとる、真っ黒じゃ。全然誰か解らん。ともかく寺へ持っていこう、洗わんと解らん」

それでわれわれは、なんとなくほっとした。ここではまだ、遺体が大瀬真理子だという結論は聞きたくなかった。日照は続いて毛布の横部分をはぐり、両肩のあたりを見ていた。

「ほんまじゃ、両手がない。斬られとるわ」

和尚は言った。そして感に堪えないように、

「どうしてこうなことしたんじゃろうなぁ……」

と声を低くして言った。


言われて、私も考えてみた。このようなことをした者は、龍臥亭にあるあの油絵を見た者ということにならないか。そうでなくては話の辻褄《つじつま》が合わない。このような狼藉を行う理由がない。何故なら、龍臥亭が舞台の森孝伝説では、お胤さんは両腕は切断されてはいないのだ。両腕を斬られたのは芳雄の方である。あの伝説だけを知る者なら、このようなことはしないであろう。

あの絵を見た者だけに、真理子という女性の両腕を切断する理由が生じる。ではそれは誰か。描いた主、睦雄だけという話にならないか。何故なら、地中に埋まる両腕のない女は茶色の水彩絵の具で隠されていたのだ。これは長い間そうだった。睦雄があの絵を描くと同時に隠蔽は行われたはずだ。

では睦雄自身が死体の両腕を斬ったのか？　そ

れはあり得ないのだった。遺体のこの女性は、二〇〇三年まで沖津の宮で巫子をしていた娘なのだ。時代がまるで合わない。睦雄が犯人なら、この遺体はもう骨だけになっていなくてはならない。

「ねえ里美ちゃん」

私は訊いた。

「はい」

「あの油絵なんだけど、茶色の水彩絵の具塗ってって下半分が隠されたの、最近ってことないかな。ずっと前は、あの絵、埋められた女が見えていたとか」

里美はいきなり激しく頭を横に振った。

「それはない。お母さんも驚いてたもん。あの絵、うちに来た時から隠されてた、下半分。私も見たから知ってる。お母さんも、絵の具の下にあんな女の人の絵が隠れているなんて全然知らなかったって言ってる」

「ふうん。それ何年頃？　絵がお宅に来たの」

「昭和三十年頃じゃないかなぁ、確かそう聞いた気する」

「ふうん……」

私は言い、すっかり考え込んでしまった。私は、睦雄が描いたにしても下の油絵だけで、下半分に茶色の水彩絵の具を塗った者は時代が下った別人である可能性を考えたのだった。水彩絵の具による隠蔽が最近なら、そういうこともあり得る理屈になる。地中に埋まる両手のない女は水彩絵の具で隠しておき、構図は自分の脳裏に記憶しておいて、その同じ人間が昨年の大瀬真理子の殺害時に、このイメージを具現した——。

しかし里美の説明では、この可能性も否定される。睦雄作といわれるあの絵は、少なくとも昭和三十年の昔から、ずっと地中の女は隠されていたのだ。そうなら、眼前に出現した事態の説明がつかないのだった。

黒住が運転席に入ろうとしていた。ドアを開け、じっと立ち尽くすふうなので私が見ると、彼はわずかに笑顔を見せてから私に会釈をし、車内に消えた。

一瞬を置いてから、私はその意味を理解した。彼は今、私に感謝の意を表したのだった。そう解ると、私はまた少し胸が痛んだ。今この場で、最も強く心の痛みを感じている者は、間違いなく彼のはずだった。

7

龍臥亭に戻っていると、間もなく夕食になった。現在やもめの日照も戻ってきて夕食の席に加わった。櫂さんは姿を見せず、黒住も戻ってはこなかった。

「あの人、大瀬真理子さんでしたか?」

私は食事の時、隣り合った日照に、それだけを尋ねた。彼は小さく頷き、

「間違いなかった、顔もなんとか解ったけね」

と短く応えた。予想していたことだが、聞けば気持ちが沈む。黒住にはまだ言っていないという。

「わしの車は?」

二子山が訊いている。

「まだ雪の下。どこにあるんか解らんよ、まだ雪が溶けんけね」

と和尚は応えている。

静かな食事を終え、私は久しぶりに三階にあがってみたくなった。三階からなら、雪の載った貝

繁村の田園風景が、パノラマのように見渡せるはずだった。里美に言うと、彼女は頷き、わしも見たいと日照が言うので、三人であがることにした。二子山は、食事が終わるとまた携帯電話でしきりに家と話している。坂出は、育子さんと話していた。

階段をあがり、部屋に入ると、聞いていた通り、窓ガラスはすべて無事だった。冬のこの時期、ここにはあまりあがる人がないということで、部屋はすっかり冷えていた。もうここで琴を弾く人もいないらしい。里美も、司法試験の勉強で現在は琴から少し遠ざかっている。

明かりが入る前、暗い部屋の板の間に立つと、かすかな残光で、眼下の雪景色が一面茜色《あかねいろ》に染まって見えた。里美がすぐに明かりを入れ、暖炉に行ってストーヴも点火した。部屋が明るくなると、ガラスが部屋の明かりを反射して、景色が少し見えにくくなった。

「里美ちゃん、ちょっといい？　暗い方が表がよく見える」

私は壁まで戻って、明かりのスウィッチを消した。するとまた、映画館のように雪の夕景が浮かぶ。

この部屋には相変わらずカーテンがない。そして、壁面全面というように近いくらいに窓が多いから、ここからは貝繁の田園風景が一望のもとだった。彼方には、斑模様に見える雪の山々が連なる。白い山肌が、夕日を受けて黄ばんでいる。山間の耕作地という話だったが、ここ龍臥亭から見渡せる田園は、広々として大陸的だ。大型の耕作機械が、縦横無尽に走り廻れそうに見える。

そういう景色自体は胸がすく眺めだった。いつまでも見ていられる。今は雪が降っていないが、もし吹雪きはじめたりすれば、さぞ息を呑む眺めになることだろう。

「この田の耕作のスタイルが変わったんですね。法人が耕すようになったと」

私は日照に尋ねた。彼は頷く。

「ほうよね、時代の流れ」

彼は言った。

「でも、全部じゃあないよ。法人に貸しとるんは、貝繋全体の田のまだ五割強、いうとこじゃろうな。まあ今にもっと増えるかしれんけど」

「あるいは法人耕作が失敗して、減るということも？」

「あるかもしれんね」

和尚は頷く。

「農業いうのはむずかしいんよ」

「大瀬さんの家には、真理子さんのことは？」

「まだ伝えとらんな。でも言わんとな、誰かが言わんと……」

日照は言い、それで少し沈黙になった。

私も黙っていた。暗い部屋で、われわれ三人は黙って立ち尽くした。なんと悲しい思いをしなくてはならない人間が多いことか、と私は思っていたのだ。田園の景色自体は美しいが、それもこちらの憂鬱を癒してはくれない。私は感情を抑え、言葉少なに、しかし冷静に振る舞っていた若い黒住を、思い出していた。

「黒住さんは辛いでしょうね」

私は言った。

「ほんとにー」

里美も言う。

私は、自分のことを思い出していたのだ。昔、自分の命よりも大事に思う女性がいた。この女性が自分との新生活のことを語り、私もまた同じ夢を育てていて、そんな中でその女性が殺され、あんな惨めな死体になって目の前にいたら、私なら黒住のように冷静でいることはできなかった。たいしたやつだと思った。

「うん、ありゃあええ子よ」

日照も言った。

「男気のあるええ子。誰ぞが、なんとかしてやれりゃあええんじゃが」

「なんとか？」

私が言った。暗い中に、日照の横顔が浮かんでいる。遠い雪の反射が、彼の顔に淡く射していた。

「何をです？」

「そりゃ菊川をよ。あれをなんとかしちゃりたい、あの悪党、誰ぞがあれをやっつけんと」

和尚は言った。

「真理子さんの死体が出たわけだし……、ね、里美ちゃん」

私は背後の里美を振り返って言った。

「はい……」

しかし里美は、自信がなさそうな声を出す。

「真理子さん、あの菊川がやったんでしょうか」

私が日照に訊いた。暗い中で、彼が少し笑うのが見えた。それは苦笑のようにも見え、その意味が、私には解らなかった。

「違うんですか？」

少し沈黙があった。

「さあどうじゃろうか」

和尚は言った。それで私も腕を組んだ。

「大瀬真理子さん、腕がなかった、両腕が。そうですね？　日照さん」

私は言った。

「そう、なかった」

「じゃあそれも菊川がやったということになるのか、もしも彼が犯人なら……」

私が言うと、日照が言う。

「ちょっと変なことがあった、大瀬真理子の死体」

「変なこと？　何です？」

「真理子は確かに右腕もなかったけど、肩口から。それでも右手にゃ、袖があった」

「袖が？」

私は言った。

「うん」

「着物のですか？」

「着物も、下のトレーナーも」

「ええっ、それはまた、どういうことだ……」

「トレーナーは、肘のところでちぎれとったけど。こりゃまあ、時間で劣化してちぎれたんじゃろうけね」

日照は言う。

聞いて、私は考え込んだ。それは非常に考えにくい、すこぶる奇妙なことだった。森孝が芳雄にしたように、犯人も刀で真理子の腕を斬り落としたなら、それは服ごとになるはずだった。着物だけならともかく、その下にトレーナーも着ているのだ。これらの着衣はそのままで、中の腕だけを切断する方法などはないはずだ。そうならいったん服を脱がし、腕を斬ってからまた服を着せたということにならないか。どうしてそんな面倒をおかさなくてはならないのだろう。何故服ごと切断してはいけなかったのか。

しかし、これは大変なヒントであるようにも思われた。この理由が説明できれば、事態の謎も解ける予感がした。

「いったい誰がそんなことをしたんだろう。袖は残して、中の腕だけ斬る。菊川と違うのか、菊川じゃないいんだろうか」

私はつぶやいた。

「ねぇ里美ちゃん、違うんだろうか。ほかに犯人いるのかな。そういうこと、あり得るかな」

「はい」

応えたが、彼女は弁護士の卵だから、慎重にそれ以上のことは言わない。私は顔をあげ、次第に闇に沈みはじめている田園を見た。私の気分の重さは、たぶん「森孝魔王」を読んだこととも関係があった。あの物語と、この田園の眺めだ。農業、この職業は、ほかの職業の者よりも悲しみの量が多いのだろうか。ふとそんな気がしたのだ。

「森孝魔王、読みましたよ」

私は日照に向かって言った。

「はあ、ほうね」

とだけ日照は言った。今日の彼は口数が少なく、それ以上のことは言わない。じっと表を見ている。

「里美ちゃんも読んだ？　森孝魔王」

里美にも訊いた。

「え？　いいえー」

彼女は言う。

「で、どう思うちゃったな？」

日照が訊いてきた。暗い中で、私の顔を見ていた。

「なんだか、ユダヤの神話を連想しました。やっぱりユダヤ人と日本人とは、どこかが似ているのかなと」

すると和尚は無言で頷き、また表の景色に視線を戻した。

「辛い日常を堪えて生きていると、とんでもなく力の強い怪物が現れて、悪い者をばったばったとやっつけてくれないかと、そんな胸のすく夢想が湧くんでしょうね。そういう信仰……、そう、これは弱い民の祈りだな。国を持たない、流浪のユダヤ人とよく似ています。このへんの人も、悲しみが多いのかなと。迫害の民ユダヤみたいに、よっぽど生活が辛かったのかと……」

日照はぽつりと言った。

「辛いんよ」

「悲しみ、多いんよ」

とまた彼は言う。しかし待っても、その説明はなかった。

「日照さん、ここいらで子供が生まれる時、たまに『獣《けもの》が憑く』というできごとがあったと聞いたんですが、あれはどういうことなんですか？」

私は別の質問をした。

「獣が憑く？　それ、どうな時に聞いちゃったん？」

日照はけげんそうな声を出し、また私の方を向く。

「昔、櫂さんがそう言われて里子に出されたと……」

「ああ、あれか！」

日照は、合点がいったという顔になってまた表を見る。

「獣子《けものご》とか鬼子《おにこ》いう言い伝えが、ここらには昔っからあるんよ。それこそ江戸の大昔から」

日照は言った。

「獣子？　なんですか、それ」

「昔から、代々呪われとるような家があると、そこへ嫁にきた娘が子を孕《はら》むと、顔がだんだん凶相になっていく、言うんよね」

「凶相？」

「うん、なんやら獣みたようなけわしい、醜い顔になっていくんじゃと。貧相な、言うんか、悪い狐が憑いたような動物的な顔いうんかな、だんだん人間じゃあないような、動物みたよな顔になっていくん」

「えー……」

　里美が気味悪そうな声を出す。

「そういう時はなぁ、嫁は獣子いうものを産むんよね」

「それ、何なんです？」

「人間の子じゃあない、魔物よね、魔物の子」

　暗い中なので、説明する和尚の声が次第に凄みを帯びて聞こえた。

「嫌だー。どんなものなんですかぁ」

　里美が言う。

「亀みたような格好をして、背中にみっしり黒い毛が生えとるんよ」

「えー」

　と私も言った。

「駄目ー、恐いー。もう私赤ちゃん産めない」

　里美が低い声で言う。

「そいでな、生まれたらすぐささっと歩いて、産婆の手から逃れて、家の縁の下に逃げ込むんじゃと。それで出産した嫁が寝とる布団の真下に来られるとな、嫁は高熱出して三日三晩床に就いたあげくに死んでしまうんよ、そういう言い伝え。じゃから、もしもこれが生まれたら、すぐに打ち殺さんといけんの、獣子いうものは。逃げられる前に。家に災いを為すけ、嫁の命ぅ取るけね」

聞いて、私たちは茫然として沈黙した。里美はすっかり顔をゆがめている。

「気味の悪い話ですね。でもそれ、本当ですか?」

「さあ。でも昔はあったらしいよ。今はもう超音波の断層撮影なんぞがあるけね、なかなかそういうもんが出てくることたないけど」

「でも、櫂さんが、そんな?」

私が訊いた。

「いや、櫂さんが獣子いうことたない」

日照は断定した。

「獣子が人間の社会で成長することはないけね、すぐおらんようになるものなん、獣子いうのは。そりゃなんぞの間違いじゃろうけど、もし言われたんなら。どうしてそうなこと言われたんか……、たぶん櫂さんのお母さんが嫁いだ先の家が、なんぞ人に怨まれるようなこと、しとったんじゃないんかな、昔に。そういうとこへもってきて、ちょっと毛の多いいような変わった赤子が生まれたら、すぐそうようなことをみなが言いたがって、騒いだりしたんよね、昔は」

「でもそれで櫂さんは里子に出されて、差別されたりしたとか」

「ほんま、ひどいもんよね、無責任な話。子供の頃、学校で石投げられて、泣いて帰ったようなことも何度もあるらしい。田舎のことじゃからね、無知蒙昧《むちもうまい》よね、ただの迷信じゃに。でもみな、全然反省せんの。そういうこた、もう、すぐにやめさせにゃいけん。人を不幸にするだけじゃけね」

和尚は真剣に言う。

「そうですね」

私も言った。

「まあ最近は、だんだんにないようになったけえどもな、そういうような馬鹿なことは」

日照は、憤懣やるかたないという口調で言った。

「昔はひどかったですよねー」

溜め息をつきながら、里美も言った。

「でも櫂さんは明るい人で、そういう虐《いじ》め受けた過去、全然感じさせませんね、周りに。あれはいいですね、救いです」

私が言った。

「ほんまそうよ、人間、陽気じゃないといけんね」

和尚も言う。

「自分が暗うなってもな、ようなることはなんもないんよ。暗うなろう思うたら、理由なんぞなんぼうでも探せるけね」

「日照さん、助けてあげているそうですね、櫂さん」

「まあね、でもわしにできることなんぞは限られるけえど」

日照は言った。

「でも和尚さん助けてなかったら、あの人大変だったって、お母さんも言ってました」

里美が言う。すると日照は、無言のまま何度か頷いている。その横顔は、暗い中で少し悲しげだった。

「そうですよね、大変な人生だったんでしょうから。でも全然それ感じさせないところはすごいですね、あの人」

これは本心だった。私が言うと、日照はまた無言で頷く。そしてこうぽつりと言った。

「ほんま、偉いよ、あの人」

「でも菊川さんにお金借りたりしなくてよかったですね、あの人、評判悪いから」

私が言うと、日照は沈黙になった。しばらく無言でいたが、こう言う。

「いや、やられとったようなよ、やっぱり。どうもやられとったらしい」

私はその言葉の意味が解らなかった。やられていた？　それはどういう意味か。何をやられていたのか。

「ここらのもん、誰もが金がないけね、生きるのはきついんよね」

和尚は言う。

「稼ぐ方法がないもの」

「大瀬さんの家も、そうなんでしょうね」

すると和尚は沈黙する。ずいぶんしてから、ぽつりとこう言った。

「あれらだけじゃないんよね」

「え？」

「みな、歯を食いしばって黙っとる。堪えとるんよ、じっと」

聞いて、私はまた黒住を思い出す。

「菊川神職は……」

私が言いかけると、

「あれは神職なんぞじゃあない、そうな資格はない。誰も救うとらん。聖職にあるものは、みなを助けんといけんもの、それが仕事じゃ。みな苦しんどる。苦しんで、苦しんで、死ぬ一歩手前まで追い詰められとる。助けを求めとる、救いの手を。それを助けてやるんが神職。なんもできんのなら、ただ手を握ってやってもええ、冗談をひとつ言うて、笑わすだけでもええ、それが神職」

見ると、暗い中で、彼の表情に怒りがにじんでいるのが解った。

「それがあの男は、苦しむ者をますます苦しめとる」

住職が、さげた右手を握り拳にするのが解った。

「大瀬の家、真理子？　真理子を菊川が殺したかて？　殺したに決まっとる！」

言いきったから、私はびっくりした。

「殺した？」

言って私が和尚を見ると、暗がりで目が合った。

「ああ殺しとる。わしは、髪の毛一本ほども疑うとらん、あれが真理子を殺した。間違いはない」

私は息を呑んだ。陽気でおしゃべりだった日照が、全然違う面を見せた。

「じゃがあの古ダヌキは、絶対に尻尾を出さん。脅しても、すかしても、隙は見せん、尻尾を出さん。警察も、よう手を出さんじゃろう。長いこと危ない橋を渡ってきた男じゃから、渡り馴れとる。大勢を泣かせて、大勢の女に悪さぁして、相手の貧乏につけ込んで、金がないんをえぇことに。あれで何人村のもんが首を吊ったか。誰ぞがあいつをやっつけんといけん、誰ぞが。しかし……」

そこで日照は言葉を切る。そしてしばらく沈黙し、ゆっくり息を吐いてからこう続けた。

「誰もおらん、誰もよう手を出さん。みな、犯罪者になるんは嫌じゃしな、あれと刺し違えるような勇気のあるもんはおらん。それこそ、森孝魔王でもおってならええのに」

言って、和尚はもうすっかり日が落ち、何も見えなくなってしまった窓外を見続けていた。

思えば、ここまでがあの陰惨な怪事件の助走であったといえる。あの幻想の龍臥亭事件は、その夜からとうとう幕を開けた。

『龍臥亭幻想』下巻に続く

◎お願い◎

この本をお読みになって、どんな感想をもたれたでしょうか。

「読後の感想」を左記あてにお送りいただけましたら、ありがたく存じます。

なお、「カッパ・ノベルス」にかぎらず、最近、どんな小説を読まれたでしょうか。また、今後、どんな小説をお読みになりたいでしょうか。読みたい作家の名前もお書きくわえいただけませんか。

どの本にも一字でも誤植がないようにつとめておりますが、もしお気づきの点がありましたら、お教えください。ご職業、ご年齢などもお書き添えくだされば幸せに存じます。

東京都文京区音羽一―一六―六
郵便番号 一一二―八〇一一
光文社 ノベルス編集部

長編推理小説

龍臥亭幻想《りゅうがていげんそう》 上

2004年10月25日 初版1刷発行

著者 島田荘司《しまだそうじ》
発行者 篠原睦子
装幀 原 研哉+竹尾香世子+及川 仁+日野水聡子
印刷所 萩原印刷
製本所 ナショナル製本
発行所 株式会社光文社
東京都文京区音羽1 振替00160-3-115347
電話 編集部 03-5395-8169
販売部 03-5395-8114
業務部 03-5395-8125

落丁本・乱丁本は業務部へご連絡くだされば、お取り替えいたします。

© Shimada Soji 2004

ISBN 4-334-07583-5

Printed in Japan

Ⓡ本書の全部または一部を無断で複写複製（コピー）することは、著作権法上での例外を除き、禁じられています。本書からの複写を希望される場合は、日本複写権センター（03-3401-2382）へご連絡ください。

「カッパ・ノベルス」誕生のことば

カッパ・ブックス　Kappa Booksの姉妹シリーズが生まれた。カッパ・ブックスは書下ろしのノン・フィクション（非小説）を主体としたが、カッパ・ノベルス Kappa Novelsは、その名のごとく長編小説を主体として出版される。

もともとノベルとは、ニューとか、ニューズと語源を同じくしている。新しいもの、新奇なもの、はやりもの、つまりは、新しい事実の物語というところから出ている。今日われわれが生活している時代の「詩と真実」を描き出す——そういう長編小説を編集していきたい。これがカッパ・ノベルスの念願である。

したがって、小説のジャンルは、一方に片寄らず、日本的風土の上に生まれた、いろいろの傾向、さまざまな種類を包蔵したものでありたい。かくて、カッパ・ノベルスは、文学を一部の愛好家だけのものから開放して、より広く、より多くの同時代人に愛され、親しまれるものとなるように努力したい。読み終えて、人それぞれに「ああ、おもしろかった」と感じられれば、私どもの喜び、これにすぎるものはない。

昭和三十四年十二月二十五日

菊地秀行　長編伝奇時代小説　書下ろし
鬼剣衆　妖藩記
冥府からの刺客とは……神影館・紫暮兄弟起つ！

朝松　健　長編伝奇時代小説　書下ろし
一休魔仏行
巻措く能わざる面白さ、ここに極まる。

黒田研二
二階堂黎人　**永遠の館の殺人**
キラー・エックスのすべてが明かされる！

倉阪鬼一郎　長編本格推理　書下ろし
42・195　すべては始めから不可能だった
奇才が満を持して放つ本格推理！

三好　徹
史伝　新選組　四六判ハードカバー
未発掘の史料を渉猟して、新選組の真実に迫る！

作・早坂真紀
絵・大庭賢哉
ターゴの涙　四六判仮フランス装
飼い主に見捨てられた、子犬のターゴは……。

鳴海　章　長編ハード・サスペンス
雨の暗殺者
銃口が吼える！　テロ集団VS.女性捜査官の死闘。

平谷美樹　長編伝奇ホラー
聖天神社怪異縁起
壺空
発掘された「壺」は、暗黒を孕んでいた。

陰山琢磨　近未来冒険活劇ノベル
蒼穹の槍
卓越した創造力！　全く新しい小説の誕生！
KAPPA-ONE 登龍門 3rd Season

船越百恵　長編推理小説
眼球蒐集家《アイボールコレクター》
分類不能の面白さ！　この才能をどう評す？
KAPPA-ONE 登龍門 3rd Season

瀬名秀明 編著
ロボット・オペラ　A5判ハードカバー
世界初！　究極最大のロボット・アンソロジー！

愛川《あいかわ》　晶《あきら》　長編本格推理　書下ろし
影の探偵と根津愛
ベートスンの鐘楼《しょうろう》
あの鐘は、死者にしか鳴らせない。
史上最強の美形探偵が挑む、現代の吸血鬼譚！

柄刀《つかとう》　一《はじめ》　本格推理小説
レイニー・レイニー・ブルー
柄刀一は、奇跡についてもっとも考え続けている作家なのかもしれない。高品質傑作集！

麻耶《まや》雄嵩《ゆたか》　本格推理小説
名探偵　木更津《きさらづ》悠也《ゆうや》
名探偵の、名探偵たる所以。本格ミステリーを破壊し、再構築する待望の著者最新作！

岩井志麻子　四六判ハードカバー
淫《みだ》**らな罰**
隣の青い芝生に潜むもの——悪意、妬み、そして！
幸福な女たちが求める残酷な快楽！

島田荘司　長編推理小説　書下ろし
龍臥亭幻想 上下
百年の時空を超えて甦る「森孝伝説」の恐怖。
御手洗潔と吉敷竹史の推理がクロスする！

森 博嗣　長編小説
ZOKU
正体不明。目的不可解。彼らはなぜ、
「微妙な迷惑」にエネルギーを注ぐのか!?

石持浅海　長編本格推理　書下ろし
水の迷宮
水族館の再生にかけた一人の男の見果てぬ夢。
推理小説が初めて描ききった、この美しい謎！

日本推理作家協会編　最新ベスト・ミステリー
シリーズ・キャラクター編
名探偵を追いかけろ
テーマは「名探偵」。ミステリーには不可欠な、
謎解きキャラクターをフィーチャー！

吉村達也　長編推理小説　書下ろし
魔界百物語3
万華狂殺人事件
第三の魔界は万華鏡が織りなす幻想世界！
氷室想介が密室トリックに立ち向かう、
百物語シリーズ最新作！

戸梶圭太　長編犯罪小説　書下ろし
裏切られた男
クールトラッシュ
仲間に裏切られ、強盗した金を持ち逃げさ
れた鉤崎が挑む、壮絶な騙しあい！
疾走感あふれる、新世代の犯罪小説!!

氷川 透　長編本格推理　書下ろし
逆さに咲いた薔薇
うら若き安楽椅子探偵・祐天寺美帆が挑む、
女性を狙った奇怪な連続殺人事件！
本格推理の実力派、会心の最新長編！

森村誠一　推理傑作集
マーダー・リング
森村ミステリー・ワールド！　珠玉の推理傑作集。

西澤保彦　長編本格推理
方舟は冬の国へ
企みと奇想に満ちた、家族をめぐるミステリー。

加賀美雅之　長編本格推理　書下ろし
監獄島 上下
怪奇と不可能の華麗なる融合！

浅田靖丸　長編伝奇ハードボイルド　書下ろし
原罪の大聖堂《カテドラル》
“カッパ・ワン”デビューの新星、待望の第二弾！

久美沙織　幻想浪漫小説
偽悪天使
その素顔は天使？　それとも悪魔？

斎藤 栄　長編推理小説　書下ろし
神戸紫苑の家の殺人
ラナンキュラスの微笑
「児童虐待」をテーマに描くシリーズ最新作！

[登龍門]
Kappa-One
カッパ・ワン

カッパ・ノベルス　強力新人発掘プロジェクト！

KAPPA-ONE《カッパ・ワン》登龍門

★★★話題作続々刊行！★★★

[第1弾]

アイルランドの薔薇　石持浅海《いしもちあさみ》
北アイルランドの政治状況が生んだ「嵐の山荘」。新世紀本格の傑作！

西澤保彦氏推薦！

The unseen 見えない精霊　林《はやし》泰広《やすひろ》
神秘的幻想的な「不可能な四つの死」をめぐる熾烈な論理戦の結末は？

泡坂妻夫氏推薦！

密室の鍵貸します　東川篤哉《ひがしかわとくや》
地方都市を舞台に軽快に綴られる、端正な本格推理！

有栖川有栖氏推薦！

双月城の惨劇　加賀美雅之《かがみまさゆき》
古城で次々と起こる猟奇的殺人事件に乗り出したパリ警察の名予審判事の推理！

二階堂黎人氏推薦！

[第2弾]

首切り坂　相原大輔《あいはらだいすけ》
首のない地蔵のもとに、首なし死体が転がる。これは呪いなのか？

若竹七海氏推薦！

幻 神 伝　浅田靖丸《あさだやすまる》
異能者たちの戦いの結末は？　圧倒的スケールで描く伝奇小説の王道！

菊地秀行氏推薦！

S.I.B セーラーガール・イン・ブラッド　佐神《さがみ》 良《りょう》
近未来――都市の支配者、それは制服をまとった〝女子高生〟だった！
岩井志麻子氏推薦！

[第3弾]

眼球蒐集家《アイボールコレクター》　船越百恵《ふなこしももえ》
猟奇殺人を重ねる「眼球蒐集家」。その異様な犯行動機とは？

三雲岳斗氏推薦！

蒼穹《そうきゅう》の槍　陰山琢磨《かげやまたくま》
核をも超える新たな兵器によるテロの脅威――それは宇宙からの襲撃だった！

山田正紀氏推薦！


KAPPA-ONEの「ONE」は「Our New Entertainment」。

新世紀に生きる私たちの、新しいエンターテインメントの発信基地として、

「ベストセラー作家への登龍門」、つねに新鮮な驚きを満喫できる叢書を
目指します。

カッパ・ノベルス☆光文社

KAPPA NOVELS

K A P P A　N O V E L S

KAPPA-ONE 登龍門

原稿募集要項

前人未到の驚きを求む!

光文社・ノベルス編集部では、21世紀の新たな地平を拓く
前人未到のエンターテインメント作品を広く募ります。
新世紀の初頭を飾る傑作をお待ちしております。

光文社・ノベルス編集部

●募集対象

長編小説。ミステリー、本格推理、時代小説、SF、冒険小説、経済小説……ジャンルは問いません。ただし、自作未発表作品に限ります。プロ・アマは問いません。

●原稿枚数

原則として(400字詰め原稿用紙換算で)200枚以上1000枚以内とします。別紙に題名、簡単な梗概、原稿枚数、応募者の氏名、住所、連絡先電話番号、年齢、性別、職業、応募歴・作品発表歴を明記したものを添えてください。パソコン、ワープロ原稿で応募の場合、A4サイズの用紙に、1枚あたり縦書き30字詰め×20行〜40行を目安に作成してください。原稿には通しナンバーをふってください(糊付け、ホチキス止め不可)。フロッピーディスク等での応募は認めません。印刷したものでご応募ください。

●応募宛先および問合せ先

〒112-8011　東京都文京区音羽1-16-6
光文社　ノベルス編集部「カッパ・ワン」係
TEL 03-5395-8169

●応募締切り

次回の締切りは2004年12月末日とします。以後、毎年の6月末日および12月末日を締切り日とします(当日消印有効)。

●応募作品の評価、出版について

光文社・ノベルス編集部が責任を持って応募原稿を評価し、優秀作品はカッパ・ノベルス「KAPPA-ONE」のシリーズとして刊行させていただきます。
優秀作品は随時刊行を予定。ただし、編集部が即刊行と判断した作品については作者と合議のうえ、締切り途中での刊行も可能とします。投稿原稿の出版権等は光文社に帰属し、出版の際に規定の印税をお支払いします。

●その他

採否などのお問い合わせにはいっさい応じられません。応募原稿は返却いたしません。二重投稿は選考の対象外とします。

『龍臥亭幻想』刊行記念
特製ＣＤ「龍臥亭組曲」プレゼント！

本書『龍臥亭幻想』の舞台でもある「龍臥亭」をモチーフに作曲されたピアノ組曲（作曲・演奏／大島美智子）の特製ＣＤを、抽選で200名の方にプレゼントいたします。下記の応募のきまりにしたがって、ふるってご応募ください。

【応募のきまり】　官製はがきに、『龍臥亭幻想』上・下巻の巻末応募要項のページにある応募券を各１枚ずつ貼り、あなたのお名前、住所、郵便番号、電話番号、年齢、職業を明記のうえ、下記のあて先まで、お送りください。
【あて先】　〒112-8011 東京都文京区音羽１-16-６
光文社 ノベルス編集部「龍臥亭組曲」係
【締め切り】　2005年１月31日（当日消印有効）
●応募券を上・下巻の２枚貼っていないはがきや、コピーをしたものでの応募は無効となります。
●当選者の発表は、賞品の発送をもって代えさせていただきます。

応募券
龍臥亭幻想
上巻
KAPPA NOVELS
光文社